U0598918

克苏鲁神话

─── 旧神的低语 ───

「美」奥古斯特·德雷斯（August Derleth） 著

介凡 译

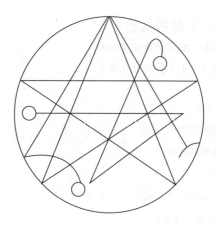

南方出版社

海口

图书在版编目（CIP）数据

克苏鲁神话.旧神的低语 /(美) 奥古斯特·德雷斯
著;介凡译. -- 海口：南方出版社, 2024.1
ISBN 978-7-5501-8763-4

Ⅰ.①克… Ⅱ.①奥… ②介… Ⅲ.①幻想小说—小
说集—美国—现代 Ⅳ.①I712.45

中国国家版本馆CIP数据核字(2023)第219852号

克苏鲁神话：旧神的低语
KESULU SHENHUA: JIUSHEN DE DIYU

[美]奥古斯特·德雷斯【著】　介凡【译】

责任编辑： 韩光军

装帧设计： 仙境设计

出版发行： 南方出版社

邮政编码： 570208

社　　址： 海南省海口市和平大道70号

电　　话： (0898) 66160822

传　　真： (0898) 66160830

经　　销： 全国新华书店

印　　刷： 河北鹏润印刷有限公司

开　　本： 880 mm×1230 mm　1/32

印　　张： 8.5

字　　数： 210千字

版　　次： 2024年1月第1版 2024年1月第1次印刷

定　　价： 58.00元

一切如有定数

谈及克苏鲁神话，更为人熟知的作家或者领军人物，当属洛夫克拉夫特，因此我有必要先为读者交待一下本小说集作者的相关背景。

奥古斯特·德雷斯是美国小说家、出版商。他于1909年出生在美国威斯康星州索克城，从小就对阅读和写作（尤其是悬疑与奇幻小说）感兴趣，13岁时写下了他的第一篇小说，16岁时在《诡丽幻谭》（*Weird Tales*）杂志发表了《蝙蝠钟楼》（*Bat's Belfry*）。

1926年，德雷斯考入了威斯康星大学麦迪逊分校，攻读英语文学，并于同年开始与洛夫克拉夫特通信。当时的洛夫克拉夫特并不出名，虽然经常在《诡丽幻谭》等悬疑、奇幻小说杂志上发表作品，但几乎没人知道他是谁。不过，洛夫克拉夫特热衷于和作家、好友们分享写作灵感，会定期与德雷斯等人通信，于是形成了一个围绕他的写作群体——"洛夫克拉夫特圈子"，德雷斯就是"圈子"的核心成员，被认为是洛夫克拉夫特的门生。

毕业之后，在洛夫克拉夫特的影响及鼓励下，德雷斯开始尝试克苏鲁题材小说的创作。1932年，他和作家兼好友马克·肖勒（Mark Schorer）合写的《星之眷族的巢穴》（*The Lair of the Star-Spawn*）在《诡丽幻谭》

发表，这是他的第一篇克苏鲁题材小说。

如果说洛夫克拉夫特是"克苏鲁之父"，那么德雷斯就是当之无愧的"克苏鲁之叔"。1937年洛夫克拉夫特去世后，德雷斯和同为"圈子"成员的唐纳德·万德雷（Donald Wandrei）想要将洛夫克拉夫特已发表的作品精选为一部纪念集，却屡次在出版商们那里碰壁。不得已，德雷斯和万德雷于1939年创立了出版公司阿卡姆之家（Arkham House），出版了第一部洛夫克拉夫特作品集——《异乡人与其他故事》（*The Outsider and Others*）。该出版公司的名称源自洛夫克拉夫特虚构的马萨诸塞州小镇阿卡姆，即密斯卡托尼克大学的所在地。此后，阿卡姆之家陆续出版了洛夫克拉夫特的多部作品集，以及德雷斯等其他作家的克苏鲁题材小说集。

德雷斯还是"克苏鲁神话"（Cthulhu Mythos）这个名词的正式提出者。在此之前，洛夫克拉夫特称他所写的这类作品叫"尤格·索托利"（Yog-Sothothery），源自他创造的终极之神犹格·索托斯（Yog-Sothoth）。从传播角度看，"尤格·索托利"这个完全生造、不知所云的词，显然不如"克苏鲁神话"更易于推广。

爱好者们将"克苏鲁神话"分为两个阶段，洛夫克拉夫特是第一阶段，而德雷斯开创了第二阶段。他本人围绕克苏鲁神话创作了很多小说，这些作品拓展了"克苏鲁神话"界限、创造了旧神体系与旧日支配者的元素论。但德雷斯对克苏鲁神话体系的拓展，在洛夫克拉夫特的读者之间引起了极大争议：支持者认为他对体系的规范，降低了克苏鲁神话的阅读和写作难度，在事实上扩大了克苏鲁神话的影响力；反对者认为他为宇宙中的神祇加入了善恶概念，即旧神是善的，旧日支配者是恶的，偏离了洛夫克拉夫特作品的核心理念，即宇宙是冷漠的、无目的的。

可不管怎么说，德雷斯还是将洛夫克拉夫特从一个小众圈子里的写手，推广为享誉世界的大作家，并在其去世后维持着"圈子"，组织和鼓励后来者继续创作克苏鲁神话，对克苏鲁神话的传播和发展做出了重要贡献。

正因如此，我们才说克苏鲁神话是洛夫克拉夫特开创的，但不仅仅属于洛夫克拉夫特，因为在他去世之后，这一题材仍在被后续的写作者不断拓展，直至今日。

本书所选的九篇故事都是德雷斯独自创作的。前三篇是围绕旧日支配者伊塔库亚展开的，包括《驭风而行的怪物》《伊塔库亚》《门槛彼端》，其中《驭风而行的怪物》首次将伊塔库亚引入克苏鲁神话体系。后六篇出自他的作品集《克苏鲁的面具》（*The Mask of Cthulhu*），包括《哈斯塔的归来》《桑德温契约》《诡异木雕》《山间诡啼》《谷中之屋》《拉莱耶的封印》，涉及了旧日支配者克苏鲁、罗伊格尔及其仆从深潜者，终极之神犹格·索托斯等。

克苏鲁爱好者们大都了解，德雷斯将洛夫克拉夫特奉为偶像，且考虑到两人亦师亦友的关系，要想在翻译过程中，细致入微地体会其文风，并准确将之表达，着实不是易事。我设法从多方汲取养分，包括收听现有的一些洛夫克拉夫特相关有声书，尝试了解这些文字在读者听来感受如何；品读其他科幻悬疑文本，感受不同类别间的细微差异，更加深入理解克苏鲁神话的究极内核——人类渺小而无助，对于那些无从解答的神秘现象，切不可妄断或亵渎，要心怀敬畏，方可苟活于世。一切的一切，不过是为了能将德雷斯所叙述的种种离奇故事，忠实地、风趣地、原汁原味地呈现给读者，让他们感受这个神话体系标志性的"未知带来的恐惧"。

然而，和同类型的其他小说一样，这些故事中涉及的用词，经常让我感到头疼。而其中的一些悬疑点（个人认为是德雷斯作品的魅力之一），让我脑子里疑窦丛生。随着译文一篇篇完成（各篇章之间甚至也有某种映照），我最终找到了不少问题的答案。我深信，读者也能从中发现不少解谜的乐趣。

翻译过程中涉及大量查证工作，进度一度被拖得很慢。好在通过多方求助，抑或是获得了"克苏鲁点醒"一般的灵感时刻，曾让人纠结的问题一一得到解答。在清楚地了解了作者暗藏其中的玄机后，我深深感到德雷斯作品带给我的不一样的震撼！期望读者也会幸运如斯。

随着翻译进度的不断推进，由克苏鲁神话体系的神祇、隐秘之地、各种异族仆从组成的一幅宏大画卷，渐渐在我眼前勾勒出部分轮廓。各种旧日支配者及其仆从的奇异形象，深深映在我的脑海。甚至在另一些场合（比如看一些电影桥段时、在乡村观看久违的猎户座时），我也会不自觉地从神秘学角度看待问题，愈加深刻地感受着其中"命定之数"的玄妙。

现在回想起来，在《加勒比海盗》系列中，以及曾经看过的科幻悬疑影视作品中，都或多或少杂糅了克苏鲁神话体系的元素，而我当时竟然毫不知情。这不可思议的顿悟，和德雷斯的故事中诸多主人公一开始对真相全无头绪如出一辙。不会真有人敢妄断这仅仅是巧合吧？

介 凡

2023 年 10 月

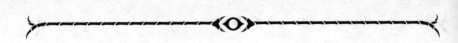

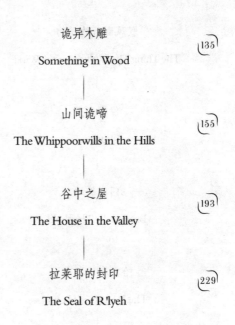

奥古斯特·德雷斯

驭风而行的怪物

The Thing That Walked on the Wind

（1931年）

《驭风而行的怪物》导读

1.《驭风而行的怪物》写于1931年，1933年1月首次发表于《神秘与恐怖的奇异故事》（*Strange Tales of Mystery and Terror*）杂志，是德雷斯写的第一篇克苏鲁神话。

2. 这篇故事之所以引人注目，是因为它首次将旧日支配者伊塔库亚写入克苏鲁神话。它也是德雷斯"伊塔库亚"系列故事的第一篇。

3. 旧日支配者是克苏鲁神话中的一类神祇，是宇宙中古老而强大的存在，是超越人类想象范畴之外，凌驾于宇宙法则之上的伟大之物。这个词出自洛夫克拉夫特于1926年创作的《克苏鲁的呼唤》，本是克苏鲁教团对克苏鲁及星之眷族的敬称。当今的"旧日支配者"概念主要源自德雷克的作品。

4. 这篇故事的创作灵感，来自英国作家阿尔杰农·布莱克伍德（Algernon Blackwood）写于1910年的小说《温迪戈》（*The Wendigo*），洛夫克拉夫特称赞这篇小说"具有惊人的力量"。

5. 温迪戈源于美国和加拿大阿尔冈昆语族（Algonquian）印第安人的传说，是一种恶毒、食人的超自然生物，与冬天、北方、寒冷、饥饿密切相关。也有说法称它们是人类相食后变成的怪物。

6. 在克苏鲁神话体系中，伊塔库亚是莎布·尼古拉丝（母亲）与哈斯塔（父亲）的后代，有一个名叫阿曼德拉的人类女儿。

7. 故事中提到了一些克苏鲁神话中的常见地名：冷原（Leng 或 Plateau of Leng），克苏鲁神话中位于幻梦境的巨大高原，出自洛夫克拉夫特写于1922年的小说《猎犬》；拉莱耶（R'lyeh），克苏鲁神话中的一个已经毁灭的城市，克苏鲁就沉睡于此，出自洛夫克拉夫特写于1926年的小说《克苏鲁的呼唤》。

　　加拿大皇家西北骑警分局局长约翰·达尔豪西于1931年10月31日，在曼尼托巴省纳维萨牧区的临时营房发布了如下声明：

　　这是我对罗伯特·诺里斯警员于今年3月7日在纳维萨牧区离奇失踪，其尸体直至本月17日在牧区以北四英里的雪堆中被发现的整个事件的结案报告。其间，媒体对我百般质问，令我深受其扰。鉴于当时情况特殊，我不能、也不愿回答这些问题。而如今，迫于上司的怀疑，我只好将罗伯特·诺里斯于1931年2月27日从纳维萨牧区提交的报告公布于众。

　　诸位读完本声明后，自然会明白我对此案的态度。为方便不那么熟悉此案的民众了解案情，我简单梳理了案件的前因后果。今年2月27日，罗伯特·诺里斯寄给我一份报告（详见下文），揭开了当时家喻户晓的斯蒂尔沃特悬案的谜底。但出于某些原因（读完报告后诸位自会豁然开朗），该报告未能对外公布。次月7日，罗伯特·诺里斯离奇失踪，没留下一丝线索。直至今年10月17日，有人在牧区以北四英里处一个雪堆深处发现了他的尸体。

　　以上情况均已被证实。在此附上罗伯特·诺里斯警员向我提交的最后一份报告：

　　1931年2月27日，纳维萨牧区：考虑到有关斯蒂尔沃特悬案的调查进展难以写成书面报告，请恕我斗胆摘抄了1930年2月27日《纳维萨日报》上的相关报道。我已尽量精简语句，以方便阁下查阅。报道的日期刚好是一年前的今天，具体内容如下：

　　2月27日，纳维萨牧区：《纳维萨日报》的编辑们收到了一则关于纳尔逊上游三十英里处，奥拉西小路旁的斯蒂尔沃特镇的消息，目前尚未证实其真伪。

　　消息称，整个居住点看不到一个人，途经该地的游客也没发现居民离去的痕迹。该居住点最近一次有外人来是在2月25日晚上，刚好是当晚风暴来袭前。根据各方报告，当晚一切如常。那晚之后，再没人见过该地居民的踪迹。

　　阁下应该能立刻回忆起这个悬案，此案因未能侦破，当时没少给我们惹麻烦，还让我们承受了太多不该承受的批评。昨晚（26日晚上）这里发生了一件事，让斯蒂尔沃特悬案有了一丝眉目，也给我们提供了一些模糊的线索。可惜这类线索对我们毫无帮助，尤其无益于封堵媒体的批评。不过，我想把案件从头到尾捋一遍，原原本本地陈述实情，阁下看到结尾自会明白一切。

　　（25日晚上）我又在贾米森医生家勉强对付了一宿。他的住处位于居住点最北端。多年来，每每需要在纳维萨牧区逗留时，我都会在那儿过夜。傍晚时分，我去牧区巡逻，还没缓过神来，怪事就发生了。

　　我在外面走了一会儿。天气不冷，但也说不上多暖和，有风，天空却晴朗得出奇。我伫立的当口，风似乎吹得更急了，空气瞬间冷得人直打寒战。我抬头望向天空，发现某块区域的星星好像被什么东西遮住了。紧接着，天上有一个黑点飞速落向我所处的位置，我赶忙朝贾米森医生家的方向往回跑。然而，还没等我跑回去，路就被挡住了：在我面前，一个人影缓缓掉落到了雪堆里。我停住脚步，刚要走过去一探究竟，又一个人影以同样缓慢的方式落到了我的背后。接着，第三个人影也掉了下来。但最后这个人影并不是慢慢降下来的，而像是被狠狠扔到了地上。

阁下可以想象得出我有多么震惊。坦白说，我一时间傻眼了，不知该如何是好。就在我犹豫不决的片刻，那阵强风忽地停下了，方才骤然凛冽的空气也突然恢复了先前的温和。我回过神来，赶紧朝落得离我最近的人影跑去，一眼就看出那男子还有生命迹象，而且浑身没有一处伤痕。第二个人影也是一名男子，身上同样不见伤痕。而第三个人影是一名女子，她的身体像石头一样冰冷（碰到她皮肤的那一刻，我感到寒意彻骨），看上去已经死去很长时间了。

我把贾米森医生喊了过来，两人想了诸多办法，总算把三人弄进了屋内。我们把那两名男子放到床上，并叫了验尸官——纳维萨牧区的另一位医生来检查那女子的情况。我们兵微将寡，需要更多帮手，于是贾米森医生又叫来两名护士。快速检查一番后，和我先前猜测的一样，两名男子的伤情几乎可以忽略不计。而这次检查，也让我们知道了这两人的身份。

阁下应该还记得，2月25日晚上，就在斯蒂尔沃特出事的几乎同一时间，有两名男子从纳尔逊动身去了斯蒂尔沃特，他们也随镇上居民一起神秘消失了。在纳尔逊时，这两人上报的名字分别是艾利森·温特沃斯和詹姆斯·麦克唐纳。在这两名从天而降的陌生男子身上，我们发现了能证明其身份的证件。那些证件证实了这么一点：在斯蒂尔沃特发生过那个谜一样的悲剧后，至少有两位当时在场的人回来了。我们弄进

维吉尔·芬莱（Virgil Finlay）为德雷斯作品所绘插画

屋里的两名男子不是别人，正是温特沃斯和麦克唐纳。阁下不难想象，我是怀着怎样的期待，想要在二人恢复意识的第一时间，向他们打探斯蒂尔沃特悬案的真相。

为此，我决定一直在床边守候。医生告诉我，温特沃斯最有可能先从无意识的胡言乱语中清醒过来，于是我在他旁边坐定，让一位护士准备好随时记下他可能会说的话。我刚坐下来没多久，纳维萨牧区的一位居民听闻有人发现了女尸，特地前来指认。死去的女孩叫艾琳·马西特，是斯蒂尔沃特的客栈老板马西特的独生女。这表明，在那场使斯蒂尔沃特居民集体人间蒸发的离奇悲剧发生时，这两名男子已经抵达那里。而悲剧发生的那一刻，他们很可能就在客栈里，也许正和这个女孩聊天。彼时，我以为真相就是这样的。

当然，对于三人是从哪里掉落下来的，我百思不得其解。至于为何两名男子几乎毫发无损，而女孩却已然丧命（据贾米森医生所说，她已经死了很久，可能因处于极寒环境，所以尸体保存得完好无损），我也是一头雾水。再者，为什么两名男子被温柔地放到了地上，而女孩几乎可以说是被重重摔到了地上？这一切又是如何办到的呢？眼下，我急切地想要找出斯蒂尔沃特一案中诸多疑点的答案，索性将这些令人发昏的问题暂时抛诸脑后。

正如我刚才写的，我在温特沃斯的床边坐定，急切地想从他的胡言乱语中听出有用的线索。随着体温逐渐恢复，他开始滔滔不绝地说着什么，时不时冒出些意味不明的话。我们凑到他的床头倾听，从他一连串的古怪呓语中，护士将能分辨出的一些句子和短语快速记下。下面是我抄录的一些内容：

汝乃死亡行者……代表风之天神，行走在那风中……向汝祈祷……向汝祈祷……向汝祈祷……摧毁彼等无信仰者，汝与死神齐名，汝为地球之主，汝乃长空之王……巴格达的寺院灯火闪耀……撒哈拉繁星璀璨……失落的永冻高原之城，崇拜……崇拜那风之领主。

说完这些高深莫测的话之后，他陷入一阵深沉的静默。其间，他的呼吸变得极不规律，让我非常诧异。贾米森医生也注意到了这一点，并说这不是个好兆头。不过我们并未发现可能导致男子突然呼吸不规律的蛛丝马迹，只好认为这是某种无意识刺激的作用。就在这时，男人忽然又继续说起胡话来，这次的内容比之前更加令人费解。

风行者……让笼罩英格兰的大雾消散……向汝祈祷……逃跑为时已晚……风之领主……快跑、快跑，它要来了……献祭，献祭……必须有人献祭，没错，谁也难以阻挡……天选之人艾琳……哦，风行者，在橄榄花盛开时席卷意大利……摧毁黎巴嫩的雪松，徒留一片青紫……让俄罗斯大草原尝尝凛冽的苦头，横扫狼群出没的西伯利亚……让非洲……整个非洲都颤抖……布莱克伍德曾写过类似的内容……还有其他一些东西……旧日支配者……元素……回到冷原，迷失的冷原，隐秘的冷原，风行者从彼处而来……以及其他……

其中提到的"元素"，格外吸引了贾米森的注意。看上去他了解个中内情，于是我请他稍作解释。据他所言，如今世上似乎仍然存在着一种古老信仰，信徒们认为世上存在着元素之神灵，分别代表火、水、风和土四种元素，它们各自有着强大的本领，不受任何人支配。甚至在世界上的某些地方，有人真的在崇拜它们。他显然激动过了头，我这才连珠炮似的向他发问。

要道出这个解开我所有疑点的最后一个重大发现，实在不是易事。那是些在我们眼皮底下秘密进行的勾当，而这么久以来我们从未察觉，这一点让我不得要领。贾米森医生说完那些事后，我一开始还半信半疑。尽管他看起来了解那些情况已有一些时日，并断言大把的人都能讲出一两件怪事（只要他们愿意）。我记得我们曾收到几份颇具暗示意味的匿名报告，但当时的我没去猜想其背后隐藏着什么。

他的意思是，斯蒂尔沃特的居民曾对着某种"灵体"进行奇特的崇拜仪式，不是崇拜我们所知的任何神灵，而是一种被他们称为风元素之神的神祇！他说那是一个庞然大物，轮廓很像人，但又差别很大。他说的细节过于失真且不可信。据说此神一直是象征风元素的存在，但一些离谱的迹象表明，它已活了极其悠远的年岁，可能来自遥远北方的隐秘堡垒，出没于雪虐风饕、不可靠近的高原之上。对此，我不敢妄言。贾米森医生提到的"冷原"一词，除了在温特沃斯的胡言乱语中听过之外，我几乎闻所未闻。然而，在整件有关居民集体崇拜的诡异之事中，最可怕、最不可思议之处在于，斯蒂尔沃特那疯魔了似的居民竟把活生生的人献祭给他们所崇拜的邪神！

坊间流传着各种奇闻异事：有的人说，那些教徒把那个庞然大物召唤到了森林深处的隐秘祭坛上；在更离谱一些的传闻中，有人声称，途经奥拉西小路的游客在斯蒂尔沃特附近目睹松林燃起熊熊大火，在通天的耀眼火光中，天空中出现了诡异的怪物。至于这些传言有多少可信度，阁下自己定夺。坦白说，在您了解到案情的后续发展之前，我不便发表任何看法。在我看来，贾米森医生是个十足的聪明人，他跟我打包票说，这一带的居民对元素神灵之说深信不疑，也坦言自己不是那种喜欢盲目批判信仰的人。这令我十分惊讶。实际上，这变相说明他可能也信奉那些神灵。

温特沃斯忽地从昏迷中醒来，我赶紧停止了与贾米森医生的交谈。和所有昏迷后苏醒的人一样，他的第一个问题是他在哪儿。得到回答后，他似乎并不感到惊讶。然后，他问今年是哪一年。我们告诉他后，他只露出带有几分恼怒的惊讶。他嘟囔着，说了些"应该是偶数年"之类的话，这让我们愈发好奇起来。

"麦克唐纳怎么样？"他随后问道。

"在这里。"我们指给他看。

"我们为什么会在这儿？"他继续发问。

"你们从天而降。"

"没受伤吗？"他琢磨了一会儿，试图回忆起什么，"这么说，是它把我们放下来的。"

"还有个女孩和你们一起掉落下来。"贾米森医生说。

"她死了。"他的语气中透着疲惫。然后，男人那火辣辣的古怪目光落在我身上，问道："你也看见了吗？你也看到那个乘风行走的怪物了？……那它会回来找你的，凡人胆敢看它一眼，必定在劫难逃。"

我们沉默了片刻，想等他的神志慢慢清醒一些后再询问。遗憾的是，他反而陷入了半昏迷状态。贾米森医生再次检查了男人的情况后，宣告他命不久矣。这无疑让我大受打击。而当贾米森医生补充说麦克唐纳极有可能在昏迷中死去时，我的心情越发沉重起来。他未能推测出死因，只含糊地提出一种可能性：也许这两人已经习惯了严寒，温暖使他们不堪重负。

起初，我未能体味这句话的深意。但某一刻，我突然顿悟，贾米森医生一定是想到了些什么。紧接着，我们也都恍然大悟。也就是说，过去的一年，这两名男子是在地球之外度过的，那兴许是个极度寒冷的地方，以至于他们已无法适应地球上的温暖环境，会被热死。

我已顾不得温特沃斯是昏迷还是清醒，执意向他问话，意外的是，竟还从中听出了一个七颠八倒的故事。我根据护士的记录，并凭着脑中的记忆，尽最大努力把整个事件拼凑如下。

突然降临的暴风雨，让温特沃斯和麦克唐纳一时迷失了方向，所以两人到达斯蒂尔沃特时，天色已经很晚了。到客栈后，他们备受旁人的冷眼，但仍坚持要留卜来过夜。客栈老板马西特自然不乐意，但他还是勉为其难地给两位客人安排了一间房，并叮嘱他们乖乖待在里面，不要靠近窗户。尽管二人认为老板的要求有些过分，但还是答应了。

他们前脚刚踏进客房，老板的女儿（就是那个叫艾琳的女孩）后脚就跟了进来，不由分说地要求二人立马带她离开小镇。她说自己被选中献祭给伊塔库亚——据说是斯蒂尔沃特居民一直崇拜的驭风行走的元素之神。所以她决定逃走，而不是为一个不知是否真实存在的邪神献上宝贵的生命。

不管怎样，女孩惊慌失措的表现一定非常令人动容，以至二人答应带她逃走。可能村民最近的表现让他们所崇拜的邪神有诸多不满，众人已感受到它的愤怒，而当晚又是献祭之夜，根本不欢迎陌生人。根据温特沃斯的诸多暗示，我们推测他发现斯蒂尔沃特的村民们在附近的松林中建造了巨大的祭坛，并会在这个祭坛上拜祭他们口中唤作"死亡行者"或"风行者"的神灵。（阁下可以想见我对整件事持怀疑态度，但这似乎与贾米森医生提到的情况——途经奥拉西小路的游客们看到了大火对应上了。）

关于那神灵，温特沃斯还发出过非常不合情理的嘀咕，似乎是他的脑中一些让他难以忘却的模糊而可怕的残影：他在那被火光照亮的阴森夜空中，看到了高大异常、几近通天的怪物。

真相到底如何，我不敢妄自猜测。从温特沃斯语无伦次的话中，可以推断出那再简单不过的唯一真相：他们三人——温特沃斯、麦克唐纳和那个女孩——的确逃避了献祭仪式，并逃出了村庄，但在去往纳尔逊的路上，在奥拉西小路上被那怪物截住并抓走了。

说完这番话，温特沃斯变得愈加前言不搭后语。他含糊不清的叙述为我们呈现了一幅可怕景象：三人沿着奥拉西小路仓皇逃跑，那怪物在他们身后俯冲而下。他还在无意中道出了斯蒂尔沃特悬案的一些可怕细节。据我推断，那驭风行走之神之所以迁怒于所有居民，不仅是因为他们之前对它轻薄无礼，还因为他们让被选为祭品的艾琳·马西特逃跑了。不管实情如何，通过温特沃斯那混杂着歇斯底里的嘶吼和颤抖的求饶的模糊呓语，一幅逼真得令人战栗的画面在我面前徐徐展开：一头巨大的怪物从森林里撞进居住点，把人全都掀飞到空中，只为找出那三个逃跑者。

我不确定该为阁下讲述多少诸如此类的细节，因为我大概能猜到阁下对此事会持何种态度。依阁下看，那会是某种动物吗？某种史前存在的动物，长年潜伏在斯蒂尔沃特一带的松林深处。也许是酷寒将其暂时封冻，而后又在那场通天大火的炙烤下重获新生，成为斯蒂尔沃特那些疯狂异教徒信奉的神祇。在我看来，这是唯一合乎逻辑的解释，但其中仍有不少疑点无法说通。因此，我认为将斯蒂尔沃特悬案作为未结案件处理更为稳妥。

麦克唐纳于今早10点7分时彻底失去生命迹象。而温特沃斯从黎明开始就停止了说话，麦克唐纳咽气后没多久，温特沃斯又开始说话，再次重复了我们第一次从他口中听到的那些含糊不清的语句。他颠三倒四地喃喃自语，让我们无从得知他过去一年是在哪里度过的。他似乎坚信自己是被那驭风的元素之神带走了。可以肯定的是，在过去一整年里，两人失踪的消息未在任何地方见报。他所说之事，大有可能只是脑子坏掉、心灵遭受重创之后编出来的。而那些对地球上隐秘之地和已知之地的叙述，实则可能都来自某些书。

我之所以说"可能"，是因为从温特沃斯的喃喃自语中，我们似乎听到了一些书名。所以，这种可能性不过是一种假设性的推断。据我所知，世上并没有哪本书提到过永冻高原的神秘习俗，讲述过当地僧侣的秘密仪式。我也不曾听闻，哪本书揭示过非洲祖鲁军团不为人知的生活，哪本小册子或专著暗示过丘丘人[1]奇异的禁忌图腾，抑或是任何记录描写过南极的冰雪深处生活着古怪的混血人类，暗示过至今仍存在一个失落的海洋王国——被诅咒的拉莱耶，而沉睡的克苏鲁就潜藏在深海之下的地底，等待再度崛起之时，把浩劫带到人间。我也从未听人提及与世隔绝的冷原——那曾由旧日支配者统治的地方。

请不要觉得我在夸大其词。我以前从未听说过这些东西，但温特沃

---

1 | 丘丘人（Tcho-Tcho），克苏鲁神话中半人半异形的丑恶种族。

维吉尔·芬莱为德雷斯作品所绘插画

斯的口吻逼真得如同去过那里一般，甚至暗示那些神秘族群给他吃过东西。关于永冻高原之城，我听到过一些模糊的线索。当然，我还记得曾经看过一部电影，其制片人声称里面有"非洲正在消失的祖鲁军团的镜头"。但对于其他事情，我一无所知。如果说我可以从温特沃斯那含混的颤抖嗓音里所流露的恐惧中推断出什么的话，那就是我宁愿什么都不知道。

温特沃斯的喃喃自语中还不断提到一个叫布莱克伍德的人，显然是指作家阿尔杰农·布莱克伍德。据贾米森医生说，他在我们所处的牧区待过一段时间。医生递给我一本这位作家写的书，指给我看了几个关于风元素的怪诞故事。这些故事在性质上与古怪的斯蒂尔沃特悬案非常相似，但又给人以似是而非、亦真亦假的感觉。如果阁下尚不了解这些故事，我可以为阁下推荐一二。

医生还递给我几本旧杂志，里面刊载了一个叫 H. P. 洛夫克拉夫特的美国人写的许多故事。这些故事与克苏鲁、失落的海洋王国拉莱耶和禁忌之地冷原有关。兴许温特沃斯的那些叙述都是从上面学来的，但他说的那些可怖细节，在这些故事中都未曾出现。

温特沃斯死于今天下午 3 点 21 分。一小时前，他陷入昏迷，再也没有醒来。贾米森医生和验尸官推测，是暴露在温暖的环境中导致了两人的死亡。贾米森直言不讳地告诉我，与风行者相伴一年，让这两人适应了酷寒，反而承受不了地球的温暖环境，就如同我们普通人承受不了极寒环境一样。

阁下一定明白，贾米森医生完全没开玩笑。然而他在这三人的医疗报告中，都给出了"因暴露于寒冷环境而死"的结论。他这么向我解释："我可以想我所想，也可以信我所信，但我不敢写出来。"他停顿了一下，继续道，"而且，如果你不傻的话，应该不会对外公布这些人的名字，因为一旦名字泄露，肯定会招来质问，到时你们警署如何解释他们从天而降，以及他们在斯蒂尔沃特悬案发生后的一年里在哪里度过？最重要的是，如果我们从一个垂死之人口中问到的这些匪夷所思的情况，导致斯蒂尔沃特一案重新开庭审理，你又将如何应对再次铺天盖地袭来的批评？"

我认为贾米森医生所言甚是。我没有别的什么看法，一点也没有。之所以提交这份报告，只因职责在身，我不得不做，并且我只打算将其寄给阁下一人。比起把这份报告留在我们的档案中，也许把它销毁更明智一些。因为要是未来某天，哪个莽撞同事或来打探情况的记者从中找到这份报告，并让其重见天日，后果非同小可。

如我所言，我的任何意见都一文不值。但是，我恳请阁下注意两个情况。第一，我想请阁下看看去年负责调查斯蒂尔沃特悬案的彼得·赫里克提交的报告，日期是 1930 年 3 月 3 日。我手边就有一份，并为阁下摘抄了以下内容：

> 离斯蒂尔沃特下游大约三英里处，我们在奥拉西小路上发现了三个人弯弯绕绕的脚印。对这些足迹进行检查后，我们推断是两男一女留下的。一辆狗拉雪橇被遗弃在路边。这三个人的脚印显示，出于某种尚不明确的原因，他们一开始时沿着小路向纳尔逊方向跑去，显然是要逃离斯蒂尔沃特。足迹突然中断，现场没有任何痕迹透露他们的去向。自斯蒂尔沃特居民那夜离奇失踪后，一直没有下过雪，这使情况更加令人费解。这三个人如同人间蒸发。

另一个疑点在于，距他们脚印消失之处很远的小路另一端，与三个旅者逐渐偏离正道的脚印相平行的位置，有一个巨大的印记，非常像人的脚印，但肯定是个大家伙——似乎是人类前所未见的庞然大物留下的，而且这脚印除了像人脚之外，还长着蹼！

对此，我想顺便补充一点我发现的情况。我记得，昨天晚上当我怔怔地望向天空，看到许多星星被遮住时，我觉得遮住天空的"那团东西"很像巨人的轮廓。我还记得，在怪物的顶端，应该是它脑袋的位置，有两颗闪闪发光的星星。尽管当时光影交错，那两颗星星却清晰可见，像眼睛一样炯炯有神！

第二，今天下午，在贾米森医生住所后面半英里处，我发现雪地上有一块很深的洼地。我一眼就瞧出了那是什么。在住所另一侧半英里处，也有一个类似的印记。很庆幸阳光使它的轮廓迅速扭曲变形，因为我宁愿相信那是幻觉。那些印记形似巨大的脚印，而且那脚上肯定长着蹼！

罗伯特·诺里斯的奇异报告就此结束。他将这份报告随身携带了一段时间，直到得知他失踪后，我才收到报告。这份报告是3月6日寄出的，其中还夹带了3月5日附加的字条——诺里斯出事前潦草地写下的一条简短而令人不安的字条，字迹模糊难辨：

3月5日：有怪物在追我！自从纳维萨牧区发生那件事后，我已经几天几夜没合眼了。我每时每刻都觉得有一双古怪异常、令人不安而又隐秘无形的眼睛从高处俯视着我。我记得温特沃斯曾说过，凡是见过那驭风怪物真容的人都难逃一死。我忘不了它那高大通天的形象，忘不了它那双仿佛看上一眼就会被烧成灰烬、冒着炽烈光芒的眼睛，在幽暗的黑夜里像星星一样向下窥探的样子！它在等待一个时机。

正是这简短的一段话，让我们的公职医生宣告，罗伯特·诺里斯已经失去了理智，他去了某个隐秘之境云游，几个月后才从那里回来，死在了雪堆里。

我只想补充几句。罗伯特·诺里斯并没有失去理智。不仅如此，罗伯特·诺里斯还是我办事最细心、思维最敏锐的副手，即便是他在那遥远的异空间度过的可怕数月里，我依然确信他没有失去理智。我只同意医生说的一件事：那几个月，罗伯特·诺里斯去了某个隐秘之境。当然，那地方不在加拿大，也不在北美，不是他们能想到的任何地方。

在罗伯特·诺里斯的尸体被发现后不到十小时，我乘飞机抵达了纳维萨牧区。当飞机飞过尸体被发现的地方时，远远地我就看到两侧雪地上有很深的凹陷。我非常清楚那是什么留下的。此外，我亲自搜查了诺里斯的衣物，在口袋里发现他从曾经去过的隐秘之境带回的纪念品——一块小巧的金牌，上面栩栩如生地展示了古老神灵之间的打斗场面，还刻着神秘的铭文。魁北克大学的斯宾塞博士断言，这块牌子肯定来自人类难以想象的古老时空，却保存得非常完好。还有一块神奇的矿物碎片，只要把它安置在有围墙的地方，它就会发出嗡嗡声和咆哮的风声，而且声音越来越大，远远超出了已知宇宙的边界！

伊塔库亚
ithaqua

（1933年）

《伊塔库亚》导读

1.《伊塔库亚》写于 1933 年，1941 年 2 月首次发表于《奇异故事》（*Strange Stories*）杂志，是德雷斯"伊塔库亚"系列小说的第二篇。

2. 本篇故事进一步丰富了由《驭风而行的怪物》引入的伊塔库亚的形象，将其描述为"一团长着眼睛的、半绿半紫的怪物"。

3. 本篇故事还直接描写了伊塔库亚的崇拜者，以及他们为伊塔库亚修筑的祭坛。

4. 伊塔库亚的崇拜者声称："没有人敢见到它而不膜拜。光是目睹它的样子，就会让你冻死在极寒的暗夜。"

5. 伊塔库亚拥有"风行者""行走的死亡""伟大的白色沉默之神""风之领主""不得见于图腾之神"等众多名讳。

6. 英国小说家布莱恩·拉姆利（Brian Lumley）也将德雷斯创造的伊塔库亚写进了以提图斯·克罗（Titus Crow）为主角的系列故事以及其他一些短篇小说里，包括《生于风中》（*Born of the Winds*）、《风之眷属》（*Spawn of the Winds*）等。

　　1933 年春天，大众媒体上一时冒出各种晦涩难懂的报道，多数叙述混乱如麻，涉及一些明显毫不相干的事情，诸如某些原住民部落幸存者的奇异信仰、皇家西北骑警詹姆斯·弗伦奇办事不力的无可辩驳的事实、一位名叫亨利·卢卡斯的男子的失踪，以及弗伦奇警员最终的神秘消失。

　　加拿大皇家西北骑警分局局长约翰·达尔豪西于 5 月 11 日发布一份声明后，媒体界曾掀起一阵短暂的骚动。公众对弗伦奇警员的遭遇和卢卡斯案件未得到重视表达了诸多不满，这份声明对此进行了回应。

　　最后，人们不知从哪里听来这么一则小道消息（似乎不是通过口耳相传得知的，因为所有人都否认曾听闻此事），据说是一个关于雪之怪的稍显离奇的故事：在那片广袤之地，有伟大的白色沉默之神出没。在那一片望不到边的寒冷穹顶之下，积雪数月不消。

　　然而，这些日渐被媒体忽视的、看似毫无关联的案件，实际上可以通过某种不幸的共性紧密地串联起来。我们先来看看相关记录。约翰·达尔豪西于 5 月 11 日发表了如下声明：

　　针对我在"卢卡斯失踪调查"一事中受到的严厉而无理的批评，我的回应如下。近来，因为此案仍未侦破，媒体对我的骚扰变本加厉。有人指出，亨利·卢卡斯不可能走出家门后就神秘消失，而这些人对可证实此事的无可争辩的铁证也视若无睹。

下面是案情的简短还原：2月21日夜晚，一场小型暴风雪来袭，亨利·卢卡斯从他的屋舍（位于冷港村最北端）离开后，自此再没人见过他的踪迹。

一位邻居看到卢卡斯朝小屋附近古老的奥拉西小路走去，但未见他折返。那是人们最后一次见到卢卡斯。两天后，他的姐夫兰迪·马盖特报告了他的失踪，弗伦奇警员立刻被派去调查此事。

两周后，弗伦奇警员的报告送到了我的办公室。我有必要立即指出，尽管公众并不买账，但卢卡斯悬案的真相当时已被解开。

而案件的真相过分荒诞、过分离谱，又那般惊悚、那般诡异，所以警署认为不便将其公布于众。我们一直苦苦坚持这个决定，事到如今，明眼人都瞧得出来，无论那真相多么离奇，都必须拨云见日，否则就无法阻止潮水般涌向警署的骂声。

在此附上詹姆斯·弗伦奇警员的最后一份报告。

警员弗伦奇向分局局长达尔豪西做如下汇报：

1933年3月3日，冷港。

敬爱的局长：我几乎没有勇气向阁下汇报此事，因为我即将要说之事，是我的本性无法接受的，是我的理智所不认可、绝对否认的——活生生的真相！没错，实情和我们听说的一样：卢卡斯走出家门，然后人间蒸发——但我们做梦也想不到他为何要出门，那潜伏于森林深处的异族，同样没想到……

2月25日，我抵达此地后，立即赶往卢卡斯的屋舍。我在那儿见到了马盖特，并向他了解了一些情况。不过，他没能给我提供什么线索。从邻村过来后，他发现小舅子下落不明，就向我们报告了此事。

兰迪·马盖特跟我聊了一会儿后，他就动身前往纳维萨牧区，回自己家去了。

接着我去拜访了最后见过卢卡斯的那位邻居。这位目击者似乎不愿配合调查，我很难听懂他到底要表达什么。从装扮来看，他八成是个原住民，肯定是这一带为数众多的古老部族的后人。他把我带到他最后见到卢卡斯的地方，声称那个神秘消失之人的脚印突然就没了。他说这话时，神情相当激动。

然后，他忽然望向一片空地对面的森林，没底气地辩称肯定是落雪将其他足迹遮盖。而他指的那些地方，有大风刮过，几乎看不见积雪。事实上，在有些地方，仍然能看到卢卡斯的脚印，而在离他失踪之处较远的地方，没有任何他的脚印，只能看到马盖特和另外一两个人的脚印。

鉴于随后发现的线索，有必要强调一下这个事实的重要性。可以肯定的是，卢卡斯的确没有从那个位置再往前走，但他也确实没有折回屋舍。他从原地"不翼而飞"，就像从未到过那里一样。

我当初乃至后来，一直试图推测出卢卡斯何以能不留痕迹地神秘消失，然而除了我接下来要道出的猜想（尽管它看起来有些匪夷所思），我没有找到任何一种合理解释。不过，在那之前，我必须先说说部分证据，这在我看来非常关键。

阁下应该还记得，去年，巡回牧师布里斯布瓦神父曾两次报案称，有原住民子女在冷港失踪。我们正准备开始调查时，却被告知孩子找到了。两个案件都是如此。来这里还不到一天，我就掌握到三个情况：其一，这些失踪的孩子实际上根本没有被找到；其二，冷港实际上还发生过数起从未向我们报告的离奇失踪事件；其三，卢卡斯的失踪显然也是一起类似案件。特别之处在于，卢卡斯似乎是第一个神秘失踪的白人。

本文在《奇异故事》杂志上的插图，约瑟夫·杜林（Joseph Doolin）绘

我发现的好几个线索都让我有点捉摸不透，这让我有一种不好的预感。我顿时觉得这不是一起普通案件。以下线索似乎越来越关键：

1. 卢卡斯平时非常不受大家待见。他曾多次欺骗原住民，有一次醉酒后还试图插手涉及宗教的事情。我将之视为"动机"，并且目前也还是这么认为，只是不像最初想到时那么明显了。

2. 冷港居民中原住民占多数，这些人对此事讳莫如深，要么支支吾吾，要么干脆闭口不谈。他们中有的胆小怕事，有的臭脸相迎，有的盛气凌人，有的出言不逊。有个叫"一帽三药"的人，他在接受盘问时说了这么一番话：

"听着，有些事情你还是少打听为妙。涉及伊塔库亚，没有人敢见到它而不膜拜。光是目睹它的样子，就会让你冻死在极寒的暗夜。"

那怪人言尽于此。然而，他所说的话后来变得意义非凡，一会儿阁下就明白了。

3. 这一带仍遗留着一种异乎寻常的古老崇拜。下面是详细叙述。

奥拉西小路一侧松林中的熊熊大火，难以解释的骤降暴风雪，以及数起失踪案的诸多迹象存在着某种联系，让我最终发现了与这些北方原住民的古老崇拜密切相关的线索。

我起初以为，那个居民提及森林和雪时的含糊其词，不过是鄙陋乡下人对这些东西与生俱来的恐惧的表现。但显而易见的是，我在这一点上错得离谱。

我到这里后的第二天，布里斯布瓦神父也来到了冷港。他在做一次简短布道时看到了我，于是差一个侍童约我相见。布道结束后，我见到了他。

他原以为我在调查他向我们报告的那两起失踪事件，在得知失踪儿童的父母已经报告找到了孩子后，他大吃一惊。

"估计他们怀疑我别有用心，"他解释说，"于是阻止了你们的调查。那些失踪的孩子根本没有回来，这是可以肯定的，你清楚的吧？"

我说我知道这个情况，并敦促他将关于孩子失踪的所有情况都告诉我。然而，我没料到他会是那种态度。

"我没法儿跟你说，因为说了你也不会信。"他说，"你跟我说说，你去过那片松林了吗？有顺着奥拉西小路走过一遭吗？"听到我的否认后，他继续说，"那你就去松林里走走，看看能不能找到祭坛。找到后，回来告诉我你的看法。我会在冷港待两天左右。"

他言尽于此。我立马明白森林里会有线索。尽管下午已过去大半，但我还是顺着奥拉西小路一路走，一头扎进了那片松林，也没忘仔细推算距离天黑还有几小时。

我越走越深，周遭遍布未被开采的树木，包括一些年代久远的古木。最后，穿过一片雪地后，我发现了一条小径。有人特别巧妙地试图掩盖小径的踪迹，我预感自己撞了大运。

顺着这条小径一直走，我轻松地找到了布里斯布瓦神父所说的祭坛：由一圈圈石头组成，造型古怪异常，石圈周围的雪地似乎都被踩过。第一眼看过去就是这样。待我走近石圈一看，发现那里的雪地就像玻璃一样平整，但并不滑，而且明显不是只由人脚踩踏形成的。然而，石圈内的积雪就像羽绒一样柔软。

这些石圈的占地面积相当大，直径足有七十英尺，是用某种奇怪的磨砂石——或是一种我完全不熟悉的白色釉面岩石粗略地堆叠而成的，我拿不太准。在伸手触摸其中一块石头时，我被狠狠地电击了一下——

显然是某种东西在放电。再加上这块石头一看就十分古老，而且冰得出奇，你能想象我当时对着这个异乎寻常的崇拜场地，露出了多么惊愕的表情？

整个场地共有三个石圈，彼此相距不远。站在外面仔细端详后，我踏进了第一个圈，发现正如我之前说的那样，那里的积雪松软到了离谱的程度。这一圈里有非常明显的脚印。我想，我当时一定是漫不经心地看了几分钟，才忽地明白这些脚印意味着什么。我赶紧跪了下去，仔细地进行检查。

铁证明摆在我眼前。这些脚印是一个穿着鞋的男人留下的，而且肯定是白人，因为这一带的原住民没有穿鞋的习惯。此外，鞋子的印痕也与亨利·卢卡斯失踪时，在那片空地上留下的一模一样。光从表面来看，我几乎可以断定这些脚印是卢卡斯留下的。

不过，这些脚印最离奇的地方在于，从现场迹象看，留下脚印的人既没有走进圈内，也没有走出圈外。他的进入点——或者更准确地说，脚印的起点离我站立的位置不远。这附近只有部分地方被积雪覆盖，说明他是被扔进或放进圈子里的。

随后卢卡斯起身，开始沿着石圈走向唯一的入口，但入口处的脚印表明他在这里犹豫了一下，又往回走了。他越走越快，然后开始奔跑，脚印到某处突然完全断了——朝着石圈中心的方向断了。

这一点没有错，因为前面的脚印只是被一层薄薄的积雪覆盖着，这说明当脚印消失时，雪也不再下了。

仔细观察这些古怪的脚印时，我感到有人在注视着我，让我深感不自在。我偷偷向林子四周扫视了一圈，并没看到任何活物。

然而，被人盯着的感觉依旧不散，一种越来越强烈的不安攫住了我。在这片寂静的森林深处，在这个古怪又寂静的石圈里，我真切地嗅到了危险的气息。我赶紧走出那石圈祭坛，怀着几分忧虑向松林走去。

意外的是，我竟然找到了燃起过大火的地点，并想起了一些冷港本地人提出的建议，其中似乎有所暗示。卢卡斯的脚印出现在石圈内这一证据，无疑说明大火与他的神秘消失联系密切，而且正如我之前所说，卢卡斯站在石圈内时，很显然天上正在下雪。

我忽地又记起一件事，几年前，奥拉西小路还没荒废时，偶尔有传言说人们在小路旁边的林子深处看到了火光。尽管由于天色渐暗，我无法按期望的那样仔细查看，但我还是检查了地上的灰烬。似乎只烧过松树枝。

忽然间，我注意到不仅夜幕正在降临，天空竟已乌云密布，雪花已经开始从树木间泻下来。这也让我做出另一个推断：暴风雪是毫无征兆地降临的，片刻之前，天空还是万里无云。这些怪异的线索仿佛一点一点地将真相在我眼前还原。

在整个过程中，我始终确信自己的一举一动被什么人注视着。因此，我小心翼翼地行动着，以免惊扰了林子里的隐秘之物。燃起过大火的位置在祭坛后面，我转过身，刚好正对石圈。

如我所言，此刻即将天黑，大雪纷飞，但我看到了那东西。祭坛上空突然悬浮出一大块雪团，就像大量的雪形成的巨大而说不清形状的团块，虽然雪花确实围绕着它，但不只是在打旋。而且，它不是白色的，而是一种逐渐向紫色转换的蓝绿色。

此时的森林正被黑暗大片大片地侵吞，那雪团所呈现的颜色可能是受暮色影响所致。我想向阁下澄清的是，我当然明白黄昏时分光线变化无常，视觉有时会受到影响，因此当下并没发觉任何奇怪之处。

但是，我向前走去，经过祭坛后四下环顾，竟看到那个古怪异象的上半部分离开了下半部分。

我在黑暗中仰头凝望，这怪异团块开始逐渐消隐，就像溶解在飘落的雪花中一样，直到最后完全消失不见。我一时被吓到了，害怕那怪物就在我的周围，就藏在我身边簌簌飘落的雪中。那一刻，生平第一次，我对森林、黑夜和寂静的雪感到害怕。我转身拔腿就跑，刚好又看到了这样一幕：刚才出现团块异象之处，一双明亮的绿色眼睛像太空中的星星一样，悬挂在石圈祭坛的上空！

说句不知羞的话，我像被一群恶狼追赶一样狼狈逃窜。我至今仍万分感激那冥冥中的指引，让我在慌乱中成功到达相对安全的奥拉西小路。到那里时，我发现天还很亮，这才暂时歇了歇脚。我回头望向松林，除了纷飞的大雪，什么也看不到。

我惊魂未定，恍惚间听到雪花里发出低语，那幽暗恐怖的声音像是在催促我回到祭坛。语气那样急切、那样清晰，以至于有那么一瞬间，我站在奥拉西小路上踟蹰不前，眼看就要转身，再次进入那片仿佛有厄运笼罩着的、黑压压的森林。紧接着，我努力让自己从动弹不得的魔咒中挣脱出来，沿着奥拉西小路向冷港方向继续跑。

我径直来到特尔弗医生的家，也就是布里斯布瓦神父暂住的地方。看到我"被吓破胆的狼狈样"（他如是描述见面时我的样貌），神父明显感到非常震惊。特尔弗医生想给我来一针镇静剂，但我拒绝了。

我赶忙向他们说出自己所看到的一切。透过神父的表情，我觉出我所讲述的事对他来说既不意外，也不新奇。然而，医生认为我不过是感受了一回黄昏时分常见的幻觉，由此可见他的态度。

但布里斯布瓦神父不同意他的看法。事实上，根据神父的暗示，我是穿过了一层始终存在却很少被看到的屏障，我所看到的绝不是幻觉，而是存在另一个隐形异世界的确凿证据。而大多数人对这个世界一无所知，也没有过一丝质疑。但这是好事。

"所有的奇闻怪谈，"布里斯布瓦神父说，"无不与某种神秘力量存在密切关联，而其中的一些，在人类的记忆也难以追溯、遥不可及的过去就已存在。在这个世界上一些隐秘的角落，仍然有信徒在崇拜元素之神——风行者、伟大的白色沉默之神、不得见于图腾之神统统都是它的名讳。"

在冷港松林深处的石圈上方看到的团状邪恶之物，再次闯入我的脑海。

记忆中的那些景象与一位原住民老者向我提及的一个名字——神父刚才称它为伊塔库亚——仿佛对应上了。

"您是说这一带的原住民崇拜伊塔库亚，并且心甘情愿地把自己的孩子献祭给它？"我问道，"那卢卡斯的失踪怎么解释？究竟是什么人或者神秘力量在作祟？伊塔库亚吗？"

"至于卢卡斯，"布里斯布瓦神父回答说，"他非常不招人待见，经常欺骗原住民，有次甚至在松林的一端和他们大打出手。那次打架恰好发生在他失踪的前几天。至于是伊塔库亚，还是谁或什么怪物，我也回答不了你。人们普遍认为，除了崇拜者，任何人都不能直视它。违者只有死路一条。你在祭坛上方看到了什么？是伊塔库亚吗？那它是水之神还是风之神？它真是伟大的白色沉默之神、雪之怪、你所见的神祇的显形吗？"

"这我就不清楚了，"我说，"我在想那些可怜的原住民孩子。"

"我埋过三个孩子，"神父若有所思地说，"他们是在离这儿不远的雪地里被发现的，尸体包裹在像羽绒一样柔软的精致雪层里，身体比冰还冷。尽管其中两个被发现时还活着，但没过多久也都咽气了。"

我难过得说不出话。如果在进入那片松林之前，有人这么跟我说，坦白讲，我会嗤之以鼻，就如布里斯布瓦神父所预见的一样。但我在那里亲眼看到了那怪物，它一点也不像人类，连人形都算不上。要知道，我并不是说我看到了布里斯布瓦神父所说的"伟大的白色沉默之神"，也就是原住民口中的"伊塔库亚"。我不这么认为，但我确实亲眼见识了那诡异之象。

这时，有人走进屋子，带来了一个让众人吃惊不已的消息：卢卡斯的尸体刚才被找到了，正等着法医来验尸。我们仨立马跟着这位传话的原住民来到离毛皮交易站不远的地方，那里有一大群本地人在围观一个神秘东西——乍看之下像是闪闪发光的大雪球。

但它并不是什么雪球，而是亨利·卢卡斯的尸体。那种冰冷感和我触摸石圈祭坛的石头时如出一辙。尸体在仿佛用雪丝纺制的包裹物里。毫不夸张，那真是用雪丝做成的。它就像一块精细的薄纱，洁白无瑕，隐约透着绿色和蓝色的光。而当我们扯开他身上的雪层时，就像是碰碎了风化的薄纱。

直到这层包裹物被扯掉，我们才发现亨利·卢卡斯还有生命迹象！于是，我们赶忙把他运到了特尔弗医生的家里。特尔弗医生不敢相信自己的感官，尽管以前的两起案件中有过类似情况。那具身体冰冷至极，碰一下都让我们难以忍受，但能感受到里面微弱的心跳——无力到几乎难以察觉，但确实有。在特尔弗医生温暖的屋子里，这具身体的呼吸恢复了，心跳也变得更加有力。

"这是不可能的事，"医生说，"却活生生地发生在眼前。但他快不行了，连我也无能为力。"

"希望他能醒过来。"神父说。

但医生摇了摇头。

"绝无可能。"他断定。

然后，卢卡斯忽然出声了，似乎在说胡话。他先是发出一些难以辨认的声音，低沉单调，就像远处传来的不规律的嗡嗡声。接着，他口中蹦出几个词，慢吞吞地，而且间隔很久，最后才说出几个短语和句子。我和神父把他说的话都记了下来，稍后还对比了记录。下面附上卢卡斯所说内容的记录：

天哪，雪，好柔软，好美丽……来吧，伊塔库亚，我将身体托付于汝，让雪之神带走我，让那伟大的白色沉默之神带走我……雪如此柔软，风如此醉人，南方槐花的香味如此沁人心脾。

他说的内容远不止这些，但大部分内容都毫无意义。卢卡斯一辈子都没这么说过话。那么，是谁在借他的口来传话呢？

从卢卡斯的胡言乱语中，我们拼凑出了大致案情——关于他神秘消失的故事。可以想见，他那晚被一阵神秘的音乐声以及旧屋舍外传来的急促低语所吸引，于是走进了暴风雪中。他打开门，向外张望。尽管什么也没看到，他还是出门走进了雪中。我大胆猜测一下，他当时被催眠了，虽然这听上去有些牵强。

他遭到了"空中的怪物"（他的原话）的袭击——后来他又形容得具体了一些，说那是一阵"卷着雪"的风。他就是被这股风带走的，此后便失去知觉，直到他发现自己掉进了松林中的石圈里。

意识清醒过来时，他发现松林里燃起了熊熊大火，祭坛前有原住民，雪中的他们身形变胖了，不少人正在进行崇拜仪式。在其上方，他看到了"一团长着眼睛的、半绿半紫的怪物"。这会不会就是我在祭坛上方看到的同一个怪物？

他看着那怪异团块开始移动，一点点降下来。他又听到了音乐声，然后才感知到寒冷。他起身跑向石圈的入口处（此时入口敞开着），但他怎么也过不去，仿佛有一只无形的大手拉住了他，不让他出去。他当时吓坏了，发疯一样乱跑起来，最后"穿越"过了石圈。

然后，某种力量使他从地上升了起来。他仿佛置身于一团柔软的、低声絮语的雪中。他又听到了音乐声，紧接着是诵经声，然后是让他感到战栗的可怕嘶吼声——仿佛来自遥远的隐秘之地。最后他就失去了意识。

之后亨利·卢卡斯身上发生了什么，我们不得而知。我们可以推断他被带到了某个地方，要么是地底深处，要么是宇宙深处。从他的只言片语中，我们有足够的理由猜测他被带到了另一个星球。这并非绝无可能。而且据他所言，这似乎是他的行为招来的惩罚。他的话语让布里斯布瓦神父惴惴不安，我确信好几次瞥见仁慈的神父在为自己祈祷。

在卢卡斯被发现大约三小时后，他彻底失去了生命体征。他的意识没能恢复，尽管医生说他的身体状况已恢复正常，只不过身体一直发冷，并且始终没有感知到自己身处病房之中，也没有感知到我们的存在。

除了交代这些事实之外，我很难还原案情真相。毕竟，发生过的事比写下来的文字更有说服力。由于无法确认哪些原住民参加了林中举行的诡异仪式，起诉是完全行不通的。但是，卢卡斯在那些石圈中的经历导致他丧命（可能缘于他与原住民崇拜者的矛盾和冲突），这一点仍然是不争的事实。他是如何被带到石圈里，又是如何被转移到最终被发现的地方，我们只有相信了他的悲惨经历，才可能有办法去解释。

我认为，鉴于所掌握的情况，我们有充分的理由摧毁那个祭坛，并向冷港和附近一带的原住民发出严厉警告。我已经了解过，村子里可以买到炸药，我打算一得到阁下的授权，就立刻去炸掉那天杀的祭坛。

附言：我刚刚得到消息，一大批原住民正向森林进发。很明显，他们又要在那祭坛举行崇拜仪式。尽管有一种被什么隐形之物——像是来自天上——监视着的怪异感觉始终挥之不去，但我深知自己的职责是什么。我一送出这份报告，就动身去探个究竟。

＊　＊　＊　＊　＊

弗伦奇警员的报告到此结束。约翰·达尔豪西在声明中继续写道：

以上就是弗伦奇警员向我提交的最后一份报告的全文。这份报告于3月5日送到我的办公室，当天我就给他发了电报，指示他按炸毁计划放手去办，并允许他逮捕在祭坛参与过崇拜仪式的任何嫌疑人。

在此之后，我被迫离开指挥部相当长一段时间。当我回来时，我发现了特尔弗医生的信件，告知我弗伦奇警员还没来得及收到我的电报，就离奇失踪了。我之后查证到，他是在向我寄送报告后的当晚失踪的，凑巧的是，那一晚正好有原住民在奥拉西小路附近的祭坛举行崇拜仪式。

我立即派罗伯特·康斯丁警员前往冷港，我本人也在二十四小时内赶到了现场。到场后，我的首要任务是亲自执行发给弗伦奇电报中的指示。于是，我走进那片松林，炸毁了祭坛。然后，我全身心地投入搜寻弗伦奇的工作，但无功而返。他人间蒸发了，就像被大地整个吞掉了。

　　不过，吞掉他的并不是大地。5月7日夜里发生了强暴风雪天气。当晚，弗伦奇警员的遗体被发现，他被放在离特尔弗医生家不远处一个很深的雪堆里。现场的所有迹象都表明，遗体是从很高的地方掉落的，并且外面包裹着一层又一层的雪，形如纺纱，似乎一碰就碎。

　　"因过度受寒而死！"多么讽刺的一句屁话啊！那藏匿在隐秘屏障背后、罪恶滔天的恶魔又算什么呢！弗伦奇警员惧怕的是什么，以及他那些不祥的预感，我再清楚不过。

　　因为，那一整夜以及昨天一整晚，我都在特尔弗医生家借宿，并从我所住房间的窗户看到那宏大、说不清形状的雪团仿佛有着通天的高度，在极高处——头部的位置，是那像人一样有着情感和知觉的怪物的绿色眼睛，神秘莫测、冷酷至极！

　　直到现在，民间也还流传着诸多谣言，据称原住民近期又打算聚集在那该死的祭坛边举行崇拜仪式了。他们想都别想！我决不会让这种事发生。如果他们一意孤行，等到被强制赶出村子，发配到各省，就怨不得别人了。我现在就去解散崇拜那恶魔的……

　　以上就是这位警长所发布的声明中的内容。然而，众所周知，约翰·达尔豪西未能执行该计划。就在发出豪言壮语的当天晚上，他也离奇消失了。三天后他的尸体被发现，死状和在他之前丧命的弗伦奇警员以及亨利·卢卡斯完全一致：同样包裹在纺纱一般、美得无与伦比的雪层中，在清冷的月光下，通体微微闪着光。招致伊塔库亚——或是叫雪之怪、伟大的白色沉默之神——报复的所有人，无一不是这种下场。

　　警署派人将那些原住民发配到了加拿大各省，并在如今已荒废良久的奥拉西小路处设立警戒线，禁止任何人进入那片松林。尽管如此，在别的地方，仍有教徒于晚上再次聚集在松林里，喃喃低语，弯腰崇拜，将他们的孩子和敌人献祭给元素神祇，并像卢卡斯曾哭喊的那样，向它吟唱着："伊塔库亚，我将身体托付于汝……伊塔库亚……"

门槛彼端
Beyond the Threshold

（1941年）

《门槛彼端》导读

1.《门槛彼端》写于 1941 年，同年 9 月首次发表于《诡丽幻谭》杂志，是德雷斯"伊塔库亚"系列小说的第三篇。

2. 故事发生在 1940 年 9 月，即洛夫克拉夫特去世三年后。

3. 故事发生在主人公的曾伯祖利安德尔建造的老宅里，利安德尔受过印斯茅斯的诅咒，面容如同青蛙。

4. 印斯茅斯是洛夫克拉夫特在克苏鲁神话中虚构的小镇，出自其 1931 年创作的《印斯茅斯的阴影》（*The Shadow Over Innsmouth*）。

5. 主人公在密斯卡托尼克大学图书馆当过馆员。密斯卡托尼克大学是克苏鲁神话中虚构的大学，出自洛夫克拉夫特于 1922 年创作的《赫伯特·韦斯特——尸体复生者》（*Herbert West - Reanimator*）。该大学是克苏鲁神话体系中的重要机构，许多故事的主人公与该校有关联，其图书馆以收藏了诸多神秘书籍而闻名。

6. 故事中提到了几种克苏鲁神话中虚构的书籍：《伊波恩之书》（*Book of Eibon*），由希柏里尔（Hyperborea）的大魔法师伊波恩所写，记载着早已被人类遗忘的传说，是阴晦悚然的神话、邪恶高深的咒语、仪式与典礼的集大成之作；《纳克特抄本》（*Pnakotic Manuscripts*），克苏鲁神话中最为神秘的神话书籍——《纳克特断章群》的抄本；《拉莱耶文本》（*R'lyeh Text*），由未知的一人或多人编写的书籍，其中记载了旧日支配者佐斯·奥莫格（Zoth-Ommog）和赛伊格亚 (Cyäegha) 的信息；《死灵之书》（*Necronomicon*），由阿卜杜·阿尔哈兹莱德(Abdul Alhazred)用阿拉伯语写成的一本极度邪恶的书，原本叫《阿尔·阿吉夫》（*Al Azif*）。

7. 主人公的祖父对利安德尔留下的资料很是着迷，渴望找到利安德尔提到的"门槛"，然后跨越它。

一

这是发生在我祖父身上的真事。

不过，在某种意义上，它也关乎我们整个家族，乃至全世界。如今，我再无理由隐瞒那些让人惶恐至极的细节，决定公开威斯康星州北部密林深处的偏僻小屋里曾发生的一切。

这故事最早可以追溯到远古时期的未解之谜，甚至比阿尔文家族的老祖宗出生的年代还早得多。堂兄来信说起祖父身体每况愈下的怪事，于是我借此机会造访威斯康星州，那时的我对事情的起源还一无所知。早在我的孩提时代，乔赛亚·阿尔文就已是我眼中不会变老的人物。这些年里，他的模样似乎未曾改变分毫：胸部仍然厚实如圆桶，饱满的脸庞透着阴沉，留着精心修剪过的小胡子，一撮小胡须让他硬朗的方形下颌线平添几分柔和；他的双眼不算很大，眼珠呈褐色，眉毛蓬松，一头长发衬得他的头颅像雄狮一样威风凛凛。在还未长大的年岁里，我很少看到他，但他在马萨诸塞州阿卡姆镇附近的祖屋停留时，来我们家串过几次门，给我留下了难以磨灭的印象——他是在去往或从世界各个角落折返的途中，抽空来看我们的，这些隐秘之地包括永冻高原、大戈壁、北极地区，以及太平洋上某些鲜为人知的岛屿。

收到堂兄弗罗林的来信时，我和祖父已多年未谋面。堂兄和祖父一起住在威斯康星州北部的一座老宅——位于一个有森林、有湖泊的乡村的正中心。信中写道："我希望你一定费心从马萨诸塞州来这里一趟。自你上次来之后，时过境迁，这里有过太多风风雨雨，也发生了诸多变化。坦白说，你得抓紧过来。眼下我孤立无援，求助无门。爷爷像变了个人，我急需一个可以信赖的人帮我。"信中未谈及什么紧要之事，我却莫名受此牵绊，感到那字里行间隐藏着不可言说的东西，无不透露出弗罗林写信的真正用意——隐含在他说的"风风雨雨"里，包藏在那句"爷爷像变了个人"的叙述中，暗含于他提及想要找个可靠同伴的迫切口吻中。

那年9月，我在阿卡姆的密斯卡托尼克大学图书馆担任助理馆员，请假不是难事。于是我决意动身西行。一路上我心神不宁，心中有一种近乎离奇的信念——越快赶到越好。我从波士顿乘飞机到芝加哥，再从芝加哥搭火车到了威斯康星州林区深处的哈蒙村。这地方自然风光优美，离苏必利尔湖不远，因此在刮风下雨的日子里，可以听到水声。

弗罗林在车站接到了我。堂哥当时年近四十，面容却好似年轻十岁的人，棕色的眼睛炯炯有神，嘴巴柔软而敏感，很难让人联想到他是个内心坚毅的硬汉。他表现得异常冷静，时而严肃，时而野性十足，祖父曾把这种野性比作"他身上的爱尔兰血性"。跟他握手时，我们四目交接。我想从他那强忍的悲伤中寻找一些线索，得到的却只有他真的很苦恼。那双眼睛出卖了他，从中透出的情绪有如一池被搅浑的水，哪怕水面像玻璃一样平静，也难掩下面的暗流涌动。

"说说吧，"我们并排坐着，当轿车驶入一片高大的松树林时，我问道，"爷爷卧病在床了吗？"

他摇摇头。"不是，托尼，没有那回事。"他有些拘谨地瞥了我一眼，神情古怪，"你会明白的，等等看就知道了。"

"到底怎么了？"我追问道，"你的信简直怪得离谱。"

"我就希望有那种效果。"他严肃地说。

"但到底哪里古怪，我怎么也说不上来。"我坦言，"反正就是奇奇怪怪的。"

他笑了笑。"是的，我一开始就知道你能感受到。不瞒你说，这段日子很难熬。难熬极了。毫不夸张地说，我犹豫了千千万万次，才终于决定给你写信！"

"如果他没生病……你不是说他像变了个人吗？"

"没错，我是这么说的。托尼，你先别急，别这么没耐心，时候到了你自会明白。要我说，是他的脑子出了毛病。"

"脑子！"听到祖父的精神出了问题，我感到一阵惋惜和震惊。想到祖父那曾经聪明绝顶的人脑已经失去了理智，我几乎难以自持，故而不愿再去多想。"不可能！"我大声惊呼，"弗罗林，到底是怎么回事？"

他迷茫的眼神再次落在我身上。"我不知道。但我觉得情况很糟糕。不止是爷爷，还有音乐声，以及各种其他怪事——响动啦、气味啦，等等。"他捕捉到了我惊讶的目光，转过身去，几乎是靠着全身使劲儿才暂停了他的诉说，"我本来都快忘记了。别再问我了。再等一会儿，你自己看看就知道了。"他勉强挤出一丝微笑，"也许不是爷爷脑子坏了。我有时也会这么想，我有根据。"

我没再作声，但内心开始萌生出一种深深的恐惧。有那么一会儿，我坐在堂兄身边入神地回想着他和老乔赛亚·阿尔文在那处老宅里一起生活的场景，完全没有注意到四周高耸的松树和风的呼啸，连从西北方吹来的焚烧树叶的刺鼻气味也未曾察觉。这一带的夜晚降临得早一些，

维吉尔·芬莱为德雷斯作品所绘插画

松林里漆黑一片，夕阳的余晖仍在西天徘徊，像是一大片橙黄和紫色的波浪向上扩散，我们方才穿过的森林已经被夜色吞并。黑暗中传来了大角猫头鹰和它们体型较小的表亲——长耳猫头鹰的叫声，让寂静的氛围更显阴森。通往阿尔文老宅的道路人迹罕至，幸好风声和汽车穿行而过的噪音打破了这静得吓人的氛围。

"我们快到了。"弗罗林说。

车灯射出的光从一棵参差不齐的松树上掠过，这棵树多年前曾遭雷击，如今两根枯瘦的树枝像粗糙的手臂一样向公路这边拱起，静静地矗立在那里。弗罗林的话让我注意到了这处古老地标，他知道我会记得这棵树。从这里再有半英里就到老宅了。

"如果爷爷问起，"他接着说，"我希望你不要说是我喊你回来的。我不清楚他是否会高兴。你可以告诉他你正好在中西部办事，就打算过来看看。"

我的好奇心再次被激起，但我忍着没继续追问下去。"那他知道我要来吧？"

"知道的。我说我收到了你的消息，要去车站接你。"

可以想见，如果祖父认为弗罗林是因为他的健康问题而叫我过来，一定会很恼火，甚至会大发雷霆；但我觉得弗罗林的请求中，可能还有别的顾忌，绝不仅仅是为了照顾祖父的自尊心。那种看不见的莫名警觉忽地再次攫住我的心，无以名状的恐惧油然而生。

轿车开到松林的一片空地上，老宅赫然矗立。在 19 世纪 50 年代，威斯康星的拓荒时期，祖父的一位伯父[2]建造了这栋住宅。这位亲戚曾

---

2 | 即后文提到的曾伯祖。

住在马萨诸塞州海岸上那个古怪幽暗的小镇印斯茅斯，以航海为生。老宅依偎在山坡上，像个戴着一身艳俗装饰的暴躁老妇人，一点也不起眼。它并未遵循许多建筑标准，却也似乎未完全摆脱1850年前后建筑的大多数表面特征，称得上当时最怪诞、最华而不实的建筑。老宅有一个宽敞的游廊，一侧直接通向马厩。以前，马匹、萨里式马车和巴吉式马车³都在这里停放，现在那里停着两辆汽车。这也是这栋滑稽建筑自建成以来，唯一有改建痕迹的部分。宅子有两层半楼房那么高，下面还有一层地窖。由于天色昏暗，我无法确定老宅是否仍然喷涂着诡异的棕色。从挂着帘子的窗户透出的光线来看，祖父仍旧没给老宅接电。我预想过这种情况，因此做了充分准备，随身携带了手电筒和弧光灯，并为这两样东西都带了备用电池。

弗罗林把车开进车库并停好，然后拎着我的一些行李在前面带路。我们经由外廊来到前门。那是一扇厚重的橡木大门，上面的铁门环大得有些突兀。厅堂里一片漆黑，最靠里的房间的门半开着，一点微光从里边透出来。就这么一点光，却足以照亮通往二楼的宽阔楼梯，很是诡异。

"我先带你去住的房间。"弗罗林边说边带头走上楼梯。这楼梯他已熟得不能再熟，脚步稳当极了。"楼梯口的立柱上有手电筒。"他补充道，"需要的话自己拿一下。爷爷的老习惯了。"

我找到手电筒，将其打开，只稍微耽搁了一小会儿。追上弗罗林时，他正站在为我安排的房间门口。我注意到，这房间几近位于前门的正上方，和整幢老宅一样坐东朝西。

"他最近开始不让我们睡东面的任何房间。"弗罗林的眼睛直勾勾地看着我，似乎在说：看吧，祖父变得多古怪！他在等我说点什么，但

---

3 | 萨里式马车（Surrey），双人四轮游览马车，通常有篷。巴吉式马车（Buggy），由一匹马拉的单座或双座轻便马车。

我没接话。于是他继续说道："我就睡你隔壁，另一边的房间霍夫住，就是西南角那间。这会儿霍夫正在准备吃的，你估计也看到了。"

"爷爷呢？"

"大概在书房待着。你应该知道是哪间房。"

我确实记得那间奇怪的无窗房，它是根据利安德尔曾伯祖的明确指示建造而成的，几乎占据了房子的后半部分，包括整个西北角和西侧全部空间，只有西南边留了一个小角落作为厨房。厨房的一束光射到下层厅堂里，正好落在我们进门的地方。书房的一部分是从山坡里凿出来的，所以东墙不可能有窗户，但北墙也没有窗户就显得毫无道理，只能说明利安德尔曾伯祖有某种怪癖。在东面墙壁的正中央，实际上是凹进墙体里的地方，放着一幅巨大的油画，从地板一直延伸到天花板，宽度超过六英尺。如果这幅画不是利安德尔曾伯祖自己所作，就无疑出自他的某个不知名的朋友之手。但凡这幅画有一丝天才之作的痕迹，甚至显露出哪怕一点不寻常的才华，大家都可能会觉得忽视了它。但它太平庸了，全然是一幅平平无奇的北方乡村风景画，呈现出这么一种景象：画面主体是一个山坡，中央有一个岩石洞穴，有一条不甚清晰的小路通向洞穴，一只印象派风格的野兽（显然应该是要画一头熊，它在这个镇上曾经很常见）朝洞穴走去，它的头顶画着一朵如阴郁云团般的东西，像是在周围黑压压的松树林里迷了路。尽管书房墙壁上几乎每个缝隙都塞满了书，而且书房里到处散落着荒诞不经的珍奇玩意儿——奇形怪状的石雕和木雕以及曾伯祖航海时带回的奇特纪念品，这件拿不出手的画作却仍旧是书房里绝对显眼而独特的存在。这间书房死气沉沉的氛围和博物馆不分高下，但奇怪的是，它却像某种活物一样会给我的祖父以回应。每当他走进书房，就连墙上画作的颜色也似乎鲜亮了几分。

"我想任何人只要踏进过那个房间，都不会忘记里边的样子。"说完我发出几声阴冷的笑。

"他大部分时间待在书房，几乎从不出来透气。我想，冬天快到了，他吃饭时总该出来了。结果他把床都搬了进去。"

我打了个冷战。"我无法想象那里怎么睡人。"

"我也这么认为。不过，他好像有事情要忙，我确信是那些东西让他变得神经兮兮。"

"或许是在写他的另一本旅行著作呢？"

他摇了摇头。"不，我想是在翻译什么东西。这次不一样。有一天他发现了利安德尔的一些古老文件，打那以后，他的情况似乎就开始逐渐恶化。"他扬了扬眉毛，耸了耸肩，"好了。这个点儿霍夫应该已经做好晚饭了，你自己进去吧。"

弗罗林隐晦的话语让我一度以为祖父已是憔悴而消瘦的老人。毕竟，祖父已经七十出头了。再者，他也不可能长生不老。但我见到祖父时，却发现他的身体一点儿没变。此刻，他坐在晚餐桌前，还是那副硬朗的身躯，嘴唇和下巴上的胡须还没有变白，呈现出铁灰色，里边还有不少仍是黑色。他的面容和以前一样阴沉，气色和以前一样红润。我进到餐厅的那一刻，他正津津有味地啃着火鸡腿。见我来了，他稍稍扬起眉毛，把鸡腿从嘴边移开，不惊不喜地冲我打招呼，就像我离开他不过半个钟头一样。

"你看起来很精神。"他说。

"您也是。"我这么回应道，"风采不减当年。"

他咧嘴一笑。"好孩子，我在进行一项不一样的研究——那是个从未被探索的国度，不属于非洲、亚洲，跟北极地区也没关系。"

我朝弗罗林所在的方向瞥了一眼。显然，他也是头一回听说此事。无论祖父的各种举动让他有过怎样的联想，必然跟什么新研究扯不上关系。

祖父随后问起我路上是否顺利。剩下的晚餐时间里，则在不断闲聊其他的亲戚。我注意到，年事已高的祖父反复问及那些住在印斯茅斯、被遗忘已久的亲戚们——他们现在怎么样了？我是否去看望过他们？他们看上去怎么样？我对印斯茅斯的亲戚们几乎一无所知，而且坚信他们都已死于一场事出古怪的灾难（这场灾难把那个遭人厌恶的镇子里的许多居民冲到了海里）。因此，我没法回答他的问题。让我大惑不解的是他问这些无关痛痒的问题的真正用意。在密斯卡托尼克大学图书馆当馆员期间，我曾听人隐晦地说起印斯茅斯所发生之事，那些传闻荒诞不经，却令人不安。我听说那里有联邦政府人员看守，而且外国媒体的相关报道根本不是真实情况，这足以说明那地方发生了凶险可怕的事件。最后，他问我是否看到过他们的照片，听到我说没有时，他显然很失望。

"你知道吗？"他口吻沮丧，"我们连利安德尔伯父的画像都找不到一张，但哈蒙附近的前辈们在多年前告诉我，他这个人特别不爱出门，并提及他的长相让人不禁联想到青蛙。"突然间，他看上去更活跃了，讲话的语速也开始加快，"你知道这意味着什么吗，孩子？你不知道，你怎么会知道。这不过是奢望罢了……"

他开始安静地坐着，喝着咖啡，时而用手指敲着桌子，以一种奇怪的眼神盯着某处，看上去心事重重。然后他突然起身离开房间，邀请我们吃过饭后去书房找他。

"你怎么看？"听到书房门关上的声音后，弗罗林问道。

"奇怪，"我说，"我没发现什么不正常的地方，弗罗林。恐怕……"

他露出无奈的笑容。"别急。先别下结论，你来这里还不到两小时。"

晚饭后，我们去了书房，留下霍夫两口子收拾餐桌。他们在这老宅里伺候我祖父已有二十载。书房没有什么变化，只在挨着厨房的那面墙下，多了一张旧双人床。祖父明显在等我们，更准确地说，是在等我。我曾觉得弗罗林的话捉摸不透，但这个词显然形容祖父随后的谈话更贴切一些。

"你听说过温迪戈吗？"他问道。

我说"知道"，曾在一些北方印第安人的传说中看到过：据说是一种巨大的超自然生命体，样子很可怕，是森林寂静深处的捕猎者。

他问我是否想过温迪戈的传说与风元素之间可能存在联系。我回答"是"，然后他让我讲讲我最开始是如何知道这个印第安人传说的，并反复解释说温迪戈与他的问题没有半点关系。

"作为一名图书馆馆员，我有幸接触了很多奇闻异事。"我答道。

"啊！"他惊讶地说着，一面伸手去拿椅子旁边的一本书，"那你一定对这本书很熟悉。"

我看着那本厚厚的书，封皮为黑色，书名用金箔规整地印在书脊上。是 H.P. 洛夫克拉夫特所写的《异乡人与其他故事》。

我点点头。"我们馆也有这本书。"

"那你读过吗？"

"当然，非常有意思。"

"那你一定知道里边的一则离奇故事《印斯茅斯的阴影》都写了些什么。你觉得写得怎么样？"

我在脑中快速搜罗着那个故事，很快就想到了：那是一个关于凶相毕露的海怪的奇幻故事，它们是克苏鲁的眷族，是源自上古的怪物，潜藏于深海之中。

　　"作者有过丰富的想象力。"我说。

　　"有过？他现在去世了吗？"

　　"是的，三年前去世了。"

　　"唉！我本打算向他讨教一二来着……"

　　"不过，这篇小说无疑……"我刚要说点什么，他却打断了我。"既然你也说不出印斯茅斯发生过什么事，凭什么敢断定他的叙述是虚构的呢？"

　　我承认我没法确定，但祖父似乎已经失去了聊下去的兴致。接着他拿出了一个大信封，里面装着许多常见的 1869 年版三美分邮票——深受收藏者喜爱的那种。他还从信封里掏出了一堆文件，说那些东西是利安德尔曾伯祖留下的，曾伯祖曾嘱咐他将其统统烧掉。然而，曾伯祖的心愿未能达成。祖父解释说，他把这些东西据为己有了。他将其中几张纸递给我，想听听我有什么看法。这期间，他一直密切注意着我的一举一动。

　　那些纸张貌似来自一封长信，字迹潦草，其中一些句子写得简直糟糕透顶。此外，许多句子在我看来并不合理。我看得最久的那张纸上，满篇充斥着我未曾见过的引喻。我的双眼捕捉到了伊塔库亚、罗伊格尔、哈斯塔等字眼。直到我把这些纸交还给祖父，我才想起不久前曾在其他地方看到过那些名称。我没发表任何看法。我说我觉得利安德尔曾伯祖是在胡思乱想罢了。

祖父呵呵地笑了笑。"我还以为你看完后的第一反应会和我差不多，但你没有，你真让我失望！傻子都看得出来，那些东西是在暗示什么！"

"对哦！难怪其中一些句子奇奇怪怪的。"

祖父露出得意的笑。"这是一个相当简单的暗语，却难住了我——着实让我头疼。到现在还没解开。"他用食指轻轻敲了敲信封，"它似乎与这老宅有关，里面反复警告我们必须小心，不要越过那道门槛，否则后果不堪设想。好孩子，这屋里的每一道门槛我都试着跨过了，一遍又一遍，重复了几十次，什么后果也没看到。因此，在某个我们不知道的地方，一定有道门槛我没跨越过。"

看着他的激动劲儿，我不禁笑了起来。"如果说利安德尔曾伯祖的脑子里浮想联翩，那您也快赶上他了。"

毫无征兆地，祖父那股急躁劲儿犯了。他这毛病家里人都清楚。他用一只手把曾伯祖的文件推开，另一只手示意我俩赶紧走。很明显，在那一刻，我和弗罗林对他来说成了不再存在的事物。

我们站起身，找了个由头儿，然后出了书房。

在半明半暗的厅堂里，弗罗林看着我，一言不发，只是用他那灼热的目光肆意地盯着我的双眼。然后他转身带我到了楼上，我们各自回自己的房间睡觉去了。

二

人在夜间的潜意识活动一直是我深感兴趣的领域，因为在我看来，人在未清醒的状态中有着无限的机遇。我曾多次带着困扰我的问题上床睡觉，醒来后却发现，那问题已然以我所能想到的最好结果得到了解决。至于睡觉时脑中进行的其他更复杂的活动，我就知之甚少了。我知道，那天晚上我是带着"我以前在哪里见过利安德尔曾伯祖所写的那些怪异名称"（这个重要的问题深深印在了我脑子里）去休息的。并且我确信自己在最终入睡时，也没找到答案。

然而，几个小时后，当我在黑暗中醒来时，立刻记起自己确实见过那些名字——我在密斯卡托尼克大学图书馆读到过，是 H.P. 洛夫克拉夫特所著书中的。另外，我才意识到有人在轻叩我的房门，并用沙哑的声音呼喊着："是我，弗罗林。你醒了吗？我进来了啊。"

我起身穿上睡衣，然后点亮了弧光灯。这时弗罗林已经进了屋内，他瘦弱的身体在微微颤抖，大概是天气太凉的缘故。9月的夜风从窗户吹进来，早已不是夏天时的暖热。

"有什么事吗？"我问道。

他向我走来，眼神中透着古怪，然后把一只手搭在我的胳膊上。"你听不到吗？"他问道，"天哪，难不成是我脑子出问题了！"

"先别说话，等一下！"我惊呼。

不知从哪里传来了诡异而美妙的音乐声，听上去像是来自外面。我想是长笛发出的。

"爷爷在听电台吧，"我说，"他经常听到这么晚吗？"

他脸上的表情让我没再继续往下说。"这屋里就我自己有一台收音机。在我的房间里呢，根本没开。而且电池都没电了。再说，你听哪个电台放过这样的音乐？"

我再次饶有兴趣地听了听。那音乐似乎被以某种奇怪的方式遮住了，但还是听得见。我还注意到，那古怪曲子的来处很难辨认：一开始它似乎是从外面传来的，而忽地又似乎是从老宅下面传来的——一种用簧管乐器演奏的风格诡异的圣歌。

"是一群人在吹长笛。"我说。

"也可能是潘笛。"弗罗林补充道。

"现在他们不播放这类音乐了。"我心不在焉地说。

"不是电台播放的。"弗罗林说。

我猛地抬头看他，他也同样坚定地回应着我的注视。我突然想到，他那不自然的严肃肯定有原因，但他愿不愿意说出来是另一码事。我抓住了他的胳膊。

"弗罗林，是什么啊？我看得出来，你很紧张。"

他使劲儿咽了口唾沫。"托尼，音乐不是从老宅的任何地方传出来的。是来自外面。"

"但是外面有谁呢？"我几乎叫起来。

"不是谁，根本不是人类。"

他终于说出口了。毫不夸张地说，我如释重负。我心里一直不敢承认自己必须面对的事，终于被他捅破了。不是谁。根本不是人类。

"那是什么物种？"我问道。

"我觉得爷爷知道。"他说，"随我来，托尼。别拿灯了，没有光我们照样找得到路。"

到厅堂里时，他用抓着我胳膊的僵直的手示意我停下。"你注意到了吗？"他轻声低语着，"你有没有注意到？"

"有股什么味儿。"我说。那是一种隐隐约约、难以捉摸的水的气味，混杂着鱼、青蛙和水乡居民的味道。

"现在再闻！"他说。

突然间，水的气味消失了，取而代之的是一阵骤然降临的酷寒，像是某种活物从厅堂流动过去，留下一种说不清道不明的雪的香味，空气瞬间像刚下过雪一样清冽湿润。

"你不好奇我在担心什么吗？"弗罗林问道。

我还没来得及回答，他就带着我下了楼，来到祖父的书房门前。门下面的缝隙还透着一缕微弱的黄光。在我们走到楼下的过程中，每走一步，那音乐声就清晰一分。说得更明白一些，就是我们站在书房门前时，能明显感觉音乐是从里面传出的，那些怪异的气味同样来自书房。黑漆漆的空气里似乎多了几分危险，散发出骇人的不祥之事即将发生的信号。此刻我们像被一团东西裹挟着，弗罗林在我身边瑟瑟发抖。

我冲动地抬起胳膊敲了敲门。

里面没人应门。但在我敲门的一瞬间，那音乐停止了，空气中的古怪气味也消失了！

"你不该敲门的！"弗罗林低声说，"要是他……"

我推了推门。这一推，门竟然开了。

我虽然不确定自己期待在书房看到什么，但肯定不是我所目睹的那些。里边仍然是我们离去时的样子，一点没变，除了祖父到了床上。此刻他闭着眼睛坐在那里，嘴角挂着一丝微笑，床上摆着一些著作，有一盏灯在附近亮着。一时间，我呆住了，不敢相信自己的眼睛，这再正常不过的场景让我觉得不可思议。我听到的音乐到底从何而来？空气中那些怪味和奇香又是怎么回事？我的思绪有些混乱，正想离开，又被祖父那极度平静的面容弄得有些担心。然后，他忽然说话了。

"进来吧，你们俩。"说这话时他眼都没有睁，"这么看你们也都听到了音乐，是吧？我都要纳闷为什么其他人都没听到这声音了呢。我想这次是大戈壁的乐曲。前面三天的晚上，显然是印第安音乐——源于北美北部地区，加拿大和阿拉斯加的某地。我相信，有些地方仍有人在崇拜伊塔库亚。对了，我记起来了。一周前传来的是永冻高原的音乐，我最后一次听到它，是在那里的禁城，距离现在有几年甚至几十年了。"

"是谁弄出来的？"我大声惊呼，"从哪里来的啊？"

他睁开眼睛，看着我们伫立在那儿。"我想，就是从这里来的，"他说着，一只手平放在面前的手稿上，那是我曾伯祖所写的，"是利安德尔的朋友们发出来的。那是天体音乐。好孩子，你相信你的感觉吗？"

"我听见了。弗罗林也是。"

"那霍夫会怎么想呢？"祖父若有所思，然后叹了口气说，"我想，我就快成功了。只需要确定利安德尔与他们中的哪一位进行过交流就行了。"

"哪一位？"我重复道，"您是指什么呢？"

他闭上了眼睛，嘴角又划过些许笑容。"我起初以为是克苏鲁，毕竟利安德尔经常出海。但现在，我怀疑是不是风族的某个神祇，说不定是罗伊格尔，或伊塔库亚。我认为那些印第安人将它唤作'温迪戈'。据传言，伊塔库亚会把受害者带到地球之外的遥远秘境。但我又忘了那地方叫什么，我的脑子经常走神。"他的眼睛猛地睁开，我发现他正用一种极其冷漠的目光打量着我们。"不早了，"他说，"我要休息了。"

"他刚才究竟在说什么啊？"弗罗林回到厅堂里时大惑不解地说。

"随我来。"我说。

但当我们再次回到我的房间，弗罗林满怀期待地等着听我说点什么时，我却不知从何说起。我该如何向他讲述密斯卡托尼克大学图书馆里那些禁书中隐藏的诡异知识：骇人的《伊波恩之书》，晦涩的《纳克特抄本》，邪恶的《拉莱耶文本》，还有最让人避之不及的那本——"阿拉伯狂人"阿卜杜·阿尔哈兹莱德的《死灵之书》，这些东西我如何说得出口？听了祖父的奇怪言语，我的脑海里涌现出无数联想，那些记忆从内心深处翻涌而出——有关强大的旧日支配者，那凶残至极的远古恶神，那曾经存在于我们现在所知的地球和整个宇宙，甚至超越这些空间而存在的古老神祇；有关那些远古神祇中，代表善良的一方和代表邪恶的一方相互对立，后者现在被囚禁着，却仍不时在人间短暂现身，掀起浩劫。这些事我该如何说给他听？在此之前，只要我唤起记忆的能力不够强，并且靠牢不可破的固有偏见拒绝任何联想就好了。但眼下它们可怕的名号已在我脑中出现了：掌控地球上水之力量的伟大领袖克苏鲁，地底深处的栖居者犹格·索托斯和撒托古亚，代表风元素的罗伊格尔、哈斯塔和雪之怪伊塔库亚。祖父提到的就是这些神祇。他的推论非常明显，很难让人忽视，甚至不容有其他任何解读：曾伯祖利安德尔毕竟曾在那人人避而远之、如今已成为废弃之城的印斯茅斯安过家，他至少曾和这些神祇中的一位有过接触。此外，祖父还有更进一步的推断，虽未言明，但在傍晚说过的某些话中有过暗示——老宅里的某个地方，有一道门槛，我们最好不要跨过它。那道门槛后面到底潜伏着什么危险呢？难不成是回到过去的通道，能让曾伯祖利安德尔与那些远古神祇进行可怕沟通的时光通道！

然而，不知何故，我还是没能完全领悟祖父说的话。他虽然说了很多，但没道出的秘密可能多得超乎想象。所以也怪不得我后知后觉：祖父的古怪行径显然是为了发现曾伯祖利安德尔所隐晦地提及的那道隐秘门槛，然后跨越它！此刻我一心扑在和克苏鲁、伊塔库亚以及旧神有关的远古神话上，思想混乱到了顶点。我没有循着再明显不过的迹象，得出那个合乎逻辑的结论，可能是因为我本能地害怕事情真的在朝那个方向发展。

我转向弗罗林，尽我所能地向他清楚地解释着一切。他听得很认真，不时提出一些尖锐的问题。虽然我忍不住提及的特定细节让他的脸色略显苍白，但他似乎并不像我想象的那样东猜西疑。这本身就证明，关于我祖父的行为和这老宅里发生的事情，还有更多细节有待发掘。不过，我当下并未立即意识到这一点。然而，关于弗罗林能欣然接受我刻意提炼的粗略要点一事的根本原因，我很快便有了更深刻的认识。

某个问题刚问到一半，他忽然停止了说话，双目透着异样，表明他的注意力已经从我身上、从房间里转移到了某个未知空间。他仍旧保持坐着倾听的姿势，在他的影响下，我也努力去倾听他在听什么。

不过是风吹过树林的声音，此时更响亮了一些罢了。我想，风暴要来了。

"你听见了吗？"他发出颤抖的低语。

"没啊，"我低声说，"只有风声。"

"对啊，对啊，就是风。我在信里写过的，记得吧。快仔细听。"

"得啦，弗罗林，别傻了。就是风声而已。"

他向我投来怜悯的一瞥，继而朝窗户走去，示意我跟过去。我紧随其后，站到他身边。他一言不发地指着黑暗中紧挨着老宅的某个位置。片刻之后，我的双眼才适应了夜色，随即看到一排树木的剪影在满天繁星的映衬下愈加清晰。我立刻明白了他刚才的话。

尽管风声在老宅周围咆哮着、嘶吼着，但我眼前的树木没有受到任何干扰。我没看到哪怕一簇树梢、一根树枝、一片树叶有一丝一毫的摆动！

　　"天哪！"我惊呼一声，向后退了几步，离窗户远远的，仿佛要把看到的景象隔绝在外。

　　"现在你懂了吧？"他说着也从窗前退了回来，"这声音我都听腻了。"

　　他静静地站着，似乎在等待发生什么，我也一起等着。那风声毫无减弱之势，此时已经达到了骇人的态势，这座老宅仿佛要被一把扯下山坡，再重重摔进山谷。事实上，就在我这样想时，忽地感到一种微弱的抖动——十分怪异，仿佛老宅在颤抖，墙上的画也在不露痕迹地微微移动，几乎难以察觉，却又显然真实存在。我瞥了弗罗林一眼，他的表情竟没有半点忐忑。他继续站着，倾听着，等待着，显然这诡异之兆远远没有结束。风声此刻变得可怕至极，像恶魔在嚎叫，还伴着缕缕音乐。那音乐声已然持续了一段时间，与风声融合得那么完美，以至于我一开始都没有听出来。这回传来的音乐与先前忽然消失的相似，也像是管乐器发出来的，间或也有弦乐器奏出的旋律。然而，此刻的音乐更加狂野，给人以动人心魄的放纵感，并透出一种难以言喻的残暴意味。与此同时，两个更古怪的异象出现了。首先是传来类似走动的声响，像是某种巨物的脚步声从风的正中心传到屋内。当然，这些脚步声并不是从老宅里发出来的，而且能明显感到那怪异动静越来越响亮，似乎表明它们正在接近老宅。其次，气温也突然发生了变化。

　　时值威斯康星北部的9月，外面温和宜人，屋内温度也还算令人舒适。然而，随着脚步声的临近，室内温度忽然急剧下降，不一会儿，空气就变得冰冷异常，我和弗罗林不得不去添点衣服，以防被冻坏。不过，这似乎还不是弗罗林那般期待着的怪物现身之象的高潮。他继续站着，沉默不语，但目光不时与我对视，足以让我读懂他的想法。我不知道我们在那里站了多久，只知道我们一直聆听着从外面传来的那些骇人声音，等待着那场"大秀"的上演。

弗罗林突然抓住我的胳膊，用嘶哑的声音低声喊道："要来了！终于要来了！快听！"

那诡异音乐的节奏忽然发生了变化，从之前的疯狂增强转为逐渐减弱。此时，音乐中出现了一种几乎让人难以招架的甜美旋律，还带着一点忧伤。音乐的风格虽然变了，却和之前的邪恶音律一样诱人，仍偶尔蹦出一些可怖音符。与此同时，从老宅后半部分的某个地方（似乎是书房）传来了明显的说话声，像是某种越来越响亮的吟唱声。

"天哪！"我呼喊着，一面抓住弗罗林，"这又是什么动静？"

"是爷爷在干的事。"他说，"不管他自己是否知道，那怪物来了，正对着他吟唱。"他摇了摇头，紧紧闭上了眼睛，过了一会儿，才用低沉而激动的声音痛苦地说，"要是利安德尔留下的那些遭到诅咒的纸张如他所愿被烧掉就好了！"

"你几乎能听清唱的是什么词。"说罢，我认真听了起来。

确实是在念什么词，但不是我曾听过的那些。那是一种透着古老气息的可怕声响，活像某种只有半条舌头的非人怪物发出的哀嚎，所念之词尽是些毫无意义的恐怖音节。我走过去打开门，声音立刻变得清晰起来。一瞬间我明白了一件事，我本以为有许多声音，其实只有一个，但单凭它就能让人误以为有许多声音。所唱的词——或许更贴切的描述是声响，野兽般的声响，从下面传来，像是某种令人胆颤的哀嚎：

Iä! Iä! Ithaqua! Ithaqua cfˈayak vulgtmm. Iä! Uhg! Cthulhu fhtagn! Shub-Niggurath! Ithaqua naglfhtagn![4]

令人难以置信的是，风声越来越大，哀嚎声越来越恐怖，以至于我以为老宅随时都会被抛入虚空，弗罗林和我也会被甩出去，直至我们无助的身体被夺走呼吸。我被那恐怖又令人好奇的混乱局面攥住了，瞬间想到祖父还在楼下书房里，于是向弗罗林招手示意，随即从房间跑向楼梯，顾不得心里惶恐，强撑着去面对祖父和威胁他的不管什么怪物。我跑到书房门前，扑到门上。像上次一样，所有代表怪物现身的异象再次停止，就像有人按下了开关一样。寂静一下子像黑夜一样笼罩了整个老宅，空气中的氛围瞬间变得更加阴森可怖。

门开了，我再次面朝祖父站着。

他似乎没挪过地方，像我们不久前离开时那样静静坐着。很快，他睁开了眼睛，头微微偏向一边，目光紧紧盯着东墙上那幅巨大的油画。

"天哪！"我大声惊呼，"刚才发生了什么？"

"我希望不久就能知道。"他非常庄重和严肃地回答道。

他毫无惧色的表现，也在一定程度上平息了我的惊慌，我朝书房里边走去，弗罗林也跟了过来。我趴在祖父床上，努力吸引他的注意力，但他仍继续聚精会神地凝视着那幅画。

"您在做什么啊？"我哭喊着，"不管您要干吗，那里很危险。"

"如果没有危险，像你曾伯祖那样的探险家是不会满足的,好孩子。"

---

4 | 大意为："万岁！伊塔库亚！我们向您献上祷告。睡梦中的克苏鲁！莎布·尼古拉丝！等待入梦的伊塔库亚！"

维吉尔·芬莱为德雷斯作品所绘插画

他回答得干脆利落。

我知道他所言极是。

"我宁愿穿着靴子在冒险途中丧命，也不愿死在这张床上。"他继续说道，"至于我们听到的那些声音——我不知道你们听到了多少，有些地方我目前还没弄明白。但我想提醒你们注意风的奇怪之处。"

"没有风了啊。"我说，"我看过了的。"

"好吧，好吧，"他有点不耐烦地说，"倒也没错。然而，风的声音从某处传来，风中的所有声音就像我在大戈壁听过的诡异呼啸声一样。在茫茫雪原之上，在与世隔绝的隐秘冷原上，丘丘人在祭拜着奇异的古老神祇。"他突然转过身来面对着我，眼睛里像是有烈火在烧，"我告诉过你了，不是吗？关于马尼托巴 [5] 北部的一些印第安人在崇拜伊塔库亚的那些事。有时也称其为'风行者'，当然，也有人叫它'温迪戈'。他们相信风行者会收下献祭的人类，把他们带到遥远的宇宙并抛弃，任由其死去。哦，好孩子，有很多传闻、各种奇怪流言，而且还不止这些。"他忽然猛地朝我靠了过来，"我亲眼看到过一些物品，是在一具从天而降的尸体上发现的，千真万确。那些东西怎么看都不可能来自马尼托巴，而是来自冷原，或者太平洋中的群岛。"他用一只手将我推开，一丝厌恶从他的脸上划过，"你不相信我。你以为我在说梦话。那就走吧，回去睡你的小觉，让那日复一日的无尽痛苦将你的生命消磨殆尽！"

"不！您说吧。我现在不想走。"

"明早我再跟你说。"他疲惫地说道，身子向后靠了靠。

祖父的态度很坚决，不容动摇。我只能就此作罢。再次向他道了晚安后，我和弗罗林一起退到了厅堂。弗罗林站在那里缓慢地摇着头，一

---

5 | 马尼托巴（Manitoba），加拿大中南部的一个省。

副让人难以接近的架势。

"这些异象每发生一次，情况就会变得更糟糕。"他低声说，"风声一次比一次响亮，酷寒也来得更猛烈，那些异响和乐声也愈加清晰，还有那些令人不适的脚步声！"

他转身就回楼上去了，我犹豫一下，也跟了上去。

第二天早上，祖父看上去和往常一样气色红润，精神头儿十足。我走进餐厅的那一刻，他正和霍夫聊着什么，大概是在回应对方的一个请求。那老仆人恭恭敬敬地弯腰站立，他听到祖父告诉他，如果他老伴的身体状况欠佳，需要去沃索看医生的话，他们两口子当然可以从今天开始就请一周假。弗罗林怪笑着与我对视，他的脸色有些暗沉，一副无精打采的样子，显然没怎么睡好，吃得倒是很开心。他的笑，以及他向霍夫离开的背影投去的意味深长的一瞥，清楚地表明霍夫夫妇是迫不得已而为之，对于我来这里第一个夜晚那让人不安的种种异象，他们只能以这种方式来躲避。

"好了，孩子们，"祖父兴致勃勃地说，"你们看起来完全没有昨晚那么憔悴了。我承认，我很同情你们。我敢说，你们现在远远不像昨晚那样多疑了。"

他笑了笑，就好像在拿那档子事开玩笑。可惜，我没他那么看得开。我坐下来，吃了一点东西，不时地用余光瞥他，等着他解释昨晚发生的那些怪事。很快，我就看出他毫无此意，于是不得不主动提出来，同时也极力保持着体面。

"如果你受此困扰，那我向你致歉。"他说，"事实上，利安德尔提及的那道门槛一定就在书房某处，而且昨晚在你们第二次闯进那里之前，我就已经十分确定找到它了。此外，似乎无可争议的是，家族中至少有一位成员曾与其中一位神祇有过接触——毫无疑问，便是利安德尔。"

弗罗林俯身向前，说道："您相信那些东西是真的吗？"

祖父苦笑着说："显而易见，不管我有什么能力，你们昨晚听到的骚乱都不可能是我造成的。"

"您说的没错，"弗罗林表示同意，"但其他神秘力量……"

"不，不，只需要确定是哪一种了。水的气味是克苏鲁之眷族的标志，但风可能是罗伊格尔、伊塔库亚或哈斯塔的象征。但眼下的星象不能唤醒哈斯塔。"他继续道，"那么，就只能是另外两个了。它们两位都在那里，或者说它们中的一位，就在那道门槛的另一侧。如果我能找到那道门槛，我想就能知道那后面藏着什么。"

祖父如此漫不经心地谈论着这些远古神祇，简直不可思议。他那拉家常似的口吻和昨晚发生的诸多怪事一样令人讶异。我看到他吃早餐时的安心感被一扫而光。再次回想起昨晚来老宅路上时内心逐渐加深的恐惧，我顿时有些后悔问了那个问题。

祖父可能已察觉到我的不自然，但他不露声色，继续滔滔不绝地讲着，就像一位讲师在苦口婆心地向面前的听众讲解着某个科学问题。他说，印斯茅斯发生之事与利安德尔·阿尔文接触非人物种之间显然存在着联系。难道利安德尔离开印斯茅斯的根本原因是那里存在的克苏鲁异教组织，以及他自己都开始出现那种奇怪的面部变化——那残害了被诅咒的印斯茅斯无数居民的可怕变化？就是让前来调查印斯茅斯事件的联邦雇员也吓得不轻的怪异蛙类特征吗？也许真相就是这样。但无论如何，他逃离了克苏鲁异教组织，来到了威斯康星州的荒野，并以某种方式与另一个古老神祇（罗伊格尔或伊塔库亚）建立了联系——值得注意的是，它们都是代表邪恶的一方。利安德尔·阿尔文显然是在为虎作伥。

"如果真有可能是那样，"我喊道，"那我们肯定要听从利安德尔的警告。快放弃寻找他所说的那道门槛的疯狂想法吧！"

祖父好奇而温和地打量了我一会儿，显然他没把我的突然激动当回事儿。"既然我已经开始探索，就一定会坚持下去。毕竟，利安德尔也不是死于非命。"

"但是，照您自己的理论来看，他和这些神祇有接触。"我说，"而您没有。您居然想冒险闯入那未知空间——您已经在这么做了——全然不顾那里的无尽凶险。"

"我当初去大戈壁，已经见识过各种恐怖了。我从来没想过能活着离开冷原。"他沉思了一下，然后慢慢站起来，"此事没得商量，我一定要去找利安德尔提到的门槛。今天晚上，无论你们听到什么，都不要打断我。如果过了这么久，我还要因你的冲动一直耽搁下去，那就太可惜了。"

"找到那门槛之后呢？"我哭喊着，"您要做什么？"

"我还没决定要不要跨过去。"

"那时可能就由不得您了。"

他默默地盯着我，片刻过后，温柔地笑了笑，走出了房间。

三

那个灾难般的夜晚所发生的一切，即使到了今天，仍让我难以下笔。

尽管身在密斯卡托尼克大学，经常能接触其中保存的古老而鲜为人知的文字，探寻那些可怕的秘密，但那晚的记忆仍如此生动地浮现在我的脑海，让我难以忘却。然而，要了解后来发生的广为流传的事件，就不得不弄清楚当晚发生了什么。

我和弗罗林花了大半天时间来研究祖父的藏书和文件，以验证他在谈话中暗示的某些传说——不单是说给我听的那些，还有我到来之前说给弗罗林的。他写的东西里有许多神秘引喻，但与我们要找的传说有关的，只有一个。那故事有点晦涩难懂，显然是在讲传说的起源，与尼尔森两位居民的失踪有关。这两个居民一个是马尼托巴人，另一个是西北皇家骑警的警员，两人后来再次出现时，像是被什么力量从天上扔了下来，冻得跟冰一样，要么毫无知觉，要么即将死去，嘴里絮絮叨叨地说着伊塔库亚、风行者和地球上的许多地方。他们身上还携带着怪异的物品，像是来自遥远国度的纪念品——他们生前从没带过那种东西。这个故事令人难以置信，却与《异乡人与其他故事》中明确记载的神话有关。而《纳克特抄本》《拉莱耶文本》和邪恶的《死灵之书》中对这个故事的叙述令人直冒冷汗。

除此之外，我们没有发现任何与要找的传说有明显联系的内容，只好无奈地等待黑夜降临。

由于霍夫夫妇还在休假，午饭和晚饭都是弗罗林做的。祖父一如既往地继续着他的探索，只说他发现了确凿证据，能证明书房东墙上那幅不甚优美的风景画出自利安德尔之手，并且他正在一点点地破译利安德尔那封冗长的信件，马上就要大功告成了。他估摸着很快就能找到其中提及的那道门槛的重要线索——他最近更加频繁地提到那道门槛，却对他的古怪探索只字未提。他从餐桌旁起身，再次郑重地提醒我们，晚上不要打扰他，免得他动怒。然后他进了书房，再也没有出来过。

"你觉得今晚能睡着吗？"我们独处时，弗罗林问我。

我摇了摇头。"不太行。我不睡了。"

"我觉得他不希望我们待在楼下。"弗罗林微微皱着眉头说。

"那我就回屋待着。"我回答道，"你呢？"

"如果你不介意的话，我也去你屋。他执意要一做到底，除非他主动找我们，不然我们也无能为力。他可能会呼唤……"

我感到莫名的不安，总觉得等祖父真的呼唤我们时，一切都来不及了。但我没有说出我的担心。

那天晚上的种种异象还是照常开始了，那诡异美妙的音乐从老宅周围的黑暗中幽幽响起，这次仍像是笛子声。过了一会儿，狂风、酷寒和呼啸轮番登场。紧接着，老宅里先是弥漫着一股令人不适的窒息气息，然后更恐怖离奇的事情发生了，那情形难以用语言形容。我和弗罗林一直坐着，没点灯。我懒得点亮弧光灯，毕竟任何光都无法照出这些异象的来处。我走到窗前，风声开始强劲起来时，我再次望向那一排树木的影子，心想，千万保佑，这次它们一定要在这猛烈的狂风中弯下身子。然而，和上次一样，我没有发现任何树影摇晃的迹象，连一丝都没有。

天空万里无云，群星闪耀，夏季的星座正向西移动，为秋季的星座腾出位置。风势浩浩荡荡起来，此刻狂风怒吼，而那一排树木在黑暗中的剪影仍然分毫未动。

但是，突然间——如此突然，我还眨了眨眼睛，确信自己不是因为做梦犯迷糊了：在天空的一大片区域中，群星消失了！我踮起脚，把脸贴在窗玻璃上。只见一团云一样的东西腾空而起，几乎达到了天空最高处，但现实中云彩不会如此迅速地出现在天空中。那区域的两侧和上端，星星依然在闪烁。我打开窗户，俯身向外，试图追寻星空下那个黑暗的轮廓。那是一头巨兽的轮廓，长着怪诞的人形，像是头颅的东西高高地昂起，在它眼睛的位置，闪着两个洋红色的光点，一如正在燃烧的星星——如果可以称之为星星的话。

同一时间，那些越来越近的脚步声变得异常响亮，以至于老宅也随着脚步的振动而摇晃颤抖起来。狂风如同恶魔怒吼一般，暴烈到了难以形容的程度，那哀嚎尖厉刺耳，仿佛多听一秒就会令人彻底疯狂。

"弗罗林！"我声嘶力竭地呼喊起来。

我听到他向我走来，然后立刻感觉到他紧紧抓住了我的胳膊。他也看到了那一切，不是幻觉，也不是梦境。繁星反衬出那庞然大物的轮廓，它正在行走！

"它在动呢。"弗罗林低声说，"天哪！它朝这边来了！"

他慌忙从窗边往后退了几步，我也一样。但转瞬间，天空中的影子消失了，星星再次闪耀。然而，风声丝毫没有减弱，事实上，它似乎顷刻间变得更加狂野和猛烈。整座老宅都在剧烈颤抖和摇晃，而那些响亮的脚步声则在老宅前的山谷中久久回响。空气越发寒冷，呼出的气息直接成了白雾。这酷寒似乎是外太空才有的。

在这纷乱的思绪中，我想到了从祖父的文件里发现的那个传说——伊塔库亚的传说，它的化身就栖息在遥远北方的酷寒雪地里。我刚想到这里，思绪就被空气中响起的阵阵如泣如诉的瘆人合唱一扫而空。那可怕的异响，如同一头千嘴怪物口中发出的欢快圣歌：

Iä! Iä! Ithaqua, Ithaqua! Ai! Ai! Ai! Ithaqua cf'ayak vulgtmm vugtlagln vulgtmm. Ithaqua fhtagn! Ugh! Iä! Iä! Ai! Ai! Ai![6]

与此同时，一声雷鸣般的巨响传来，紧接着是祖父的声音。他发出了可怕的喊叫，而后逐渐变成像是被吓得魂飞魄散的惨叫，以至于他本想喊出的名字——弗罗林和我的——都被吞掉了，应该是被眼前恐怖至极的景象噎住了喉咙。

他的叫喊声戛然而止，所有其他异象也猝不及防地同步消失了。那预示着灾祸的可怕寂静，如同厄运再次将我们团团围住。

弗罗林先到了我的房间门口，我赶紧跟了上去。他在下楼梯时摔了一跤，又在我拿的弧光灯的照耀下站了起来，那灯是我出门时顺手取的。我们一齐冲向书房的门，呼唤着里面的祖父。

里面无人回应，但门下方缝隙中透出的黄光表明他的灯还亮着。

门从里面反锁了，所以我们不得不把门砸开才进去。

祖父竟然不在里面。东面墙壁上出现了一个巨大的洞，就在曾挂着那幅画的位置（此刻画正躺在地板上）。那是一个通向地下深处的岩石洞口，书房里的每一样东西都覆着伊塔库亚的印记——一张精细的雪毯，上面的雪晶在祖父的黄色灯光下闪耀着，就像无数颗微小的宝石。除了那幅画，只有那张床被动过，仿佛祖父真是被巨大的力量从床上拽走了！

我急忙看向祖父保存利安德尔曾伯祖手稿的地方，却发现手稿不见了，全都凭空消失了。弗罗林突然大叫起来，指着利安德尔的那幅画，又指了指我们面前的洞口。

"原来它一直就在这里——那道门槛。"他说。

---

6 | 大意为："万岁！呼唤！伊塔库亚，我们向您献上祷告。睡梦中的伊塔库亚！"

此时，我才和他一样明白过来，想必祖父也发现得太晚了。利安德尔曾伯祖的那幅画，画的正是尚未修建宅子时此地的样貌，宅子盖起来后遮住了山坡上那个通向地底的洞口。那就是利安德尔在手稿中警告过我们的隐蔽门槛，祖父就是越过那道门槛后消失的！

事情大抵如此，但所有古怪迹象中最令人震惊的部分仍是个谜。后来，镇上的官员和一些哈蒙当地的无畏冒险家对岩洞进行了彻底搜查。他们发现岩洞有多个洞口，很明显，任何人或任何怪物要想通过洞穴到达老宅，都必须从周围丘陵上发现的无数隐蔽裂缝中选一条进入。祖父失踪后，利安德尔曾伯祖所做之事的性质才被揭露。我和弗罗林受到了多疑的镇上官员的严厉审问。因为祖父下落不明，我们最终被释放。

但自那晚之后，一些线索被陆续发现了。根据祖父的暗示，再加上那些锁在密斯卡托尼克大学图书馆里的禁忌之书中所讲的可怕传说，这种厄运是无论如何都逃避不了的。

第一个线索是，灾祸降临的那个夜晚，那影子升入繁星闪烁的天空下方，但人们在大地上发现了一串巨大脚印：又宽又深的坑洼，就像某种史前怪兽从那里走过一样，极其匪夷所思。每个脚印相隔半英里，一直延伸过老宅，在通往那个隐秘洞穴的一条裂缝处消失了。那足迹与在马尼托巴北部的雪地上发现的一模一样，两位旅行者和被派去搜寻他们的警员也是在那儿离奇消失的！

第二个线索是，祖父的笔记本以及利安德尔曾伯祖的部分手稿，在萨斯喀彻温[7]北部森林的积雪深处被发现。这些物品都被冰雪包裹着，种种迹象表明它们是从很高的地方掉落下来的。笔记本是在祖父失踪的第二年4月才被发现的，而其中最后一条记录的日期，正是上年9月底

---

7 | 萨斯喀彻温（Saskatchewan），加拿大的一个省级行政区。

祖父消失的那天。我也好，弗罗林也好，都不敢说出看到笔记本的怪样时立马想到的东西。于是我们一起烧掉了那几张可怕的信和祖父尚未完成的译文。这译文的内容，里边的一字一句，早已给出过对门槛之外恐怖力量的严正警示。正是它，从外界召唤来了一头可怖至极的怪物。它无以复加的邪恶力量，哪怕是那些写出在全球流传至今的骇人故事的古代作家，也不曾胆敢对其描写一二。

这最后一个线索才最确凿、最直击灵魂——祖父失踪七个月后，他的遗体在新加坡东南不远处的一个太平洋小岛上被发现。据说他当时的状况让见者很是疑惑：遗体保存完好，像是覆着一层冰，周身极其寒冷，被发现后的五天里，也没人敢用手触摸。另一个奇怪的地方是，他被发现时半埋在沙子里，有人说就像是"从飞机上掉了下来"。我和弗罗林再没有怀疑过那神祇的存在，这简直就是伊塔库亚的传说的复刻，它带着受害者，来到那遥远的神秘领域，然后将之狠狠抛弃。这最后一个线索也证明，祖父在他那趟不可思议的旅程中，一度还活着。即便我们还有任何怀疑，但从他口袋里发现的东西——他从曾经去过的隐秘之境带回的、后来寄到了我们手中的纪念品，便是千真万确、辨无可辨的证明。其中包括一块小巧的金牌，上面栩栩如生地展示了那些上古神祇之间的打斗场面，还刻着神秘的铭文。密斯卡托尼克大学的拉克姆博士认定，这物件并非出自人类已知的任何地方。此外，还有一本令人心生嫌恶的书，揭示了人人畏惧的隐秘冷原——那恐怖至极的丘丘人出没之地的可怕传说；以及一块形似怪兽的石制模型，刻画着一头在地球上空驭风而行的怪物阴森怪诞的样貌，只消一眼就令人浑身发毛！

哈斯塔的归来

The Return of Hastur

（1932年）

《哈斯塔的归来》导读

1.《哈斯塔的归来》写于 1932 年，1939 年 3 月首次发表于《诡丽幻谭》杂志，后被德雷斯收入他的作品集《克苏鲁的面具》。

2. 哈斯塔出自美国小说家安布罗斯·比尔斯（Ambrose Bierce）写于 1981 年的小说《牧羊人海塔》（*Haïta the Shepherd*）中，是一位仁慈的牧羊人之神。

3. 在美国小说家罗伯特·钱伯斯（Robert Chambers）写于 1895 年的故事集《黄衣之王》中，哈斯塔是一个潜在的超自然角色的名字。

4. 洛夫克拉夫特在 1927 年初读了《黄衣之王》，被它深深吸引，后在他写于 1930 年的《暗夜私语者》中两次提到哈斯塔这个名字，但没有赋予它具体含义。

5. 在本篇故事中，德雷斯首次将哈斯塔正式引入克苏鲁神话体系，作为旧日支配者之一。在德雷斯笔下，哈斯塔的形象类似章鱼，并非人形的黄衣之王。

6. 在本篇故事中，德雷斯将颇具争议的元素论引入克苏鲁神话，将旧日支配者划分为水、火、风、土四大元素阵营。

7. 本篇提到了几位克苏鲁神话中的常客：路德维希·普林（Ludvig Prinn），洛夫克拉夫特的好友罗伯特·布洛克（Robert Bloch）创造的角色，首次出现于 1935 年 5 月的小说《墓中的秘密》中，他是中世纪的炼金术士和黑魔法实践者，利用黑魔法将自己的寿命延长了至少两个世纪；德雷特伯爵（Comte d'Erlette），一位法国贵族，同样是罗伯特·布洛克创造的角色，首次出现于 1935 年的小说《书房里的自杀》中，其名称来源于本书的作者奥古斯特·德雷斯；弗里德里希·冯·云兹特（Friedrich von Junzt），美国作家罗伯特·霍华德（Robert Howard）在 1931 年的小说《黑石》中创造的人物，后被纳入克苏鲁神话体系，他是一个德国怪人，一生都在钻研禁忌话题。

8. 故事里提到了"比尔斯的卡尔克萨"，指的是美国作家安布罗斯·比尔斯（Ambrose Bierce）于 1886 年发表的小说《卡尔克萨的居民》（*An Inhabitant of Carcosa*）。小说中的卡尔克萨是一座古老的名城，后被钱伯斯引入《黄衣之王》中，作为哈斯塔的故乡。

一

　　这件事情已经过去非常久了，具体是多久，我连回想的胆量都没了。然而，要说我与这件事——这已然毁掉我的律师生涯，并令医疗专家怀疑我的精神是否正常的厄运——有何联系，一切还得从埃摩斯·图特尔的离世说起。那是一个深冬的夜晚，南风中已能嗅到春的气味。当天，我碰巧在古老的阿卡姆镇办事。关于这个小镇，外界流传着诸多怪谈。埃摩斯·图特尔从为他瞧病的埃夫瑞姆·斯普拉格医生口中得知我在镇上，于是让医生给路易斯顿律师事务所打电话，叫我顺道去他那儿一趟。那是位于艾尔斯伯里路（紧邻印斯茅斯收费公路）边上的一处庄园，了无生气，幽暗阴森。那种鬼地方，我从来就不喜欢去。但那老者出手阔绰至极，我也只能忍受一下他的沉闷个性和古怪行为了。再者，斯普拉格已经跟我挑明，他可能"个把小时"后就一命呜呼了。

　　他的确没多久就咽气了。此时，他奄奄一息，费劲巴拉地示意斯普拉格去屋外，以便嘱咐我一些事。但他说起话来仍然铿锵有力，中气十足。

　　"你清楚我的遗嘱，"他说，"原原本本照做就对了。"

　　他所提到的遗嘱，一直让我们争论不休。因为其中有这么一条要求：他的继承人，也是唯一在世的侄子保罗·图特尔要想继承遗产，必须先将这幢家宅毁掉——不是拆除，而是毁掉，连同他临终前按书架号标出的那几本书，也要一本不落地毁掉。在他临终的卧榻前争论这种事实在说不过去，于是我点头表示接受他的要求。天知道我多希望自己那时毫不怀疑地照做！

"还有，"他继续说，"楼下有一本书，你务必把它送回密斯卡托尼克大学图书馆。"

他跟我说了书名。那时的我对这本书知之甚少，但自那刻起，它似乎就开始潜移默化地影响我的生活。那是本囊括了远古秘史的预言之书，是潜藏在尘世乏味生活背后而能让众生为之癫狂的不祥征兆。没错，就是那本出自"阿拉伯狂人"阿卜杜·阿尔哈兹莱德之手的《死灵之书》的拉丁文译本，人人得而弃之的东西。

我轻而易举地找到了那本书。在埃摩斯·图特尔的最后二十年里，他日日将自己埋在从世界各地收集来的书籍中，过起了与世隔绝的生活。那些书大都很旧，甚至破烂不堪，有着可能会吓退意志薄弱者的书名。路德维希·普林的《蠕虫之秘密》、德雷特伯爵的《尸食教典仪》、冯·云兹特的《无名祭祀书》都赫然在列，它们无不透出诡谲、邪恶和瘆人的气息。当时我还不知道这些东西有什么稀罕之处，也不理解其中一些残缺不全的古籍竟都算得上无价的珍品，比如骇人异常的《伊波恩之书》、恐怖至极的《纳克特抄本》和惊悚万分的《拉莱耶文本》。我在埃摩斯·图特尔过世后查看了他的账目，发现他为这些书花费了惊天巨款。这本《拉莱耶文本》是从神秘的亚洲内陆某地买到的，花如此高价买下它，实在让我感到离谱至极。记录显示，他为这本书支付了足足十万美元。要补充说明的是，他的账目中还有一个与这份泛黄手抄本有关的记号，彼时我疑惑不已，却因为某种不妙的感受而将其牢记心中。在那显眼的十万美元的价格后面，我看到埃摩斯·图特尔用细长的笔画写着这么几个字：外加兑现承诺。

这些情况直到保罗·图特尔搬进老屋后才公布于众。在此之前，发生了几件怪事。镇上传言，那古老的家宅被某种强大的超自然力量"附体"了，我当时就应该对此有所怀疑。与后来的几件事相比，第一件事的影响显得无关要紧，不过是我把《死灵之书》送回阿卡姆的密斯卡托尼克大学图书馆时，被一位沉默寡言的图书管理员直接带到了馆长兰费尔博士的办公室。馆长一副毫不客气的样子，要求我解释为何那本书会在我手里。我想都没想就和盘托出。在那里，我得知那稀有之物根本不是以正当方式从图书馆借走的。实情是，作为稀客的埃摩斯·图特尔在某次来访时把书偷走了，因为他已多次努力说服兰费尔博士把书借给他，但屡试屡败。埃摩斯的行窃计划不可谓不妙。他事先准备了极好的仿本，其装帧完美得足以乱真，而书名和开头几页的文字实际上是他凭记忆复制出来的。"阿拉伯狂人"的那本著作交到他手里时，他趁机用仿本换掉了原本，然后带着那人人避之唯恐不及的著作溜之大吉。当时该著作在北美仅存两本，全世界已知的存本也只有五册。

第二件事有着更为异乎寻常的色彩，有几分房子闹鬼的老套故事的意味。老爷子的尸体摆在屋里的那几天，我和保罗·图特尔夜里会听到一些异响，像是低沉的脚步声，但有一点非常怪异：这声响根本不像是从老屋里传出的，而像是某种超乎人类认知的巨大生命体在地底深处行走时，它的脚步声随着振动传了上来。而之所以称其为"脚步"，是因为很难有其他恰如其分的形容。那动静完全不是四平八稳的步伐，而更像是踩在海绵或者果冻上的晃动声。造成这动静的生命体应该重如大山，如若不然，那地底深处产生的颤动怎会听上去那般怪异。那响动给我的感受大抵如此。凑巧的是，在黎明时分，埃摩斯·图特尔的尸体比计划提早四十八小时被运走后，那声音也消失了，再没出现过。我们谁也没

本文在《诡丽幻谭》杂志上的插图，维吉尔·芬莱绘

多想，认为那声音不过是远处的海岸发生了地壳移动所致。一方面，我们并未把那动静太当回事；另一方面，也是受到这最后一件事的影响——这件事刚好发生在保罗·图特尔正式住进艾尔斯伯里路边的老屋之前。

这最后一件事，是三件事中最让人震惊的。知道此事的三人中，只有我一人活到了现在。斯普拉格医生是上个月的今天去世的。他那时不过是看了一眼，并说了一句："快埋了他！"我们赶忙照做，因为埃摩斯·图特尔的尸体出现了常人无法理解的变化，甚至会让人生出极其恐怖的联想。他的尸体没有出现肉眼可见的腐烂，而是发生着怪异的微妙变化：周身弥漫着一种奇怪的霓虹色，这种色彩随即变暗，直至乌黑，浮肿的手上和脸上出现了细微的鳞片状组织。他的头颅形状也发生了某种变化：似乎变长了，呈现出一种怪异的鱼头模样，棺材里还渗出浓烈的鱼腥味。这些变化绝对不是我的臆想，而是有着确凿的证据。之后，尸体被几位满脸不情愿的非原住民运到了指定地点，终于开始腐烂（尽管之前已发生过变化），目睹这一切的几个人都被吓得不轻。我们一起见证了那令人不适的骇人变化，但想到他们对先前发生的变化一无所知，我又暗自为他们庆幸。然而，在埃摩斯·图特尔的尸体仍摆在老屋里时，任谁也想不到会发生现在这种事。人们迅速封上棺材，并且忙不迭地把它送进了阿卡姆公墓里长满常春藤的图特尔家族墓穴。

保罗·图特尔当时已年近半百，和那一代的多数男人一样，他的面容和身材仍像二十多岁的年轻人。事实上，能暴露他实际年龄的唯一破绽，就是胡子和鬓角里几缕不显眼的白丝。他身材高大，头发乌黑，体形微胖，一双蓝眼睛清澈透亮，尽管从事学术研究多年，但他仍无须戴眼镜。他并非对法律一无所知，而是很快向众人宣告，如果我作为老爷子的遗嘱执行人，执意遵照遗嘱中的那条要求，毁掉艾尔斯伯里路边的老屋，他就会以埃摩斯·图特尔精神失常为由，对遗嘱提出合理异议。我向他挑明，他的行为无疑是与斯普拉格医生和我对着干。但我同时也没有忽视一件事：真上了法庭，我们极有可能会因这条不合理的要求败诉。再者，我自己也认为，这条毁掉老屋和那些书籍的要求简直荒唐透顶，我不准备因为这件小事就闹到法庭去。然而，倘若我能够预见后来发生的事，倘若我能猜到一点接下来要面对的恐怖浩劫，我一定会一字不差地执行埃摩斯·图特尔的遗嘱，无论法庭做何判决，都不能让我动摇分毫。可那时的我哪会有这种先见？

我和保罗·图特尔结伴去见了威尔顿法官，向他陈述了此事。和我们一样，他也认为摧毁老屋实属多此一举。而对于保罗·图特尔认为已故的叔叔精神不正常一事，他不止一次隐晦地表示赞同。

"自打我认识那个老东西起，他就一直神神道道的。"他冷漠地说。

"至于你，哈登，你敢在证人席上打包票说他百分百神志清醒吗？"

回想起密斯卡托尼克大学发生的《死灵之书》被盗事件，我有种莫名的不安。我得承认，我也拿不准老爷子到底疯没疯。

就这样，保罗·图特尔成为艾尔斯伯里路上那座庄园的新主人，而我也回到了波士顿继续律师的生涯。我虽对遗嘱那档子事的最终结果并无不满，但心中仍不免潜藏着一种说不清的不安。我隐隐觉得一场悲剧正在酝酿，而一想到我们将埃摩斯·图特尔的棺材封好并放进阿卡姆公墓的百年墓穴之前，我亲眼看到的棺材里的场景，这不安就越发强烈起来。

二

没过多久，我又重回被女巫诅咒过的阿卡姆镇，再次见到那标志性的复折屋顶和佐治亚风格的栏杆。我是为完成一位客户交办的事宜，到那里出差的。他希望我去确认一下，他在印斯茅斯古镇的一处房产，是否得到了当地官员和警察的看护。海滨建筑群和远海中弥漫着恐怖气息的恶魔礁的一部分被秘密炸毁，已是几个月前的事了。这伙人现在仍控制着这座人人避而远之的闹鬼小镇。虽然从那以后，这件秘闻被严防死守地掩藏了，但我还是得知，有一份声称记录了印斯茅斯恐怖事件真相的文件，是一位来自普罗维登斯[8]的作者撰写而后私下出版的手稿。那时，去印斯茅斯办事根本行不通，因为特勤处的人封锁了所有道路。不过，我跟有关人员进行了交涉，对方保证，因为客户的房产距海滨远得很，一定毫发无损。于是，我就去着手处理阿卡姆镇的其他小案件了。

那天，我来到密斯卡托尼克大学附近的一家小餐馆吃午餐，其间有人找我搭讪，那声音熟悉极了。我抬起头，发现是兰费尔博士——这所大学图书馆的馆长。他看上去有些心烦意乱，忧郁写满了整张脸。我请他坐下来一起用餐，但他拒绝了。不过，他倒是落了座，身体略微靠在椅子扶手上。

"你去探望过保罗·图特尔了吗？"他冷不丁地冒出这么一句。

"正打算下午去呢，"我回答道，"出什么事了吗？"

他的脸上泛出红晕，似乎在愧疚什么。"这我可说不准。"他的语气中透着严谨，"但有一些不好的流言在阿卡姆疯传着，说是《死灵之书》又不见了。"

---

8 | 普罗维登斯（Providence），美国罗得岛州首府。

"天哪！你不会是想说保罗·图特尔把它拿走了吧？"我惊呼道，觉得诧异又搞笑，"我想象不出那本书对他有什么用。"

"不管怎么说，书现在到他手里了。"兰费尔博士强调道，"但我认为那书不是他偷走的，也不希望被人误解我有这种意思。依我看，是我们的一位职员交给他的，但现在没有人会站出来认下这么大的错。真是那样也罢了。重点是这书还没有还回来，恐怕我们得赶紧找到它。"

"我可以找他打听打听。"我说。

"那就拜托了，提前谢过。"兰费尔博士的语气略显恳切，"我猜你一点也没听说过这一带盛传的谣言吧？"我摇了摇头。

"很可能是有人在凭空捏造事实。"他的神情中明显透露出不愿或不能接受如此轻描淡写的解释，"据说，深夜搭车的乘客们在经过艾尔斯伯里路时，听到过奇怪的声响，那声音明显是从图特尔的老屋传出来的。"

"什么声响？"我问道，其实我多少有些心知肚明。

"显然是脚步声。但我知道没有人敢如此肯定。只有一个年轻人提及那声音有些沉闷，听上去像是某种庞然大物在附近的泥水中行走。"

我和保罗·图特尔在埃摩斯·图特尔去世当晚听到异响的事，早已沉寂于脑中了，然而兰费尔博士一提到"脚步声"，那段记忆便再次翻涌而出。我生怕自己露出马脚，因为兰费尔博士注意到我忽然兴致大涨。所幸，他最终认定我是为了掩饰自己其实多多少少听过这些传言，尽管我矢口否认。我不愿让他察觉出哪里不对劲，而与此同时，我忽然不想再听他继续说下去了。所以我没再追问更多细节。他识趣地站了起来，准备回去继续工作。我坐在原处，任凭答允要向保罗·图特尔打听丢失之书的那番话，在耳边久久回荡。

兰费尔博士说的话看似无足轻重，却在我心中敲响了警钟，让我不禁回想起深埋在记忆里的许多细节：我们听到的怪异脚步声、埃摩斯·图特尔遗嘱中的离谱要求，以及他的尸体的诡异变形。我当时心中已有些许怀疑，这里显然正在发生一连串的邪恶事件。我与生俱来的好奇心瞬间被勾起，夹杂着某种厌恶以及想要退缩的强烈意愿，心中再次隐隐冒出对悲剧即将发生的莫名的笃定感。于是我决定尽早去见保罗·图特尔。

在阿卡姆的差事让我整个下午都未能脱身，直到黄昏时分，我才抵达艾尔斯伯里路边那熟悉的图特尔老宅，站在那扇巨大的橡木门前。我粗暴的敲门举动招来了保罗·图特尔本人的应门。他高举着灯站在里头，朝渐浓的夜色中张望着。

"哈登！"他惊呼道，把门猛地推得大开，"快快请进！"

与我相见，让他发自内心地高兴，这毋庸置疑——他激动的语气让人无法联想到其他可能。而他的热情接待，让我越发坚定了自己的主意。我决定绝口不提自己听到的谣言，只打算挑一个我认为合适的时机，问起《死灵之书》的事情。根据我的记忆，老爷子去世之前的一段日子里，图特尔一直在撰写一篇与萨克印第安语 [9] 的发展有关的语言学论文，于是我决定询问一下这篇论文的进展，极力摆出一副此行没什么要事的样子。

"我想，你已经吃过晚饭了。"图特尔边说边领我走过厅堂，来到书房。

我说我在阿卡姆吃过了。

他把灯放在一张摆满书的桌子上，顺手把一些文件推到一边。请我

---

9 | 萨克印第安（Sac 或 Sauk），美洲印第安人的一支，主要居住在威斯康星州绿湾地区。

坐下后，他也坐回了为给我开门而离开的地方。

此刻，我才终于看清了他的面容：有些蓬头垢面，任由胡子肆意生长。他的身体也胖了一些，无疑是埋头做学问导致的。整天关在屋子里，又疏于锻炼，兔子都得变肥。

"那篇关于萨克语什么的论文，写得怎样了？"我问道。

"已经放一边了，"他立刻说道，"也许哪天还会再捡起来。我暂时有重要的事情要做，至于有多重要，我现在还不清楚。"

我注意到，桌上的书不是我曾见他在伊普斯维奇时常摆在书桌上的学术著作，而是老爷子明确叮嘱要毁掉的那些（只要扫一眼曾经摆放那些书的书架已空空如也，一切便不言自明），顿时生出几分担忧。

图特尔近乎急切地转向我，轻声低语起来，仿佛隔墙有耳。"这么跟你说吧，哈登，它身形巨大，是超乎想象的庞然大物，单凭这一点，我不再确信那是别人杜撰的。千真万确，我动摇了。我想知道叔叔遗嘱中的那一条要求到底有何用意，我搞不明白他为什么要毁掉这老屋。我大胆猜想，原因一定就藏在那些千叮咛万嘱咐一定要毁掉的书中。"他用手指了指面前那本古籍，"我仔细看了这些书，不瞒你说，我发现了一些不得了的事情。其中的古怪和恐怖你难以想象，以至于我有时不敢更深入地挖掘其中的奥秘。老实说，哈登，这是我有生以来遇到过的最荒谬的事。我敢说，这本书涉及了了不起的调查研究，与埃摩斯叔叔收集的其他书截然不同。"

"真的吗？"我显得有些冷漠，"我猜你为了拿到它没少奔波劳累吧？"

他摇了摇头。"恰恰相反，不过是去了一趟密斯卡托尼克大学图书馆。事实上，我后来发现叫人邮过来也行得通。你还记得叔叔的那些文件吗？你敢信吗？我在其中发现，埃摩斯叔叔竟然花了十万美元买下一份手稿，而且这手稿竟然是用人皮装订的。那条记录里还标了一行意味不明的字：外加兑现承诺。我开始暗自忖度，埃摩斯叔叔可能承诺过什么，又是对谁许下的诺言，会不会是将这本《拉莱耶文本》卖给他的那个男人或女人，还是其他的什么人？我立刻想到去找这本书的卖家信息，很快就找到了他的姓名和地址，是一个来自永冻高原之东的僧侣，并去信给他。一周前，我收到了他的回复。"

他弯下腰，在桌上的文件中一阵翻找后，把那封信递给了我。

"我对这笔交易有所怀疑，于是就以叔叔的名义写信给他，字里行间透露出我似乎不记得什么承诺，或者不想履行承诺。"图特尔接着说，"他的回复和我叔叔标的那行字一样晦涩难懂。"

确实如此。他递给我看的那张皱巴巴的纸上，只有一行笔迹奇怪而呆板的字，没有签名，也没有日期。那行字是：向不可呼名者提供一个庇护所。

我确信我抬起头看图特尔时，眼里的疑惑暴露无遗。他先是笑了笑，然后长篇大论起来：

"一头雾水，对吧？我第一眼看到时的表情和你没差。但我很快就弄明白了。要想理解我接下来说的事，你至少应该知道一个神话的大致架构——如果它确实只是神话——谜底就藏在其中。埃摩斯叔叔自然了解并相信这一切，他要毁掉的那些书的空白处随处可见各种标注，这证明他了解的东西比我多得多。这个神话与我们大家熟知的《创世纪》有着显而易见的共同源头，但只有几分相似。有时我很想向他们说明，这个神话远比其他神话古老，其影响远超古今，和神灵以及永恒有关。其中所涉及的生命体有且只有两种派别：宇宙中正义的旧神，以及恶神[10]。后者数量众多，还划分为不同阵营，各阵营似乎与元素相关又超乎其上：有隐藏在地底深处的水之族，有超脱时间之外的原始潜伏者风之族，还有远古时期幸存至今的可怕土之族……在远古时期，旧神将宇宙各处的恶神统统驱逐，并将它们囚禁在一些地方；但随着时间的推移，这些恶神俘获了魔鬼一样的仆从，这些人通过各种勾当想要唤醒他们信奉的伟大神灵。旧神是没有名讳的，但无论现在或未来，它们的力量都始终足以制衡其他神。

"然而，不同阵营间的恶神似乎矛盾频发，像低等生物那样互生嫌隙。水之族看不惯风之族，火之族与土之族不对付，但它们有一个共同点，那就是都对旧神又恨又怕，从未停止过将其一举击倒的妄想。在埃摩斯叔叔的文件中，那些可怕的名号在他潦草的标注中比比皆是：伟大的克苏鲁、哈利湖[11]、撒托古亚、犹格·索托斯、奈亚拉托提普、阿撒托斯、'无以名状者'哈斯塔，以及犹格斯星、阿尔多纳斯、塔勒、毕宿五、毕星团、卡尔克萨，诸如此类。在那些我可以弄懂的标注中，我按字面意思把其中一些名称大致归类，但仍有许多谜团难以解开，至今也没理解。另外，有不少名称所使用的语言我根本不认得，还有那些让人捉摸不透却异常骇人的符号和标记。但是，根据我的了解，伟大的克苏鲁可能是水之族的一员，而哈斯塔是宇宙中潜伏的风之族。通过从这些叔叔吩咐一定要烧毁的书中收集到的模糊提示，我们可以大致判断部分恶神的下落。因此我断定，在这个神话中，伟大的克苏鲁被放逐到了地球的某处海底，而哈斯塔则被扔到了外太空，囚禁在黑星升起的位置，也就是毕星团中毕宿五的方位。那儿就是钱伯斯曾提到的地方，也被称为比

---

10 | 恶神（Evil Ones），指旧日支配者。

11 | 哈利湖（Lake of Hali），克苏鲁神话中的虚构地点，位于毕星团中毕宿五附近的一个世界之内，是在卡尔克萨城附近的云中之湖。

尔斯的卡尔克萨。

"了解这些事情后，再来看僧侣的这封信，哈登，一个再明白不过的事实摆在眼前：想必不可呼名者只能是'无以名状者'哈斯塔，不可能是其他存在！"

他突如其来的停顿吓了我一大跳。方才他的一番急切低语有一种催眠的力量，也让我莫名地确信，比保罗·图特尔所言之事可怕千万倍的悲剧即将发生。在我脑海深处的某个角落，有一根弦被触动了，一种我无法甩掉又难以溯源的联想被唤醒。我忽然像是失去了对时间的感知，一座通往另一时空的通灵之桥随即开启。

"有些道理。"我最后谨慎地说。

"什么道理啊！哈登，这都是真的，千真万确啊！"他几乎是在喊叫。

"即便如此，"我说，"又怎样呢？"

"哎呀，如果这样的话，"他紧接着说，"我们就能确认，埃摩斯叔叔承诺提供一个庇护所，是要迎接现在被囚禁在隐秘彼界某处的哈斯塔归来。至于那个庇护所选在哪里，可能是什么样子，我还不太关心，不过或许我能猜个大概。但现在不是猜的时候，根据已掌握的一些其他证据，我们差不多能推断出以下几点。第一，也是最重要的一点，这件事有两面性——也就是说，某件始料不及的事情阻止了哈斯塔在我叔叔尚在世时现身，但还是有其他神祇现身了。"说到这里，他异常坦诚地看着我，眼神中透出些许紧张，"至于有何证据，我现在不想多说。你只要相信我手头儿已掌握这种证据就行了。那么，回到我先前所说的。

"我叔叔在空白处所做的为数不多的标注中，《拉莱耶文本》中的两三处标注尤其值得注意。事实上，从已知情况或可以合理推测的情况来看，正是这些记号招来了那不祥之物。"

说着，他翻开那份老旧的手稿，找到紧挨着正文开始处前面的地方。

　　"哈登，看这里。"听他这么说，我起身弯腰，冲他指的地方凑过去，看到了早已模糊不清的细长字迹，但一眼就认出那字出自埃摩斯·图特尔之手，"注意下面有划线的文字'Ph'nglui mglw'nafh Cthulhu R'lyeh wgah' nagl fhtagn'，再看无疑是我叔叔写在后面的话：'它的仆从在为它的回归铺好了路，它不再沉睡？'还有在最近的一个日期中写的内容，从他那颤抖的字迹来看，这是一个词的缩写：Inns！不把那句话破译出来，我们自然不懂这是在说什么。我第一次看到这标注的时候，就没有想到这一点，而是把注意力放在了括号里的记号上，并在很短时间内弄清了它的含义，说的是一本流行杂志《诡丽幻谭》的1928年2月刊。我已经拿到手了。"

　　他打开杂志，盖在那些意味不明的文字上。而在我的眼皮底下，隐约露出的几行字一点一点地呈现出骇人年代的神秘气息。我没看错，保罗·图特尔的手挡住了一个故事的第一页，显然是关于那个不可思议的神话的，以至于我不由得一阵惊讶。故事的标题被他的手遮住了一部分，是H.P.洛夫克拉夫特的《克苏鲁的呼唤》——该杂志因刊登此文而声名鹊起。但图特尔并未在第一页上多作停留，而是很快翻到故事的核心部分，然后停了一下，并向我展示一行模糊难辨的文字，那行字竟与埃摩斯·图特尔在极为稀有的《拉莱耶文本》中潦草的标注旁的内容一模一样。就在这行字往下一个段落，出现了据称是那些不明语言的译文：在拉莱耶的府邸里，长眠的克苏鲁酣梦以待！

　　"看到了吧，"图特尔带着几分得意继续说，"克苏鲁也在等待它的苏醒时刻。等待了多少个万古，无人知晓。但我的叔叔曾质疑克苏鲁是否还在沉睡，继而写下了那个无疑表示印斯茅斯的缩写，并在下面画了两条横线！这一发现，以及这篇声称只是小说，却似乎在讲述实情的故事所暗示的可怖场景，让我们得以一窥未曾料想过的恐怖景象，以及远古恶神的残酷行径。"

"天哪！"我不由自主地感叹道，"你不会认为这篇小说写的东西成真了吧？"

图特尔转过身，向我投来怪异的淡漠目光。"我怎么想并不重要，哈登，"他一脸严肃，"我非常想了解一件事，就是印斯茅斯曾发生过什么？过去几十年那里到底遭遇过什么，让人们如此避之不及？是什么让这个曾经繁荣的港口落得今天的下场——无人问津，一半房屋腾空，地皮几乎一文不值？联邦调查局的特工非要炸毁一排排的海滨住宅和仓库又是什么道理？还有，他们派潜水艇去把印斯茅斯不远处的恶魔礁以外的海域完全摧毁，到底在图什么？"

"我哪里知道。"我回答道。

但他似乎没听见一样，而是略微提了提嗓门，声音中有几分犹疑和颤抖："我可以告诉你，哈登。埃摩斯叔叔写得一点没错，伟大的克苏鲁已被唤醒！"

我心头一震，愣了一会儿才说："但他等的是哈斯塔啊。"

"正是如此，"图特尔说得有板有眼，一副老学究的派头，"接下来我想知道，在北落师门 [12] 升起、毕星团位于东方的黑暗时刻里，是何人抑或是什么怪物在大地上行走！"

---

12 | 北落师门，南鱼座中最明亮的恒星，也是天空中最明亮的恒星之一。

三

说完这句，图特尔就生硬地转移了话题，开始问起我的近况和在律师事务所的工作。我刚起身要走，他却让我留下来过夜。我虽然有些不情愿，但最终还是答应住下来。于是，他立即亲自去为我准备房间。我趁机更仔细地翻找了他的书桌，搜寻着密斯卡托尼克大学图书馆丢失的那本《死灵之书》。书没在桌上，我是在书架上找到的它。我刚把书取下来翻看，想确认它究竟是不是我要送回去的那本，图特尔就回到了书房。他敏锐的目光落在我手中的书上，欲笑又止。

"哈登，我希望你明早离开时，把它带给兰费尔博士。"他的语气轻松极了，"我已经抄下了想要的，以后就用不着了。"

"乐意效劳。"我如释重负地回应道，事情顺利得有些令人意外。

没过多久，我便回房休息了。图特尔为我安排的房间在二楼。他一直陪我走到门口，我们在那儿站了一小会儿。他犹豫着要不要交代些什么，先后回了两次头，一次向我道了晚安，第二次才终于道出压在他心头的想法："哈登，顺便提醒你一下，如果夜里听到了什么声音，不要紧张。不管它是什么，都不会伤害你，至少眼下应该不会。"

他走后，我一个人待了一会儿，才渐渐明白他刚才那番话以及他想说又不敢说的纠结劲儿是何缘故。我意识到，阿卡姆到处疯传的流言不是空穴来风，图特尔说话时的语气中并非完全没有恐惧。我一边思考一边慢慢脱下衣服，穿上他为我备在一旁的睡衣，思绪久久徜徉在埃摩斯·图特尔古书里的怪诞神话中，脑子一刻也停不下来。我从不轻易下结论，时至今日依旧如此。尽管那神话的整个架构乍一看有点荒唐，但足够严丝合缝，值得细细品味。而且明摆着图特尔对它的真实性已深信不疑。单是图特尔的态度就让我有所怀疑，因为他并非泛泛之辈，曾多次因研究详尽而声名在外。但凡是他发表的论文，哪怕是其中最细枝末节的部分，也没人敢挑刺。但事已至此，我至少准备承认图特尔向我大致介绍的神话结构有一定根据，但它究竟是真是假，至少在我那时的认知范围内，无从做出确切判断。原因是，人的思维一旦承认或谴责某件事后，再让他摒弃自己的结论就难上加难了，不管事情的后续发展证明这结论是多么不明智。

我继续着这样的思绪上了床，躺着等待睡意降临。夜色愈加深沉，透过薄薄的窗帘，我看到有星星在闪烁，仙女座高悬东方，秋天的星座也开始竞相登场。

我刚要睡着，忽然被一个声音惊醒。那声音已经持续了一段时间，但直到被惊醒的那一刻，我才真正明白那究竟是怎么回事：某种庞然大物颤巍巍地走着，脚步声依稀可辨，它每走一步，整个老屋都随之一震。那声响不像是从老屋里发出的，而似乎是从东边传来的，有那么一瞬间，我恍惚想象着有什么怪物从海里爬出来，在湿漉漉的沙滩上沿着海岸行走。

我刚用一条胳膊撑起身来，想听个清楚，那如幻的声音竟忽地消失了。一时间什么都听不到。过了一会儿，那声音终于又响起，断断续续，不成规律——时而一步一停，时而连续快走两步，还伴随着一种怪异的吮吸声。我睡意全无，起身走到敞开的窗户前。夜色宜人，但空气里没有一丝风，让人感到闷热。东北方的远处，灯塔的光在天空中画出一道弧线；遥远的北边，传来一架夜航飞机的低沉轰鸣。午夜刚过，红色的毕宿五和昴星团低悬在东边的天际。但我当时并没有把听到的异响与地平线上出现的毕星团联系起来，直到后来才想通。

其间，那古怪的声音仍无消退之势。我忽地意识到，这怪物虽然走得非常慢，但无疑是在慢慢靠近老屋。我敢肯定那声响是从海边传来的，毕竟在这一带，除了那里，其他地方的地势不可能致使脚步声方向难辨。我又想起埃摩斯·图特尔的尸体摆在老屋里时，我们曾听到过类似声音，但我当时并不记得它在慢慢靠近老屋，也不记得毕星团如现在这样低垂于东方，因此那时它应该是挂在西方。要说两种声音听上去有什么不同，我也无法说清，唯一可以分辨的是，现在的异响似乎近一些——不是物理时空上的接近，而是心灵上的亲近。这感觉如此强烈，以至于一种夹杂着恐惧的不安在我心中升腾。我开始感到极度焦躁难耐，急切地想要有人陪伴左右，于是我快步走到门前，开了门，悄悄走进厅堂，寻找着图特尔的身影。

紧接着，一个新情况自己浮出水面。我还没走出自己的房间时，确信所听到的声音来自东方，尽管受到那不可捉摸的微弱震颤的影响，整个老屋都颤抖不已。但置身黑暗的厅堂后，我在没有任何照明的情况下走了一路，忽地意识到，那声响和震颤其实都来自地下——根本就不是从老屋内部的任何地方传来的，而是来自下面——似乎是从地底某处传来的。我的神经越发紧绷，不安地站在黑暗中辨认自己的方位，这时我发现楼梯处有微弱的光芒从下面爬升上来。我赶忙悄无声息地走过去，越过楼梯的扶手，发现那光亮是保罗·图特尔手中的弧光灯照出来的。他站在楼下厅堂里，套着晨衣，即便从我站的位置也能清楚地看到他还没有脱掉衣服。落在他脸上的灯光映照出他那全神贯注的神情：头微微偏向一边，做聆听状。他一动不动地站着，任由我向下观望着他。

"保罗！"我发出一声刺耳的低语。

他立刻抬起头，显然看到了被手中弧光灯照亮的我的脸。"听到了吗？"他问道。

"是的，到底是什么鬼东西啊？"

"我以前就听到过，"他说，"下来吧。"

我下到一层的厅堂，在他狐疑的目光中伫立了一会儿。

"你不害怕吗，哈登？"

我摇了摇头。

"那你随我来吧。"

他转过身，带我朝老屋里头走去，并下到了地窖里。那异响霎时间变得响亮异常，就好像离老屋更近了。实际上，这声音听上去就在老屋的正下方。在那儿，我感受到整个建筑在明显地颤抖，不仅仅是墙壁和支撑物，就连整块地面也一起颤抖和振动——仿佛深藏地下的骚动之物选择要在地表的这个位置现出真身。但图特尔对此无动于衷。毫无疑问，他曾经亲历过这种场面。他穿过前两个地窖，径直来到第三个地窖。这地窖的地势要比其他地窖低一些，似乎是最近才建好的。不过，和前两个地窖一样，它也是用水泥和石灰石砌成的。

他走到这个地窖的中央，停了下来，伫立在那里静静聆听。此时，那声音已经变得如此清晰，老屋仿佛陷入了火山爆发的正中心，但支撑物并没有受到实际破坏。我们头顶上的椽子摇摇晃晃，嘎吱作响，这说明脚下的土地承受着巨大压力，甚至我的赤脚都能感到地窖的石质地板像活物一般在晃动。没一会儿，这声音似乎渐渐消退，但实际上丝毫没有减弱。只是因为我们对此越来越熟悉，耳朵也逐渐适应了其他较大声的音调，才会产生这种错觉。其他杂音也来自地下，像是从很深的地方传来，夹杂着让人汗毛直竖的诡异气息。

杂音中第一次发出的啸声并不清晰，因此无从判断那声音来自何处。

直到我细细聆听片刻后，才忽然察觉这些异响变成了古怪的哀鸣或呜咽，像是某种有情感的活物发出的。这声音忽地又变成了粗鲁而骇人的胡乱咕哝，内容模糊难辨。即使听清了它在说些什么，也难以理解那到底是什么意思。这时，图特尔已经放下弧光灯，跪在地上，接着半躺下来，耳朵几乎贴在地板上。

他示意我照做，我便也俯身贴到地板上，那来自地下的声音变成了更容易辨认的音节，尽管仍旧意味不明。一开始，我只听到了不连贯的、显然前后毫无联系的啼叫，其中还夹杂着吟唱声。之后，我把这些声音记了下来：

Iä! Iä! ... Shub-Niggurath! ... Ugh! Cthulhu fhtagn! ... Iä! Iä! Cthulhu!

我很快就了解到，我至少听错了其中一个词。尽管周围的干扰声越来越大，但"Cthulhu"这个词还是清晰可闻，跟在后面的那个词似乎比"fhtagn"更长一些，好像是多了一个音节，但我不能确定是不是一直都在念这个词。不过，那声音很快清晰起来，图特尔从口袋里掏出笔记本和铅笔，写道：

"它们说的是 Cthulhu naflfhtagn。"

从他微微欣喜的眼神中可以判断，这句话显然对他有所启发，但对我来说毫无意义。我只能辨认出其中一部分与那令人憎恶的《拉莱耶文本》中的文字完全相同，后来在那本杂志的故事中也见过。那杂志里的翻译好像是说，这些文字的意思是"克苏鲁醋梦以待"。我对这句话显然一无所知，这无疑让图特尔意识到他的语言学学识远远在我之上，随即他黯然一笑，低声说："这不是别的，正是一种否定结构。"

即便他做此解释，我还是没有立刻明白他的意思。他实际上是在说，那地下声响要表达的意思并不是我想的那样，而是"克苏鲁要从睡梦中苏醒了"！那一刻，问题的重点已经无关信仰。当下所发生之事并非源于人类，而且除了承认它与图特尔最近向我阐述的不可思议的神话有某种联系（无论这联系有多牵强都得接受）之外，别无其他解释。紧接着，仿佛只有这些感觉和听觉上的刺激还不够，空气中又出现了一种明显的奇怪腥臭味，混杂着令人作呕的浓烈鱼腥味。这气味明显是从多孔的石灰岩中渗出来的。

图特尔和我几乎同时闻到这气味，他表情中流露出的忧虑，比我之前注意到的更深，这让我顿感担忧。他静静地躺了一会儿，然后轻轻站起身来，拿起弧光灯，蹑手蹑脚地离开了地窖，同时示意我跟上。

直到我们再次来到楼上，他才放开胆子若有所思地说："这次比我想象得更近。"

"是哈斯塔吗？"我紧张兮兮地问。

他摇头否认道："不可能，因为下面的通道只通向大海，而且肯定有一部分灌满了水。因此，那声音只能来自水之族的一员。它们估计是在鱼雷摧毁印斯茅斯不远处的恶魔礁时躲过了一劫。有可能是克苏鲁，抑或是臣服于它的怪物，如在冰雪堡垒中奔忙的米·戈[13]，以及在亚洲隐秘高原侍奉所崇拜之神的丘丘人。"

再想睡觉已无可能。于是我们在书房里坐了一会儿，图特尔用半吟诵的方式，讲述了他在叔叔收藏的古书中发现的奇闻异事。在我们坐等黎明到来的时间里，他讲到了可怕的冷原，讲到了孕育万千子民的森之黑山羊，讲到了阿撒托斯和奈亚拉托提普，讲到了以人形在星空中行走

---

13 | 米·戈（Mi-Go），克苏鲁神话中的一类生物，拥有远超人类的科技，能够用巨大的双翼穿越以太。

的强大使者，讲到了可怕而邪恶的黄印[14]，讲到了神秘的卡寇莎闹鬼的虚构塔楼；可怕的罗伊格尔和可恨的札尔；雪之怪伊塔库亚、夏乌戈纳尔·法格恩和恩加－克吞；不知名的卡达斯和犹格斯真菌……他滔滔不绝地讲了好几个小时，下面的声音还在继续，我坐在那里听着，忍受着那令人毛骨悚然、几欲死去的恐惧。然而，这害怕显然多余了，随着黎明让星星变得苍白，下面的骚动也渐渐消失了，像是向东方和海洋深处隐去了。我终于急切地回到房间，穿戴整齐后准备辞行。

四

刚过去一个来月，我再次动身前往阿卡姆拜访图特尔庄园。此行的缘由是图特尔寄来的一张加急卡片，上面的字迹俨然出自他颤抖的手，只潦草地写着一个词：快来！虽然如此简单，却让我觉得有必要回到艾尔斯伯里路那处老屋一探究竟。尽管我对图特尔震撼心灵的发现感到厌恶，直到现在仍不时心生忧惧，但自从决定要尝试劝阻图特尔停止进一步研究后，我便一直持续观注着他，直到那天早上有人送来他的卡片。也是在那天早上，我发现《文摘》中刊载了一则发生在阿卡姆的不清不楚的报道，如果不是"发生在阿卡姆公墓的暴行"这个小标题吸引眼球，我可能根本不会注意到它。小标题下面是这么一行字：图特尔家族墓穴被毁。那则报道很简短，除了标题已经传达的意思外，披露的信息很少：

今天一大早，有人发现一群破坏者闯入了阿卡姆公墓，图特尔家

---

14 | 黄印（Yellow Sign），出自钱伯斯的《黄衣之王》，在克苏鲁神话中，它是崇拜旧日支配者哈斯塔的团体所使用的符号，可以赋予使用者精神控制、附身等超自然力量。

族的墓穴遭到部分毁坏。有一面墙几乎被砸得面目全非，那些棺木也被翻动过。人们声称，逝者埃摩斯·图特尔的棺木不见了，但在本刊付印时该情况尚未得到证实。

读完这份含糊不清的报道后，我立刻被一种不知从何而来的强烈忧虑攫住了。但我很快就明白了，毁坏墓穴的暴行不是普通犯罪，我不由自主地把它和图特尔老屋曾发生的事情联系起来。我当下就决定去阿卡姆见保罗·图特尔，这时候那张卡片还没送到。不知是不是受他简短信息的影响，我感到更加惊恐，同时也确认了我的猜想：在墓地发生的暴行和艾尔斯伯里路那处老屋地下行走的怪物之间，存在着某种惊人的联系。与此同时，我也有一种不愿离开波士顿的强烈感觉，因为有来源未知且难以捉摸的危险让我莫名地恐惧。然而，职责在身，无论多么不愿，我都必须去。

下午，我抵达阿卡姆，并立即前往墓地，然后以律师的身份去处理定损事宜。一名警卫在看守现场，在我亮明身份后，终于被允许去查看墓穴的情况。我发现报纸上的报道与现场情况简直天差地别。实际上，图特尔家族的墓穴几乎被完全摧毁，不少棺木暴露在阳光下，其中一些已经被撬开，露出了已长眠多年的死者骸骨。埃摩斯·图特尔的棺木确实是在夜里失踪的，第二天中午时分，在阿卡姆以东约两英里的一片空地上被人发现。那里离公路太远，不可能是被人抬过去的。而在当时，棺木为什么会出现在那里，比为何在那个时间点被发现更让人费解。调查发现，地上每隔很宽的距离就会有某种很深的凹痕，直径足有四十英尺！像有什么怪物曾从那里走过。我得承认，这种想法可能只在我的脑海中出现过，但我始终没想通地上的印记是哪儿来的，所以再疯狂的猜测也无法揭秘它们来自何物。另一方面，棺木被发现后立即揭示了一个更令人震惊的事实：埃摩斯·图特尔的尸体不见了，对周围地带盘查一通后也没有任何收获。这在一定程度上也让我无暇多想。在沿着艾尔斯伯里路动身之前，我从墓地管理员那里了解到了非常多的线索。但我决定，在跟保罗·图特尔说上话之前，要逼着自己不去多想。

这一次敲门后，没人立即来应门。正在我有些担心他是否出了什么事的时候，发现门那边传来一阵微弱的摩擦声，图特尔低沉的嗓音应声响起。

"谁啊？"

"哈登。"我回答道，并听到他如释重负般的喘息。

我进了屋，直至门被关上，才意识到厅堂像夜里一样暗。我看到屋子另一头的窗户被封得死死的，长长的走廊两边，没有任何房间射出一丝光亮。我本想问点什么，却始终开不了口，于是转身看向图特尔。过了一会儿，我的眼睛终于适应了这种不自然的黑暗，勉强看清了他的模样，然后我感到一种难以言说的震惊。眼前的图特尔，不再是从前高大挺拔的精干男人形象，而是一副弯腰驼背、严重发福的邋遢样，甚至会让人生出几分嫌弃，完全与他的实际年龄相悖。他刚说完第一句话，我的警觉性就瞬间提升了。

"快点，哈登，"他说，"时间不多了。"

"怎么了？出什么事了，保罗？"我困惑极了。

他对此置若罔闻，带我走进了书房，里头的弧光灯散发着昏暗的光。"我把叔叔最珍贵的一些书打包好了，有《拉莱耶文本》《伊波恩之书》《纳克特抄本》，还有几本别的书。这些书必须在今日由你亲手送到密斯卡托尼克大学图书馆，不能有丝毫闪失。从今往后，它们将成为图书馆的财产。这个信封里装着一些给你的提示，要是到今晚十点整，我还没有亲自去找你或打电话联系你，你就打开照里面说的做。你上次从这里走后，我就在老屋安了部电话。你平常待在路易斯顿律师事务所，对吧？仔细听我说：今晚十点整，如果你没接到我的电话，千万要照里面说的去做，不要犹豫。谨记，看完就要立马行动。你可能会觉得那些指示非同小可，不能马上决定要不要做。为了打消你的疑虑，我已经向威尔顿法官去电，说我交代给你一些不寻常但事关重大的指示，并嘱咐你要一字不差地照办。"

"到底发生什么事了，保罗？"我不解地问。

他一度想要一吐为快，但最后只是摇了摇头，说："目前我也说不准。但可以肯定的是，我和我叔叔都大错特错了。而且现在去挽回恐怕为时已晚。你已经知道埃摩斯叔叔的尸骨不见了吧？"

我点了点头。

"现在他又出现了。"

我大吃一惊，我才从阿卡姆来到这里，并没有人向我透露此事。"怎么可能呢！"我惊呼，"那帮人还在搜寻着呢。"

"随他们吧。"他的话让我有点摸不着头脑，"尸骨不在那儿，而是在这儿。它们估计发现叔叔的尸骨没有用，就丢弃到花园的角落了。"说罢，他猛地抬起头来，我们听到从老屋里的某个地方传来拖脚走路的响动和呼噜呼噜的喘气声。那声响转瞬即逝，他又转过头面向我。

"庇护所，"他嘟囔着，发出令人不适的笑声，"我敢肯定，那地道是埃摩斯叔叔修建的。但哈斯塔对它不满意，但那儿对于它的表兄弟——伟大的克苏鲁的仆从正合适。"

尽管墓穴被毁一事的确让我心生惶恐，但老屋里漆黑一片，加上坏事正步步逼近的预感萦绕心头，使当下场景相较于我方才所去的地方，显得那么不真实，以至于我完全忘了现在外面正阳光明媚。此外，我还觉出图特尔怀着一种近乎狂热的期待，显得又紧张又急切。此刻他的双眼异常明亮有神，他的嘴唇也变得粗糙而厚实，而他的胡子，暗淡到了我难以置信的程度。

他只短短倾听了一小会儿，然后转身对我说："我自己要暂时守在这儿，我还没有把所有地方都埋上炸药，这件事非做不可。"他的言语又开始古怪起来，还没等我把心中冒出的疑问说出来，他又继续道，"据我研究，这老屋建在一处未经改造的人工地基上，下面不仅修有地道，还有庞大的洞穴结构，我认为这些洞穴大部分都注满了水，兴许还有怪物住在里面。"他竟还道出了自己的古怪想法，"当然，现在要紧的不是这个。让我恐惧的倒不是地下藏着什么，而是我预感要发生的灾难。"

他又一次稍稍停顿，做倾听状。那模糊而遥远的异响再次传到我们耳边。我也集中起精神来，然后听到一阵不寻常的摸索声，像是有什么活物在尝试弄开一扇门。我极力想要找出或猜测那响动的来处。起初，我以为声音源自老屋里的某个地方，几乎本能地想到了阁楼。因为它似乎是从上面传过来的。但没一会儿我就弄清了源头，既不是老屋里面的任何地方，也不是老屋外部的任何结构，而是老屋外面、墙壁以外的某个神秘空间。那种摸索、拨弄的异响，不是我能联想到的任何已知材料发出的，而更像是一种神秘力量的侵袭。我注视着图特尔的一举一动，发现他也在专注地听着外面的动静。他的头微微仰着，眼睛望向围墙高处，露出一种夹杂着恐惧的着魔神情，像极了一只待宰的无助羔羊。这让我疑窦丛生。

"那是哈斯塔的神迹，"他的嗓音忽然沙哑起来，"今夜，当毕星团升起，毕宿五在天际归位时，它就会降临。还有另一位神祇以及它的水之族仆从——那些原始的带鳃一族，也将一起现身。"然后，他忽地笑起来，却没发出任何声响，并露出半癫半狂的狡猾眼神，补充道，"当猎户座大星云快速从地平线升起时，克苏鲁和哈斯塔将在这里争夺这处庇护所，只有旧神所在的参宿四才能阻挡这些恶神眷属的阴谋诡计！"

他的话让我满腹狐疑，也让他明白了他离谱的行为带给我多大的震惊和质疑。此时，他的表情突然发生了变化，眼神变得柔和，双手紧张地握紧又松开，声音也变得更加自然。

"或许你都听烦了，哈登。"他说，"我不想再说什么了，因为时间所剩无几，马上就傍晚了，再过一会儿天就黑了。

"我恳请你遵循从这简短字条中看到的指示，不要有任何迟疑。我要你严格按我的指示去办。如果真如我所担心的那样，可能你再挽救也于事无补了。如果不是，我会及时联系你的。"

说罢，他把那包书交到我手上，然后送我到门口。我顺从地跟在他后面。他的怪异举动，以及这弥漫阴森气息的老屋里处处透着的离奇的恐怖，都让我感到不知所措，两腿发软。

到门口时，他稍作停顿，轻轻碰了碰我的胳膊。"保重，哈登。"他像与好友永别一样激动。

此刻我站在门廊处，渐渐西斜的阳光照耀着我，我只得眯着眼，继而慢慢适应了那刺眼的光亮。一只晚归的蓝知更鸟在路对面的篱笆桩上欢脱地叫着，悦耳的声音给我一种身后阴暗恐惧、诡异骇人的一切都不存在的假象。

五

现在终于到了我不愿倾吐的那部分。一方面，我要写的东西令人非常难以置信；另一方面，我充其量只能记录模糊而不确定的情况——充满了臆测以及杂乱却举足轻重的证据。一切都说明那深受恐怖折磨的、超越时间存在的恶神，那潜伏在我们枯燥日常生活背后的原始异族，那藏身于地球隐秘之处、存活至今的骇人生灵，都是真实存在的。图特尔从托我送到密斯卡托尼克大学图书馆、锁到书架上的那些恐怖文字中，究竟了解了多少，我不清楚。可以肯定的是，他想通了很多一开始不明白的事，但为时已晚。他还收集到了一些关于其他事情的线索，不过，他费尽心机了解到埃摩斯·图特尔决意毁掉老屋和那些书的真正意图后，是否完全清楚他如此草率决定要做的事有多难办，这一点有待商榷。

我回到阿卡姆古老的街道后，事情一件接一件地发生，真叫我应接不暇。我在图书馆把图特尔给我的东西转交到兰费尔博士手中，紧接着就赶往威尔顿法官的住所。他凑巧在家。他正要落座吃晚饭，就请我一起吃。尽管我没有一点食欲，几乎到了看到食物就反感的地步，但还是陪他坐了下来。此时，我压抑的所有恐惧和无形的疑虑几欲决堤，威尔顿一眼就看出我在苦苦承受着非同寻常的压力，随时可能精神崩溃。

"图特尔家族墓穴之事怪得很，你觉得呢？"他倒是一点不绕弯子，一边还猜测着我出现在阿卡姆的原因。

"是的，但论离奇程度，连老爷子的尸体出现在他家花园角落的一半都比不了。"我答道。

"那倒也是。"他不露声色地附和道，他的平静也让我的心情莫名平静下来，"我猜你刚去过那儿，因此对具体情况了如指掌。"

于是，我尽可能简短地向他说明了我此行的目的，只省略了一些过分匪夷所思的细节。这并没有完全打消他的疑虑。又或者他那太过绅士的做派将感情藏了起来，我自然察觉不了。我说完后，他若有所思地沉默了一会儿，瞥了一两眼时钟，上面显示时间已经过了七点。他忽地终止了遐想，让我打电话给路易斯顿律师事务所，交代对方把找我的电话转接到威尔顿法官家中。我立刻照做了。得知他同意认真对待这个问题，并愿意花一整晚来处理此事后，我才稍稍松了一口气。

"至于那些神话，"我刚一回到房间，他就说道，"差不多就是那个'阿拉伯狂人'阿卜杜·阿尔哈兹莱德的胡思乱想罢了。这么说可不是毫无根据，但鉴于印斯茅斯发生过的那些怪事，我不想说得太肯定。不过，我们又不是在庭上谈论这些。当务之急是保罗·图特尔本人交代的事，我建议我们立即研究他给你的指示。"

我立刻拿出信封并拆开。里面只有一张纸，上面写着几行晦涩难懂的字，让人感觉不妙：

> 我在老屋以及其他各处都埋了炸药。你快点儿去老屋西边的牧场大门。从阿卡姆来这里会经过一条小路，在小路右侧的灌木丛里，我藏了引爆器。老爷子的决定是对的，我们一开始就该遵照他的遗嘱。如果你搞砸了，哈登，你将愧对上帝，是你让那个人类从未见过、也永远不会再见到的灾星在这个镇子降临—如果它真的还活着！

那一刻，我的脑海中一定闪过了关于灾难真相的种种暗示。而威尔顿法官向后一仰，疑惑地看着我，问道："你打算怎么办？"

我想也没想就回道："我要一字不差地按这些指示做！"

他凝视了我一会儿，不予置评。然后，他顺从地接受了一切，放松地向后坐了下去。"我们一起等到十点钟吧。"他严肃地说。

即将十点的那几分钟，在图特尔老屋发生的难以置信的恐怖异象终于达到高潮，我们起初以为一切不过稀松平常，以至于目睹那让人毛骨悚然的情景后，所有人都大受震惊、难以自持。差五分十点整时，电话终于响了。威尔顿法官立刻接了电话，虽然我坐的并不近，但仍然听到了保罗·图特尔在呼喊我的名字，那声音痛苦到了极点。

我从威尔顿法官手中接过听筒。

"我在呢，"我故作镇定，"保罗，有什么吩咐吗？"

"快行动！"他竭力嘶吼着，"我的老天爷，哈登，快抓紧，不然……就来不及了。天哪，那个庇护所！爷爷建的那个——你知道地方——牧场大门那里——天啊，快去！"接下来发生的事我永生难忘：他的声音完全变了样，就像有人把他的嗓子拧住了，说话声变成了古怪异常的咕哝。电话那头儿传来了残暴的、非人的响动，有如一只口齿不清的怪物在粗鲁、野蛮地说话，同时还流着口水。它不断重复着某些音节，我听着那扬扬得意的呓语，惊恐一点点增加：

Iä! Iä! Hastur! Ugh! Ugh! Iä Hastur cf'ayak vulgtmm, vugtlagln, vulgtmm! Ai! Shuh-Niggurath! ...Hastur — Hastur cf'tagn! Iä! Iä! Hastur! ...[15]

突然，那声响消失了，空气中一片死寂，我转身面对着威尔顿法官

---

15 | 大意为："万岁！哈斯塔！我们等待您的降临！万岁！莎布·尼古拉丝！沉睡的哈斯塔！"

惊恐万分的面容。那一刻，我再也无心关注面前的法官，也不知要做些什么。受那古怪低语的影响，我恍然间明白图特尔知道的是什么为时已晚的事情了。我慌忙放下听筒，连帽子和外套都没拿，就从屋里快步跑到街上，任凭威尔顿法官发狂似的打电话报警声渐渐消失在我身后的夜色中。我以异乎寻常的速度，穿过被女巫诅咒的阿卡姆阴暗可怖的街道，在十月的夜晚逃命似的飞奔着。我跑上艾尔斯伯里路，跑进小巷，终于来到牧场大门，停下的一瞬间，警笛声在我身后响起。我看到了果园那边图特尔的老屋，摄人心魄的诡异紫光映照出它的轮廓，那超自然的景象透出神秘的美感，仿佛再多看一眼就会万劫不复。

然后，我按下藏在那里的引爆器。随着一声响彻云霄的轰鸣，老屋轰然倒塌，就地燃起了一片火海。

我怔怔地站了几秒，回过神来，发现有警察从老屋南面的道路赶过来。我迅速跟上他们，一道赶赴现场，看到了保罗·图特尔曾暗示过我的爆炸结果：老屋下面的地穴一片狼藉，土地正在下陷、滑落，升起的火焰碰上地下喷出的水，嘶嘶作响，冒着热气。

此时另一件事发生了——那是最终降临的超凡恐怖，好在随水流上涌的残垣断壁起到了遮挡作用，避免了他人也看到我所目睹的景象——图特尔老屋原先的位置形成了一个小湖，巨大的团块状生灵从湖中升腾而上，这邪灵先是冲草坪另一侧的我们愤怒地嘶吼，然后与我们面前的另一只邪灵上演了一场声势浩大的打斗。不过，霎时间，东方掠过一道劈天闪电，爆发出的通天亮光阻止了这场交锋。那巨大能量幻化成光，瞬间使一切暴露无遗，让人惊恐万分。接着那像闪电一样的若干附肢，从刺眼的光柱本体的中心渐渐现形：一条抓住了水里的那团怪物，高高举起，远远地掷向大海；另一条从草坪上抓起另一只怪物，用力扔到空中，直至渐渐缩成一个黑点，消失在那浩瀚无际的星海！紧接着，空气瞬间安静下来，我们恍若置身太空，听不见一丁点儿声响。方才出现神迹般光辉的方位，现在一片黑暗，只见得到天边的一排树影。猎户座在秋夜终于低悬在东方的天空，参宿四像猎户的眼睛一样闪烁着光。

须臾间，我竟分不清哪种情况更糟：是上一刻的混沌，还是现在黑暗侵吞一切的死寂。但受惊者发出的低声哭啼让我从茫然中回过了神，我这才意识到，他们几乎不曾了解那发生过的诡秘骇人之事，那使人痛苦、发狂的可怖之象，那出没于黑夜、悄悄潜入人心最深不可测之处的恐怖之神。他们或许像我一样，也听到了那隐秘而悠远的低吟，如同来自浩瀚宇宙的深渊、令人抓狂的哀嚎，那随风飘回的悲鸣，那顺着气流像树叶一般飘落的音节：Tekeli-li, tekeli-li, tekeli-li……当然，他们也目睹了那片下沉的废墟中向我们哀嚎的怪物，有着扭曲、怪异的人形，眼睛被厚厚的鳞片遮挡得几乎看不见；那像章鱼幻化成的怪物冲我们胡乱甩动那软塌塌的手臂，通过保罗·图特尔的嗓子发出尖厉的叽叽咕咕声！

但有一个秘密，只我一人知晓。那是埃摩斯·图特尔弥留之际可能猜到过，而保罗·图特尔太晚才知道的秘密：不可言说之神哈斯塔要求的庇护所，承诺给不可呼名者的庇护所，既不是那地道，也不是那老屋，而是埃摩斯·图特尔本人的肉身和灵魂。如果他未能献祭成功，那任何住在艾尔斯伯里路那幢遭到诅咒的老屋里的人，其活生生的肉体和不朽灵魂都会替他受难！

桑德温契约
The Sandwin Compact

（1935年）

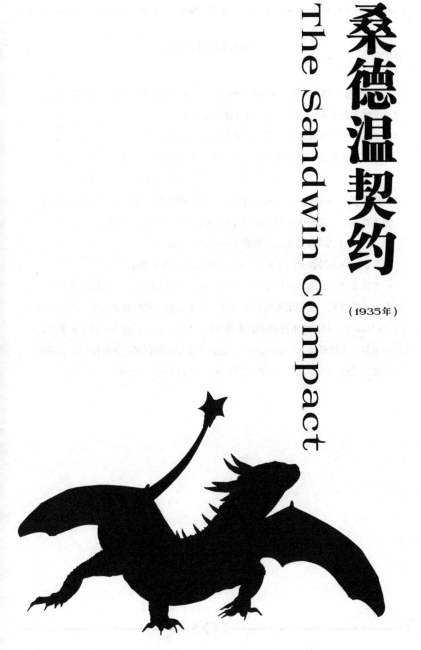

《桑德温契约》导读

1.《桑德温契约》写于 1935 年，1940 年 11 月首次发表于《诡丽幻谭》杂志，后被德雷斯收入他的作品集《克苏鲁的面具》。

2. 本篇的主人公戴夫是密斯卡托尼克大学图书馆的馆员。

3. 故事发生在距离印斯茅斯不远的一栋桑德温家族的宅邸，桑德温家族与深潜者签订了契约。主人公的大伯阿萨·桑德温想要在他这一代终结契约。

4. 深潜者（Deep One），克苏鲁神话中的一类生物，是具有鱼类特征的海洋类人种族。出自洛夫克拉夫特于 1917 年创作的《大衮》（Dagon），在他于 1931 年创作的《印斯茅斯的阴影》中得以正式命名。

5. 阿萨·桑德温试图以凡人之力对抗旧日支配者罗伊格尔。

6. 本篇提到了几个欧洲神话传说中的元素：塞壬（Siren），古希腊神话中人首鸟身的海妖，它们用歌喉使得过往的水手失神，航船触礁沉没；尤利西斯（Ulysse），即古希腊神话中的奥德修斯（Odysseus），荷马史诗《奥德赛》的主角；维纳斯堡（Venusburg），欧洲中世纪晚期以来在各种传说和史诗中出现的主题，内容为"一个被仙后引诱的凡人访问另一个世界"。

　　我现在总算清楚了一件事，那就是桑德温宅邸之所以遭遇非比寻常的骇人事件，其起源能追溯到超乎我们想象的远古时代，无疑比埃尔顿和我彼时所以为的要久远得多。显然，在阿萨·桑德温时日无多的最初几个星期里，我们不认为他陷入麻烦的起因，是遥远得超乎我们认知范畴的岁月里发生的某件事。直到桑德温宅邸遭遇之事即将落幕时，可怕的场景才呈现在我们面前。日常生活中司空见惯的事件背后，那骇人的意象终于浮出水面。最终我们也得以短暂窥见，在背后操纵一切的邪恶神灵的恐怖力量。

　　桑德温宅邸最初取名为"海边的桑德温"，但它后来的叫法很快被人熟知，取代了这最初的名号。那是一栋新英格兰常见的老式房屋，在离阿卡姆不远的印斯茅斯路的一侧拔地而起。宅邸有两层楼，设有一个阁楼和一个很深的地下室。屋顶采用多屋脊式样，阁楼上设有凸窗。宅邸前方长着古老的榆树和枫树，宅邸的后方，一道丁香树篱将草坪与伸向大海的陡坡隔开。宅邸所处的地势偏高，距离公路有点远。随便哪个路人经过此地，第一眼看过去都会觉得它冷冰冰的。但对我来说，儿时去那里度假与堂弟埃尔顿相伴的记忆让它一直以来都色彩斑斓。在那里度过的时光代表着从波士顿的生活中抽身而出，代表着远离那座拥挤城市的闲适。1938年深冬，桑德温宅邸接连发生了许多怪事。在此之前，我一直保留着对那里的早期印象。直到那个不寻常的冬天结束之后，我才意识到那地方的的确确发生了隐秘的变化——从童年的夏日避风港变成了残暴恶魔的庇护所，处处透着不祥的气息。

我对那些扰人心智的事件的讲述，或许会让你觉得平淡无奇。一切缘起于埃尔顿给我打来的一通电话。当时我和密斯卡托尼克大学图书馆的同事们在一家小型俱乐部，我们都是那里的会员。正当我准备坐下与他们一起用餐时，电话打来了。于是我到休息室里接起了电话。

"是戴夫吗？我是埃尔顿。恐怕要劳烦你赶紧来我这里待几天。"

"最近很忙，怕是抽不出时间。"我回道，"我下周看看能不能过去。"

"不行——要立刻过来。戴夫，那些猫头鹰在鸣叫。"说完他就挂了电话。

我返回座位，继续方才被电话打断的热烈讨论。然而，堂弟那最后一句话忽地拨动了往昔岁月里的重要记忆，于是我立刻向同事告辞，回到我的房间，收拾好行囊准备前往桑德温宅邸。很久以前，距离现在得有三十年了，在那些无忧无虑玩乐的童年时光里，我们就已经达成了心照不宣的约定：如果我们中的任何一人说出意味不明的话，另一人可以将其看作求助信号。我们发誓要信守约定。毫无疑问，堂弟埃尔顿刚刚说的"那些猫头鹰在鸣叫"算得上一句意味不明的话！

不到一小时，我就安排好了帮我在图书馆代班的人。然后一路开车赶往桑德温宅邸，超速违章什么的也全然顾不得。说实话，这句话让我喜忧参半：我们那时候发的誓自然不是儿戏，但那总归是孩提时期的幻想；而既然埃尔顿觉得当下有必要说出那隐晦语句，说明他确实碰到了棘手之事。那句话此刻更像是严峻事态的紧急求救，而少了几分对童年旧事的惬意回味。

天已经黑了，我还没有到达桑德温府邸。夜色清冷，甚至有些让人打扰。地面上有一层薄薄的积雪，但公路畅通无阻。通往桑德温宅邸的最后几英里路靠着海岸，景色秀美如画：月光在海面上照出一道宽阔的黄色轨迹，晚风拂起层层涟漪，整个海面波光粼粼，像是有光从海里照了出来。东边的地平线上，树木、建筑、山坡渐次跃入眼帘，但丝毫没有削弱海上景色的壮美。很快，桑德温宅邸那庞大而不雅观的建筑闯入了天际线。

宅子一片漆黑，只在接近屋后的位置照出一条细细的光线。屋里住着埃尔顿和他的父亲以及一个老仆人。还有一两个乡下女人会来定期打理宅子，每周一两次。我把车开到屋子一侧，那里有一个旧谷仓改作的车库。停好车后，我带上行包，向屋子走去。

埃尔顿听到我来了。刚走到门口，我就在黑暗中与他碰到了。他修长的面容被月光照亮了几分，睡衣紧紧贴在瘦弱的身体上。

"我就知道你靠得住，戴夫。"他边说边接过我的包。

"怎么回事，埃尔顿？"

"哦，先别说话，"他紧张地说，像是怕被谁听到，"等一下。我待会儿再跟你说。别出声，暂时不要惊扰父亲。"

他带我走进屋内，小心翼翼地沿着宽阔的厅堂走向楼梯，他的卧室就在楼梯后面。我无意中注意到屋内静得出奇，远处海浪的声音也透着古怪。虽然气氛多少有些诡异，但我还是刻意忽略了这种感觉。

透过他卧室里的亮光，我看出堂弟烦闷到了极点，尽管他故作热情地欢迎了我。显然，我的到来只是事件中的一环罢了。他面容憔悴，眼神黯淡无光，眼圈发红，似乎有些日子没睡了。他的双手不停地乱动着，神经过敏者过度紧张就会有这种表现。

"好了，请坐。当自己家就行。吃过晚饭了吧？"

"吃得饱饱的。"我试图让他宽心，并等待他让自己放松下来。

他在房间里转了一两圈，小心翼翼地打开房门向外瞧了两眼，然后才在我旁边坐下来。"是这样，我父亲有问题，"他没做任何铺垫，"你也知道，我们家一直没有任何明面收入，但似乎从不缺钱花。桑德温家族几代人都是如此，我从来没有为钱发过愁。然而，去年秋天，家里的钱眼看要见底了。父亲说他需要出门一趟，于是就去了。父亲很少出远门，我记得他上一次外出是快十年前的事了，当时我们也同样缺钱。但当他回来时，我们似乎又有了多得花不完的钱。我从未目睹父亲外出的场景，也从未撞见他回来的时刻。就只是有一天醒来，发现他不在家了，而另一天醒来，他又回来了。这次也是一样，他回来后，似乎又有很多钱可供我们肆意挥霍了。"忽然，他不知所措地摇了摇头，"我跟你就不藏着了，那之后的一段时间里，我仔仔细细翻阅了当年的报刊，想要寻找抢劫之类的报道，但一无所获。"

"说不定，大伯有做什么生意。"我喃喃地说。

他摇摇头，"我现在担心的不是这个。如果不是这件事似乎与父亲现在的情况有着某种联系，我都不记得了。"

"那大伯是病了吗？"

"为什么这么问——是也不是。他变了一个人。"

"什么意思？"

"他不再是我认识的那个老爹了。我也说不清楚，但这难免让我感到头疼。一次我得知他外出回来后，就想去找他聊聊，刚走到他的卧室门外，就听见他用低沉沙哑的声音自言自语地说：'我骗过他们了。'一连重复好几遍。当然，他说的话不止这一句，但当时我没有注意听。

我敲了敲他的房门，他厉声呵斥我，命令我回自己房间去，天没亮不要出来。从那时起，他的行为越来越古怪，直到最近，我觉得他肯定是在担心有什么东西或什么人来找他——我不确定。而且，最近开始发生一些不合常理的事情。"

"什么事情？"我直截了当地问。

"首先，门把手总是湿湿的。"

"门把手湿湿的？"我发出不解的惊叹。

他严肃地点了点头，"父亲第一次发现那诡异的迹象，就把我和老安布罗斯叫了过去，质问我们，是谁不擦手就在屋里东窜西窜。我们自然都否认了。他没多问便放过我们了，这事暂且告一段落。但时不时地，屋里又会有一两个门把手莫名其妙地变湿，父亲开始担心这种情况，他那忧虑的样子让我只能想到一种可能。"

"继续说。"

"对了，另一个怪事就是脚步声和音乐。那些响声似乎来自天上，又似乎来自地下——说实话，我也不能确定。对此，我深感疑惑。我觉得，显然存在某种神秘力量让父亲害怕不已。于是，他日渐频繁地待在自己的房间里，有时好几天都不出来。即使出来了，也紧张兮兮，一副随时等待敌人向他扑来的样子。稍有风吹草动，他就四处张望。对于安布罗斯、我或来打扫卫生的女人们，他没表现出多少关心。但他绝不允许干家务的女人进他的房间，而宁愿自己收拾。"

堂弟的话让我很忧心，倒不是多担心大伯的情况，而是对他很不放心。事实上，在叙述结束时，他几乎烦乱到了极点，我既不能以轻率的态度看待他所说之事，也无法表露出他期待中的严肃。因此，我尽量表现出恰如其分的关切。

"我想阿萨大伯还没睡吧，"我说，"要是等他发现我来这儿了，会很惊讶的。你不想让他知道是你叫我过来的吧。所以，我当真觉得，我们最好现在就去跟他打个招呼。"

阿萨大伯在各方面都和他儿子截然相反。埃尔顿又高又瘦，而大伯却又矮又胖——与其说胖，不如说肌肉发达。他的脖子又短又粗，生着一张让人敬而远之的脸。他的额头聊胜于无，浓密的黑发紧挨着浓密的眉毛，相去不过一英寸。他的络腮胡从一只耳朵延伸到另一只耳朵，但没有留小胡子。他的鼻子略小，几乎没什么存在感，与之形成鲜明对比的，是一双异乎寻常的大眼睛，任谁猛地见到都会吓一跳。除了那双反常的大眼睛之外，他还戴着厚厚的眼镜，显得越发怪异。步入晚年后，他的视力渐渐衰退，不得不每半年去看一次眼科医生。而他嘴巴的形状也堪称惊奇，又宽又薄，不是人们想象中又矮又壮之人会有的那种肥厚油腻的样子，但宽度着实令人吃惊，足足有五英寸。在粗短的脖子和一圈颇有迷惑性的胡须衬托下，他的嘴部线条像是将头和躯干割裂开了。他的古怪面容活像某种蛙类，童年时我们就给他起过一个绰号——"蛙伯伯"。那时，在桑德温宅邸附近公路对面的草地和沼泽里，我和埃尔顿经常会捉到一些青蛙，大伯的脸与它们的神似。

我们来到阿萨大伯在楼上的书房，一进门就看见大伯正弯腰伏在书桌上，驼背的样子十分自然。发觉有人进来，他立刻转过身，眼睛眯成一条缝，嘴巴微微张开着。他脸上闪过一丝担忧的神情，转而换上了和蔼的笑容。他从书桌旁向我走来，伸出一只手。

"啊，晚上好，戴夫。我本以为复活节前才能见到你。"

"我想放松放松，"我回答道，"然后就来了。而且我也很久没听到您和埃尔顿的消息了。"

老爷子快速瞥了埃尔顿一眼。我不禁想到，堂弟看起来比实际年龄成熟一些，但大伯看起来要比六十多岁年轻。他为我们搬出两把椅子，马上跟我聊起了外面的事情。我发现他在这方面的知识渊博得令人惊叹。他言语之间透出的从容不迫，大大削弱了埃尔顿的描述给我留下的印象。事实上，听到堂弟那般言之凿凿的猜测，我都快以为大伯得了什么严重的精神疾病。谈及欧洲少数民族问题时，大伯话说到一半，突然陷入沉默。他的头微微偏向一边，似乎在倾听着什么，脸上闪过复杂神色，夹杂着恐惧和顽抗。他似乎全然忘记了我和埃尔顿的存在，露出入魔一般的痴迷状。

他保持那种坐姿将近三分钟，我和埃尔顿除了微微转头，想听听他所听到的声音外，不敢轻举妄动。然而，我们当时并没弄懂他在听什么。外面的风越发猛烈起来，海浪拍岸，发出时而低沉、时而震天的响声。除此之外，还有一些夜间出没的鸟儿在歌唱，那是一种怪里怪气的啼鸣，我并不常听到。在我们头顶，老屋的阁楼里，窸窸窣窣的声音持续不断，好像风正从某处缝隙呼啸着涌进屋内。

在大伯发痴的三分钟里，我们谁也没动，也没人说话。突然，大伯的脸因愤怒而扭曲，他一跃而起，跑向东面那扇敞开的窗户，用力关上，粗暴的动作让我觉得上面的玻璃碎定了。但玻璃完好无损。他站在窗前喃喃自语了一会儿，然后转身匆匆走到我们跟前，表情恢复了一开始的平静和蔼。

"好了，晚安，好孩子。我还有很多事要做。当住自己家一样，别拘束。"

他再次跟我握了握手，这次更郑重几分。然后我们就离开了书房。

一路上，埃尔顿一语不发，直到我们再次回到他的卧室。一进屋，

本文在《诡丽幻谭》杂志上的插图，汉尼斯·包克（Hannes Bok）绘

我就注意到他在发抖。他虚弱地坐下来，双手抱头，喃喃地说："看到了吧！都说他有点神神道道的。这还不算什么。"

"好了，这有什么好担心的。"我安慰他，"再说了，我的不少熟人也会这样，他们一边高谈阔论，一边心猿意马。而茅塞顿开之时，谈话又戛然而止。至于那窗户上的玻璃为何安然无恙，老实说，我也难以解释，不过——"

"天啊，我不是说我父亲。"埃尔顿突然说，"是那叫声，来自外面的呼唤，那让人发怵的呼号。"

"那不过——就是只鸟吧。"我心里没底地说。

"什么鸟能发出那样的声音啊？再说，除了知更鸟、蓝知更鸟和双领鸻，其他鸟还没开始迁徙呢。是那魔鬼在叫。我跟你说，戴夫，那声音是那神秘怪物在和父亲说话！"

一时间，我惊讶得说不出话来。一方面是因为堂弟的话句句真挚，另一方面，阿萨大伯的举止确实像是有什么人在和他对话，这一点我也没法否认。我站起身来，在房间里转了一圈，不时瞟一眼埃尔顿。显然，堂弟对他所说之事确信无疑，根本不需要我的认同。于是我再次在他近旁坐下。

"如果事情真的如此，埃尔顿，你觉得是什么东西在跟大伯说话？"

"我不晓得。一个月前，我第一次听到那怪叫声。那次，父亲似乎被吓得不轻。但没过多久，那声音再度响起。我试图找到它来自何处，却没发现任何端倪。第二次听到时，它似乎来自大海，像今晚这样，随后，我确信它来自屋子上方，没一会儿又真切地感到它来自屋子下面。那响声第一次传来后不久，我听到一种音乐声，其中透着诡异和不祥的气息，却称得上美妙。我以为是我在做梦，因为我随之进入了不可思议的诡谲梦境——我到了离地球很远、却又与地球有着某种神奇联系的隐秘之境，其中的一切那么不合逻辑，让人难以言喻。大约在同一时间，我觉察到了脚步声，我可以确定，那脚步声来自风中的某处。但在一个类似的场景中，我又觉得它来自地下——不是人类走路发出的那种，而是更庞大的物种的脚步声。就是在这些时刻前后，我们会发现门把手湿了，整个屋子散发着一种令人不快的鱼腥味，那气味在我父亲的卧室附近尤为浓烈。"

如果是在平时，我会把埃尔顿的话当作疯言疯语，认为他患上了某种怪病。但说实话，他言语中的一两个细节拨动了我记忆的弦，唤醒了一些沉睡的片段，连接了平淡的现在和过往的时光——我曾对生活黑暗面的那些事了然于心。于是，我什么也没说，试着在记忆中四处搜寻答案，但一无所获。不过，我意识到埃尔顿的讲述，与密斯卡托尼克大学图书馆里收藏的那些骇人听闻的禁忌读物有着某种联系。

"你不相信我。"他突然指责道。

"我暂且不确定，谈不上相不相信。"我平静地回答道，"先去睡觉吧。"

"但你一定要相信我啊，戴夫！如果连你都不相信我，那我跟疯了有什么区别。"

"这不是信不信的问题，而是发生这些事情到底有何原因？我们会弄清楚的。上床睡觉之前，你告诉我一件事：依你看，是只有你自己感受到了这些事情，还是安布罗斯也一样？"

埃尔顿迅速点了点头，"他当然一样，他一直想离开，但我们目前还能劝住他。"

"那你就不用担心自己是不是疯了。"我笃定地告诉他，"好了，现在可以去睡了吧。"

和从前一样，为我安排的房间紧挨着埃尔顿的卧室。向堂弟道晚安后，我摸黑在厅堂里继续走，进房时，对他的担心仍在脑海中萦绕，以至没能立刻反应过来手被沾湿了。我抬手脱外套时，才注意到这个情况。我愣在原地，盯着隐约闪着光的手看了一会儿，才想起埃尔顿所讲的事。然后我立刻走到门前，开门检查一番。门外的把手当真湿漉漉的。不仅如此，那水渍还散发出一股强烈的水生生物气味，也就是埃尔顿方才提到的鱼腥味。我关上门，擦干了手，脑子里堆满了问号。会不会是屋子里有人在恶作剧，想故意扰乱埃尔顿的心智？肯定不是。安布罗斯这么做捞不着一点好处，此外，据我多年来的了解，阿萨大伯和埃尔顿之间从没有任何嫌隙。结论显而易见，任何人都不可能搞这种鬼名堂。

我上了床，仍然心绪不宁，试图将过往的经历和此刻的场景联系起来。将近十年之前，印斯茅斯究竟发生了什么？在密斯卡托尼克大学图书馆那些人人绝口不提的手稿和书籍中，隐藏着什么不可告人的秘密？看来我必须亲自去探查一番，于是决定尽快回阿卡姆一趟。与此同时，我仍不忘尝试从记忆中搜寻一些蛛丝马迹，以解开当晚的怪象。想着想着，我就睡着了。

我犹豫着，要不要写下入睡后不久发生的事。人在清醒时分，思维尚有不靠谱之时，更何况是在睡眠中或刚刚睡醒后，由于睡眠导致的迟缓，人难免会神志错乱。不过，从随后发生的事情来看，那天晚上的梦过分清晰与逼真了，根本不是睡梦中的怪异世界能呈现出的景象。因为我梦见了一切：一处尘土飞扬的古怪之地，其中有广袤无垠的高原，与我曾经去过的永冻高原有些相似。那地方的风无休无止地刮着，美妙异常的音乐落入耳中。然而，音乐声并不纯粹，透着几分不祥，因为总是有一串不和谐的音符在暗中涌动，就像贝多芬《第五交响曲》中代表不幸命运的音符，确切无疑地昭示着灾难即将发生。那乐声出自一座建筑群，位于漆黑之湖中的小岛上。那儿一片死寂，有一些僵硬的人影，是伪装成人形的面孔怪异的生物，还有一些像是在站岗的混血人，形貌同样古怪。

梦中的我仿佛在随着高空的风移动，那久久未曾停歇的风带我飘来飘去。具体飞了多久，我也说不清楚。那个梦简直没完没了。此刻，梦中的我已远离那个地方，正从高处俯瞰着另一个岛屿，那里矗立着气势磅礴的建筑群和巨像，同样有怪异生物出没，不过只有很少几个伪装成了人形。此地照样弥漫着那仿佛永远不会消逝的乐声。但是，岛上的异象不止于此，我还听到不久前和阿萨大伯交谈的说话声——那如出一辙的诡异呼号从一栋矮胖建筑的深处发出，这建筑的地窖想必已被海水侵吞。短暂注视这座岛屿后，我脑中某处不禁浮现出它的现代名字：复活节岛。然后我便离开了，高高飞在遥远北方的冰天雪地之上，向下望去，那里有一个隐秘的印第安村落，当地人在几尊雪像前顶礼膜拜。风肆虐着，音乐弥漫着，口哨声此起彼伏，仿佛预告着恐怖之象的到来，昭示着亘古未有的至邪之物即将降临。可怖的远古鬼蜮发出的呼号声笼罩了一切，在异域妙音的遮掩下肆意流淌。

我很快醒了过来，疲惫不堪地躺在床上，睁着双眼凝视着黑暗。慢慢地，我从困倦中清醒过来，逐渐意识到房间里的空气粘滞而沉闷，弥漫着埃尔顿所说的鱼腥味。与此同时，我还意识到另外两个情况——逐渐消隐的脚步声，以及几小时前我不仅在梦中，还在大伯的房间里听到的呼号声，也在慢慢退却。我从床上惊起，跑到窗前，向东望去，什么也没发现。那些异响似乎只能来自远处的浩瀚海洋。我走出房门，来到厅堂，闻到了比房间里浓烈得多的水生生物的气味。我轻轻敲了敲埃尔顿卧室的门，无人应答，于是我推门而入。

他仰面躺着，双臂伸开，手指乱动一通，嘴里低声呢喃着。我一开始以为他醒着，走近才发现他还在睡觉。我本打算叫醒他，手刚举到一半就停住了，然后顺势把手放在耳边，仔细聆听起来。大部分时间，他的说话声都过于低沉，模糊难辨，但我还是分辨出了零星的词，显然他是费了些力气才说得那么清晰：罗伊格尔——伊塔库亚——克苏鲁。这几个词重复了好几遍，然后我抓住埃尔顿的肩膀用力摇动。他并没有像往常那样迅速清醒过来，整个人表现得有些迟钝和茫然。足足过了一分钟，他才意识到我的存在，在确定自己和往常一样后，坐起身来，马上发觉了房间里的气味和外面的声音。

"啊，明白了吧！"他严肃地说，似乎那是此刻我唯一需要承认的事。

他下床走到窗边，站在那里向外张望。

"你做梦了吗？"我问道。

"是的，你呢？"

透过他讲述的梦境，我发现我们竟做了大致相同的梦。紧接着，我开始意识到楼上的动静——是鬼祟、缓慢的移动声，伴随着什么湿濡之物在地板上来回摆动的响声。与此同时，屋外的呼号声渐渐远去，脚步声也暂时销声匿迹。但是，此刻老屋里透出危险而令人胆寒的气息，这些异响的停歇并未让我们的心情平静半分。

"我们上去找大伯谈谈吧。"我突然建议道。

他顿时瞪圆了双眼，"不，不行——我们绝不能打扰他，他已经下了命令。"

但我并没有被他唬住，独自转身爬上楼梯，在大伯的卧室门前停了下来，粗鲁地敲着门。没人应门。我低下身，单膝跪地，透过钥匙孔往屋里窥探，什么也看不见，一片漆黑。可以断定的一点是，有客人在里边，交谈声不时传出来。其中一个显然是阿萨大伯的嗓音，但奇怪的是，声音中带一点喉音和几分沙哑，好像嗓子里完全变了样；另一个声音是我以前从未听过的，之后也再没听过——一种低沉的喉音，像青蛙的呱呱声一样刺耳，阴沉中透出几分凶险。虽然大伯说的英语清晰可辨，但与他交谈的客人不是在说英语。我凝神倾听，首先听到的是大伯的声音：

"我不答应！"

接着，门内传出与他同处一室的客人那难以捉摸的腔调："Iä! Iä! Shub-Niggurath!"紧接着，这位客人接连发出急促的嘶哑低语，像是已经怒不可遏。

"克苏鲁没法带我入海，我已经关闭了那个秘道。"

我的大伯又遭到一顿粗鲁对待，然而，尽管他的嗓音发生了明显变化，但他似乎仍然无所畏惧。

"伊塔库亚也不会乘风而来，我也能阻止他。"

那位神秘来客吐出了一个名讳："罗伊格尔！"大伯再没了回应。

我感觉到一股微妙的不安在心底流动，与老屋里弥漫着的瘆人气氛截然不同。这是因为从大伯的说话声中，我听出了埃尔顿片刻之前描述睡梦时提到的那些词语，霎时间就明白了这屋子受到了某种凶险力量的影响。此外，我的脑海中又开始浮现出鲜活的回忆，有关多年前在密斯卡托尼克大学图书馆钻研那些禁忌读物时，记住的一些奇闻怪谈：那些关于旧神，以及远在人类出现前就已存在的古老邪恶生物的诡异至极、细思极恐的传说。我开始反复思忖《纳克特抄本》中隐藏的可怕秘闻，而《拉莱耶文本》中那些关于神秘异族的语焉不详、令人浮想联翩的故事，势必会将如今过着乏味生活的人们吓到魂飞魄散。我试图挣开那暗中束缚我神志的恐怖力量，但老屋里的气氛让我无能为力。幸好堂弟埃尔顿过来帮了我一把，我才回过神来。

他先前蹑手蹑脚地跟在我身后上了楼，此刻正站在我身旁，等待我采取行动。我示意他靠近一点，并告诉他我听到的交谈声。于是我们一起伏在门上倾听。里边谈话声中断了，只剩下含混沉闷的嘟囔，伴随着越来越响亮的脚步声。或者更确切地说，从两次声音的间隔猜测，可能是脚步声。但那不是我熟知的任何生物能发出的声音，而是一种似乎每一步都在踩在沼泽里的生灵发出的。此刻，老屋也似乎在微微颤抖。这奇异、不自然的颤抖既没有减弱，也没有增强，而是一直持续到脚步声停止，渐渐消失在远处。

其间我们一声不吭。当那脚步声穿过门后的房间，一直进入屋外后，埃尔顿全程屏住呼吸，我们头挨头靠着，我能清楚感觉到他澎湃的热血直冲太阳穴。

"我的天哪！"他终于忍不住了，"那是什么啊？"

我不觉得自己能解释清楚，刚微微侧过身子，想说点什么，面前的房门突然开了，一时间我们都噤若寒蝉。

阿萨大伯站在里面，一股刺鼻气味从他身后涌来，像鱼类或青蛙身上的——如同一潭滞水发出的浓烈瘴气，恶心得让我几欲作呕。

"我听到你们来了。"大伯不紧不慢地说，"进来吧。"

他让到一旁，好方便我们进到房间里，但埃尔顿多少有些不情愿。

正对面墙上的窗户大开着。起初，光线太过昏暗，我们什么也没看见。灯光本身也像被雾气笼罩着，随即我们就发现，房间里明显刚来过一个湿漉漉的家伙，它散发出浓重的水汽，因为墙壁、家具上的露水密密麻麻，地板上也四处散布着一摊摊水。大伯似乎没有注意到，或者说，他因为习惯已经察觉不到这些迹象。他在扶手椅上坐定，盯着我们，示意我们在他面前坐下。不知不觉间，水汽消散了，阿萨大伯的面容在我眼前越来越清晰。他圆滚滚的脑袋越发深陷在身体里，前额已然完全消失，眼睛半闭着，形貌和我们童年见到的青蛙惊人地相似——他夸张变形的躯体让我感到毛骨悚然。我和堂弟几乎没有犹豫，就坐了下来。

"你们听到什么了吗？"他问道。没等我们开口，他继续说道："我想你们听到了。我考虑了一段日子，现在是时候跟你们坦白一切了——可能已经没剩下多少时间了。"

"我本以为可以骗过它们，侥幸逃脱它们的魔爪……"

他睁大眼睛看着埃尔顿，像是根本看不见我一样。埃尔顿有些不安地向前倾了倾身子。很明显，这位年事已高的老人被一些事闹得心神不宁。他整个人都不太对劲，像是只有一半思绪在这里，而另一半在某个遥远之地徘徊。

"桑德温契约必须终结，"他用我方才在门外听到的同样的喉音说道，"你们记好了。不要再让更多桑德温家族的人受这些怪物摆布。埃尔顿，你有没有好奇过我们的钱是哪儿来的？"他突然问道。

"哎呀，当然——经常会疑惑。"埃尔顿结结巴巴。

"三代人都这么过来了，在我之前，我的祖父和父亲都是如此。祖父为了逃离而把父亲签给了它们，父亲同样把我签给了它们——但是别担心，我不会再把你签给它们。事情必须有个了断。所以，它们不会让我像我祖父和父亲那样自在地活着，会早早带走我，不会干等着。但它们奈何不了你，埃尔顿，你会自由的。"

"爸爸，怎么了？发生什么事了？"

大伯似乎没有听到。"不要和它们达成任何契约，埃尔顿，离那些东西远远的，别理它们。那群邪物一直在作恶，是你根本不知道的那种恶。这些事情你不知道反而更好。"

"刚才谁来这儿了，爸爸？"

"它们的仆从来过，我没有妥协。我不害怕克苏鲁，也不害怕伊塔库亚，我曾和伊塔库亚一起驰骋在地球的上空，飞越埃及和撒马尔罕，飞越巨大的白色寂静之地，飞越夏威夷和太平洋。我害怕的是罗伊格尔，它能把人的身体一片片从地球上剥离。罗伊格尔和它的孪生兄弟扎尔连为一体，可怕的丘丘人在永冻高原上侍奉着它们。"他突然停顿下来，颤抖着说，"它们威胁我说它要来了，"他深吸了一口气，"让它尽管来。"

堂弟一言不发，静静地看着大伯的愁容。

"那个契约是什么啊，阿萨大伯？"我问道。

"你一定记得那些事。"他继续说，对我的问题置若罔闻，"你祖父的棺材明明是封着的，却那么轻。他的坟墓里什么都没有，只有一口空棺。你曾祖父的坟墓也是如此。那群仆从带走了他们的尸骨，在隐秘处赋予他们非自然的生命——没有灵魂的傀儡罢了。作为交换，我们得到的不过是一点生计、微薄的回报，也知道了它们进行的那些丑恶勾当。我认为，一切开始于印斯茅斯，我祖父在那里遇到了一个人，那人和他一样听命于那些从海里爬出来的、形似青蛙的怪物。"他耸了耸肩，朝东边的窗户瞥了一眼，此时窗外雾气朦胧，海浪的声音在远方回响，水声潺潺。

堂弟正准备用另一个问题打破沉默，阿萨大伯再次转向我们，简短而草率地说："就说到这儿吧。别管我了。"

埃尔顿不答应，但大伯态度坚决。到了这时候，我已经不需要更多的明示了。我听说过的关于印斯茅斯的故事、艾尔斯伯里路边的图特尔家族的遭遇、密斯卡托尼克大学图书馆那些遭人厌恶的古籍——《纳克特抄本》《伊波恩之书》《拉莱耶文本》，以及最暗黑至极、出自阿拉伯狂人阿卜杜·阿尔哈兹莱德之手的魔典《死灵之书》中藏匿的奇闻，这些事物都唤起了我对强大而邪恶的旧日支配者、那些不知活过多少世纪的旧神和曾经在地球乃至整个宇宙出没的上古之神的久远记忆。这些神祇分为善恶两个阵营。那些恶神遭到了封印，虽然它们的神力稍逊于另一方，但数量众多。其中最古老的神祇，当属旧神，它们是没有名讳的善神。而恶神一方有着各种古怪而令人反感的名号——克苏鲁是水元素力量的首领；领导风元素力量的是哈斯塔、伊塔库亚、罗伊格尔；犹格·索托斯和撒托古亚代表土元素力量。此刻我清楚地意识到，桑德温家族三代人都与这些恶神签订了那丑陋契约——桑德温家族成员承诺献出灵魂和肉体，换取族人安然在尘世过活所需的丰富知识和重要保障。这契约最可怕的一面是，它明确要求每一代人都发誓会将后人签给它们。阿萨大伯终于奋起反抗，也等待着因此会承担的可怕后果。

我们再次来到厅堂，埃尔顿把手放在我的胳膊上说："我不明白。"

我近乎粗鲁地将他的手臂甩开，"我也是，埃尔顿。不过我有个想法，要回图书馆查证一番。"

"你现在不能走。"

"暂时不走，但如果一两天没发生什么事的话，我就动身。我会尽快赶回来。"

我们在埃尔顿的卧室里待了差不多一个小时，对这件麻烦事大谈特谈，并近乎病态地倾听着上面是否有活动的迹象。但什么也没有。于是我也回自己房间休息了。虽然那些怪异声音和气味没有再出现，但我仍然感到很不自在，简直不亚于这类异象频出之时。

余下的夜晚安然无事地过去了。第二天也是如此，其间阿萨大伯一直没有走出卧室。第二晚也悄无声息地过去了。于是天一亮，我就赶回阿卡姆，见到古老的复折屋顶和乔治亚风格的栏杆那一刻，如同归家一般的暖流涌上心头。

两星期后，我再度回到桑德温宅邸。我离开期间什么也没发生。我和大伯打过照面，他的变化让我大吃一惊——看起来越来越像青蛙，身体似乎也瘦了一些。他试图把双手藏起来，但我早就看到了他手上发生的古怪变化——相邻两指连接处的皮肤长出了怪异的组织，我起初并没有意识到那意味着什么。有一天，我冲他打听两周前的那个晚上，那位神秘访客还跟他说了什么。

"我在等罗伊格尔。"他神经兮兮地说，眼珠子紧盯着东边的窗户，嘴角露出一丝狡黠的笑。

在这段时间里，我得知了更多关于那些旧神的令人生畏的秘密，并了解到那些恶神很久以前就被放逐到地球的各个隐秘之地——北极荒原、沙漠之地、人人避而不谈的冷原、广袤的深海洞穴。这些知识终于使我相信，大伯所说的可憎契约是真实存在的——承诺献出肉体和灵魂，为出没于偏远的永冻高原、和丘丘人为伍的克苏鲁与罗伊格尔的仆从效力；死后也仍要侍奉这两位神祇，帮助它们不断抵抗旧神的压制，努力

维吉尔·芬莱为德雷斯作品所绘插画

解除隐退的旧神留在它们身上的封印，辅佐它重见天日并在地球掀起浩劫。

大伯的父亲和祖父至今仍在某个遥远之地侍奉着那些恶神，这毋庸置疑。这些邪恶行径真切地发生在我身边，不仅仅在于那些看得见的痕迹，还在于那笼罩着整栋房屋、看不见摸不着的极致恐怖气氛。再次回到这里时，我发现堂弟的忧心缓解了一些，但仍在恐惧地等待着厄运降临。我无法激起他的任何希望，只能向他透露一些我在密斯卡托尼克大学图书馆的禁忌古籍中查清的事。

在我离开这里去阿卡姆的前夜，我和埃尔顿有些不安地坐在他的卧室里，等待着什么事情的发生。这时，门突然开了，大伯走了进来，他迈着奇怪的蹒跚步子，很不自然。他站定后，我看到他身上的衣服松松垮垮，整个人看上去似乎又缩小了一圈。

"埃尔顿，你明天和戴夫一起去阿卡姆吧。"他毫无铺垫地说道，"换个环境对你有好处。"

"当然可以，我非常欢迎他来。"我说。

埃尔顿摇了摇头说："不，爸爸，我要留下来确保您安然无事。"

阿萨大伯扑哧一声笑了，我想，其中带着几分讥讽意味，仿佛对埃尔顿可能采取的行动不屑一顾。埃尔顿可能不理解他父亲的态度，我倒是很清楚，因为我比埃尔顿更了解，与大伯达成契约的上古恶神有着怎样可怕的力量。

大伯随后耸了耸肩，"嗯，你不会有事，除非你被吓死了。这种可能也不是没有。"

"您在等着某个时刻，对吧？"我问道。老人疑惑地打量了我一番。"看来你已经知道了一切，戴夫。"他若有所思地说，"我在等着罗伊格尔，没错。如果我能与它抗争，就能摆脱它的控制。如果行不通——"他耸了耸肩，补充道，"那么，我想，桑德温宅邸也将摆脱笼罩它那么久的该死厄运。"

"有具体时间吗？"我问道。

他的目光没有动摇，但眼睛微微眯起。"当满月升起时，我想。如果我的计算没错，在罗伊格尔乘宇宙之风到来之前，大角星也必须在地平线以上——因为它是代表风元素的神，将驭风而行。总之，我会等着它来。"他又一次耸了耸肩，仿佛是在谈如何摆脱一件微不足道的小事，而不是所言之事蕴藏的对他生命的严重威胁，"管他呢，埃尔顿，想做什么随你便吧。"

说罢，他离开了房间，埃尔顿转身面朝着我。

"我们不能帮他对付这怪物吗，戴夫？一定有办法的。"

"如果有办法，你父亲早就知道了。"

他犹豫了足有一分钟，才说起一件事——想必他已受其困扰很久了。"你注意到我父亲的样貌了吗？你看出他哪里有变化吗？"他打了个冷战，"很像青蛙对吧，戴夫。"

我点了点头，"他的样貌变化，与和他签订契约的异族存在某种关系。印斯茅斯也发生过这种怪事。一些居民的长相与恶魔礁被炸之前栖居于那里的怪物出奇地相似。你一定还记得吧，埃尔顿。"

他没有再说话，直到我敦促他一定要与我保持电话联系。

"可能一切都太晚了，戴夫。"

"别灰心，我很快回来。一旦发现有什么不对劲，就给我打电话。"

他同意了，然后就去上床睡觉了。那个安宁的夜晚他也没有睡好。

4月27日午夜左右，月亮终于成了无可挑剔的满圆。事实上，在傍晚时分，我不止一次有过冲动，想不等埃尔顿的电话就去桑德温宅邸，但我忍住了。那天晚上九点钟，埃尔顿打来电话。奇怪的是，此时我刚好发现大角星正矗立于阿卡姆东边的屋顶上，尽管月光皎洁，但它的琥珀色光芒熠熠生辉。我确信，那个时刻到来了。埃尔顿的声音颤抖着，但字字清晰。他急于说出一切，好让我尽快赶来。

"老天保佑，戴夫——你快来吧。"

他没多说什么，也无需再多说什么。几分钟内，我就开着车，沿着海岸线向桑德温宅邸进发。宁静的夜没有一丝风，能听见双领鸻和北美夜鹰的鸣叫。偶尔有夜鹰俯冲到车灯的光线中，又破空而去。空气中弥漫着万物生长的芬芳，翻过的土地和新发的叶子，沼泽地和开阔水域，到处散发着浓郁的香气。这一切都与萦绕在我心头的惊惶形成鲜明对比。

和上次一样，埃尔顿在桑德温宅邸的院子里迎接我。我刚下车，他就赶忙跑到我身边，神情恍惚，双手颤抖。

"安布罗斯刚走。"他说，"他在风起之前就走了——因为北美夜鹰出现了。"

他说话的时候，我听到了北美夜鹰的鸣叫——大概有几十只，在周围叽叽喳喳。我想起了当地许多人信奉的一种毫无根据的说法——在死亡来临之际，北美夜鹰会任由魔鬼差遣，召唤垂死者的灵魂。那恼人的叫声，从桑德温宅邸西边的草地上响亮而持续地传来，听起来差不多已经响彻四周。鸟儿们似乎近在咫尺，那尖利的叫声让人抓狂。忽地，远处一只北美夜鹰发出了引人怀旧的孤独哭啼，那叫声响亮许多倍，传到附近，就变成了刺耳、尖锐的啼叫，让人难以忍受。对于安布罗斯的临阵脱逃，我苦笑了一下，想起埃尔顿说他在风起之前就走了。入夜后的此刻，风仍旧没来。

"什么风？"我突然问道。

"进来吧。"

他转过身，带头迅速走进屋内。

当晚，我踏进桑德温宅邸门槛那刻，恍若置身另一个世界，一个与我离开之时的屋子相去甚远的世界。我首先听到了狂风肆虐般的高亢呼啸，屋子本身似乎也在这外部的巨大力量冲击下颤抖个不停。然而我确信，刚从外面进来的时候，夜一片寂静，没有一丝风。那风声听上去是从屋子二层传来的，正是阿萨大伯的卧室所在的位置，与那可怕怪物通灵的地方。大伯与它们曾结为同盟。除了风声呼啸不止，很远的地方还传来了令人不寒而栗的熟悉呼号，从东面响起，伴着庞然大物发出的脚步声——湿漉漉的沉闷脚步声，以及清晰可辨的吸吮声。那声音听上去像是来自地板下面，或者地底深处，乃至超越我们所知道的陆地范围，又似乎是从超自然的隐秘之处发出的。是那恶神现身了，曾与桑德温家族签订可怕契约的可怖之物来了。

"大伯呢？"我问道。

"在他卧室里。他不会出来的。房门紧闭，连我都进不去。"

我走上楼梯，走向大伯的卧室，打算破门而入。埃尔顿紧跟在后面，想要拦住我。他坚称这样做没有用，他已经试过了，不过是徒劳。我快走到门前时，被一道无法逾越的屏障拦住了——那东西触摸不到，像一堵冰冷刺骨的风墙，无论我怎么努力都无法逾越。

"明白了吧！"埃尔顿慨叹道。

我试了又试，想穿过那堵无情地拦在面前的风墙，把手伸向那扇门，但无能为力。最后，在绝望中，我大声呼喊起阿萨大伯的名字。除了门里某处传来的狂风怒吼之外，无人回应我。虽然下面厅堂里的风声听起来已足够强劲，但大伯卧室门口的风力堪比风暴。似乎整个卧室随时都会被那里释放出的可怕力量吹散架。在这段时间里，脚步声和呼号声也越来越响亮。这些声音正从大海的方向渐渐靠近屋子。这说不定是真的——那些动静越来越近，笼罩在桑德温宅邸上的邪恶、不祥的阴影，无疑也包括那庞然大物。除了海岸传来的这些异响，另一种声音也从上方传入我们的耳朵，这动静如此不可思议，以至于埃尔顿和我面面相觑，都怀疑自己是不是幻听了。那是夹杂着吟唱的音乐声，此起彼伏，时而清晰，时而模糊。但转瞬之间，我们就明白了这音乐来自何处，那正是我们在桑德温宅邸做的梦中听到的诡异美妙的音乐；乍一听，它如此美妙空灵，却充满了如同来自地狱的阴森低语。那简直就是塞壬对尤利西斯吟唱的音乐，就像维纳斯堡音乐一样优美，却被邪恶力量所扭曲，变得令人毛骨悚然。

我转向埃尔顿，他睁大眼睛，颤抖着站在我身后。

"有窗户开着吗？"我问。

"父亲的卧室里没有。过去几天，他把窗户都封死了。"他把头偏向一边，突然抓住我的胳膊，"快听！"

这时，门外传来了越来越大的嘈杂声，伴随着可怕的嘟囔，一些字眼清晰可辨——正是我在密斯卡托尼克大学图书馆那些禁书中看过的可怕字眼，我瞬间就听出来了。那是与桑德温家族达成邪恶契约的怪物发出的，让人发毛的低语。远古时代，它们被栖居在遥远的参宿四上的旧神放逐到了异世界、远离地球的太空和星系。

我越听越害怕，得知自己无能为力后倍感窒息。眼下，能不能活下来成了我最大的忧惧。门内的异响越来越大，偶尔还会传来尖锐的惨叫，想必是另一个物种发出的。然而，那些异族自己的声音却很清晰，此起彼伏，远处的音乐声仍在响着，仿佛一群仆从在吟唱它们对主人的崇拜，那是魔鬼的圣歌，是得意忘形的狂妄呼号：

　　　　Iä! Iä! Lloigor! Ugh! Shub-Niggurath! ... Lloigor fhtagn! Cthulhu fhtagn!
　　　　Ithaqua! Ithaqua! ... Iä! Iä! Lloigor nafifhtagn! Lloigor cf' ayak vulgtmm, vugtlagln
　　　　vulgtmm. Ai! Ai! Ai![16]

　　有那么短短几秒，屋内传来一些说话声，似乎是在回答什么。那是一种像青蛙发出的刺耳呱呱声，我从中根本听不出任何意味。那嗓音如此刺耳，却隐约带着一些我明显熟悉的音调，好像我以前在什么地方听过。这刺耳的呱呱声越来越迟疑，说话者的喉音显然已经让其难以承受，然后门内再次响起那得意的呼号——令人抓狂的齐声吟唱，伴随着一种让人汗毛直竖、无以复加的阴寒。

　　堂弟猛地一颤，伸出胳膊向我示意，他腕上的手表显示，还有几分钟就到午夜，满月要出现了。面前的房间里，动静越来越大，风声越发猛烈，我们仿佛置身于肆虐的旋风中。与此同时，刺耳的呱呱声再次响起，声音越来越大，直到突然变成人类从未听到过的可怕哀嚎——那是迷失灵魂的哭喊，那是灵魂灰飞烟灭发出的、受尽魔鬼折磨的惨叫。

　　那一刻，我恍然大悟。我确信我认出了那刺耳的呱呱声。它根本不是大伯的可怕访客发出的，而是阿萨大伯的声音！

---

16 | 大意为："万岁！罗伊格尔！莎布·尼古拉丝！沉睡的罗伊格尔！沉睡的克苏鲁！伊塔库亚！罗伊格尔酣梦以待！我们等待着您的降临！"

在认识到这一可怕事实的瞬间（埃尔顿一定也想到了），门内的声音也变得刺耳难忍，如来自阴间的恶风雷鸣般地咆哮着。我的头嗡嗡作响，只得用手捂住耳朵——我只记得这么多，然后便失去了意识。

醒来时，我发现埃尔顿在我跟前弯着腰。我还在二楼的厅堂里，躺在大伯卧室门前的地板上，埃尔顿那双浅色而明亮的眼睛正焦急地注视着我。

"你晕过去了，"他低声说，"我也是。"

我赶紧起身，他明显只是轻声细语，在我听来却格外响亮。

一切都静止了。桑德温宅邸陷入一片空洞的死寂。在厅堂的最远端，月光透过窗玻璃，在地上照出一个平行四边形，为周围的黑暗增添了神秘的光辉。堂弟看向大伯的卧室门，我则义无反顾地走上前去，一面担心门后面可能藏着不堪入目的场景。

门仍然反锁着，我们最后不得不破门而入。埃尔顿划燃了一根火柴，让黑暗里多了点亮光。

我不知道埃尔顿预想的情况是怎样的，但眼前的场景，比我最担心的情况还要糟糕得多。正如埃尔顿所说，窗户被木板封得严严实实，连一丝月光也没照进来，窗台上还摆放着一些奇怪的五角形石头。不过，大伯显然遗漏了一个入口：阁楼的窗户。尽管这扇窗户已经关闭并上了锁，但玻璃上有一个小缺口。大伯的神秘访客的进出通道不言自明——一条湿漉漉的痕迹从阁楼窗户附近的活板门通向大伯的卧室。房间里一片狼藉：除了大伯经常坐的那把椅子外，目之所及皆是各种物件的碎片。仿佛刚才的一阵狂风满含恨意，把文件、家具和帘布统统撕得粉碎。

然而，我们的注意力都被大伯的椅子吸引了。并且，在笼罩着桑德温宅邸的恐怖气氛消散之后，我们看到了更加触目惊心的场景。以活板门和阁楼窗户为起点的痕迹直接与大伯的椅子相连，然后又返了回去，留下了一行形状难以描述、古怪异常的痕迹，像是蛇走过一样，一部分还有蹼足留下的脚印。最奇怪的是，这些痕迹似乎是以我大伯经常坐的那把椅子为起点向外发散的。而这些印记，统统向阁楼窗户玻璃上那个小缺口延伸过去——有活物进来过，更多的活物出去了。当我们躺在门外时，一定发生了什么，我根本不敢去想那难以置信的悲惨场景。在我们失去知觉之前，那可怕的哀嚎一定是大伯受到痛苦折磨而发出的。

我们没找到大伯的一丝痕迹，除了一处代表他存在过的可怕迹象。那东西并非来自他身上。那把椅子——大伯最喜欢的椅子上，放着他的衣服。其摆放的样子并不像是被随便脱下来放在那里的，而是一件件摞起来：从领巾到鞋子，颇有嘲讽意味地摆出曾有人坐在那里的样子。但衣服里面空无一物，表面则粘着一件可怕布料，被我们无法理解的某种可怕力量塑造成了衣物主人的模样。而那衣物的主人，从种种迹象来看，已被某种骇人的魔鬼抽走或吸走了。那怪物借助屋内肆意狂吹的风之力造成了这一切。那是罗伊格尔的印记，它能在星际间自由驭风。面对罗伊格尔可怕的力量，大伯竟然想要赤手空拳与之抗衡！

诡异木雕

Something in Wood

（1946年）

《诡异木雕》导读

1.《诡异木雕》写于 1946 年，1948 年 3 月首次发表于《诡丽幻谭》杂志，后被德雷斯收入他的作品集《克苏鲁的面具》。

2. 本篇标题为译者另取，原标题直译为"木中之物"。

3. 本篇涉及了旧日支配者克苏鲁。克苏鲁能利用心电感应与特定人类接触，而与其接触的人大多会因精神错乱而发狂甚至丧命。有时，一些艺术家会因此创作出超然作品，进而声名大噪。本篇讲述的就是这样一个故事。

4. 故事中提到了一位叫克拉克·阿什顿·史密斯（Clark Ashton Smith）的雕刻家，他在现实中是洛夫克拉夫特与德雷斯的朋友，是美国诗人、雕塑家、画家、奇幻小说家。

5. 故事中还提到了另外几位现实中存在的艺术家：雅各布·爱泼斯坦（Jacob Epstein），英国雕塑家；伊万·梅斯特罗维奇（Ivan Meštrović），克罗地亚雕塑家、建筑师和作家；罗伊·哈里斯（Roy Harris），美国作曲家。

6. 故事中提到的波纳佩岛（Pohnpei），现实中是西太平洋密克罗尼西亚联邦波纳佩区的主要岛屿。洛夫克拉夫特在《印斯茅斯的阴影》中首次将这座岛屿写入克苏鲁神话，此后多次出现在克苏鲁题材的作品中。

7. 故事中提到的加洛林艺术（Carolingian art），是指公元 8 至 9 世纪，法兰克王国加洛林王朝国王、查理曼帝国皇帝查理曼及其后继者统治时期的艺术。

人类思维的局限性，决定了我们有时无法以正确视角窥探出所涉之事的真实全貌，但这何尝不是幸事？长久以来，我多次认真思考过这一观点。而《波士顿拨号盘》的音乐和艺术评论家詹森·威克特失踪一案牵扯的种种诡异情况，尤其让我对此反复思量。该案发生在一年前，当时众说纷纭——有人怀疑是某个心灰意冷的艺术家因难以忍受威克特的尖刻抨击而将其杀害，有人怀疑威克特出于自己心知肚明的原因，在未告知任何人的情况下前往了隐秘之地。

或许，后一种观点比人们普遍认为的情况更接近真相，但接受这种观点需要理解晦涩难懂的术语，而且涉及威克特的消失是出于自愿还是被迫的问题。然而，对那些有天马行空想象力的人来说，有一种解释不言自明。围绕该案的种种确凿证据，也确实让人无法得出其他结论。那些证据与我有一定的关联，而且这关联非同小可。就连我自己，也是直到詹森·威克特失踪后才意识到这一点。

那一连串事件因一个心愿而起，这桥段再俗套不过了。威克特住在剑桥国王巷的一栋老屋里，远离闹市，过着独居生活。他是一位原始艺术品收藏家，钟爱木制品或石制品。他收藏了各种稀奇玩意儿，有忏悔者[17]的奇特雕刻、玛雅人制作的浅浮雕，也有出自克拉克·阿什顿·史密斯之手的怪异雕像，还有来自南太平洋诸岛的木制神像和各种神灵的雕刻品，以及不少其他东西。他曾表达过想得到些"与众不同"的木制

---

17 | 忏悔者（Penitentes），存在于美国新墨西哥州和科罗拉多州西班牙裔社区的一种团体，成员以遭受鞭打的形式进行忏悔。

品的愿望。而在我看来，史密斯的作品几乎可以满足任何人对多变花样的追求。不过，史密斯的作品不是木头做的。威克特想求得一些木雕，让不同材质的藏品比例更均衡一些。不得不承认，除了一些来自波纳佩岛的面具外，他没有任何其他木制藏品。那些面具呈现出的奇特而美妙的意象，与史密斯制作的雕像如出一辙。

我猜，詹森·威克特的不少朋友都在为他物色珍奇的木头玩意儿。然而，像是命中注定一样，我在波特兰度假期间，在一家"不正经"的二手店里找到了这么一件宝贝。它确实称得上一件不寻常之物，做工非常精细，是一件浅浮雕，造型为一只像八爪鱼的生物矗立在一大片被毁坏的水下建筑之上。四美元的价格属实公道。不过说实话，我也没能力对这件雕刻品加以解读，这反而更可能让它在威克特眼中升值。

我把木雕所刻之物描述为"像八爪鱼"，但它只是像，并不是真的八爪鱼。而它究竟是什么，我不得而知。从外形判断，它要比八爪鱼长很多，而且身体各处特征也有诸多不同：触手状的附肢不仅从脸上——差不多是鼻子的位置伸出（与史密斯雕刻的上古神祇非常像），还从身体两侧和中间伸出。从它脸上伸出的两根附肢明显能自由卷握，而且被雕刻成向外张开的姿态，像是要握住或抓紧什么东西。这两根触手往上，紧挨着一双深陷的眼睛。那双眼的雕刻技艺精湛超群，观者恍若在注视着一只巨型的邪恶之物，看一眼就会深感不安。木雕的基座上用不明语言刻着一行字：

Ph'nglui mglw'nafh Cthulhu R' lyeh wgah' nagl fhtagn.

至于木雕的材质——一种深棕色、近乎黑色的木头，纹理十分罕见，有多个涡纹——我一无所知，只知道它重得不像木头，略显奇特。尽管这物件比我预想的为詹森·威克特寻找的东西大一些，但我确信威克特会喜欢它。

"这玩意儿是哪来的？"我询问杂乱桌子后面的那个冷漠的小个子男人。他把眼镜朝上推了推，说只能告诉我是从大西洋来的。"兴许是从什么船上冲下来的。"他大胆猜测。据他透露，一两周前，一个老者带来了一堆物品，这物件就在其中。这位老者经常沿着海岸，从被海水冲上来的残骸中搜刮这类东西。我就那木雕代表什么再次发问，他这回透露的甚至比上个答案更少。这样一来，詹森岂不是可以就它的来历胡乱编造任何传说？

他对我的礼物非常满意，主要是因为他很快发现这件木雕与史密斯打造的石雕有某种惊人的相似之处。作为研究原始艺术的权威人士，他还指出了另一个奇特之处，让我这件花四美元买来的木雕具有了清晰的意义——木雕方方面面的特征都说明，制作它的工具远比我们现在使用的更古老，说得更直白点，甚至远早于我们所知的文明世界的出现时间。当然，这些细节对我来说无关紧要。毕竟我不像威克特那样钟爱古物，但我不吐不快的是，威克特将这个畸形八爪鱼木雕与史密斯的作品并排放在一起，让我有种莫名的反感。这感觉源于困扰我的一些尚未说出的疑惑——如果这东西当真如威克特推断的那样，已存了几百年，而且不属于任何已知的雕刻种类，那克拉克·阿什顿·史密斯的现代雕像怎会与它那般相似？史密斯依据他的怪奇小说和诗歌中的素材雕出的形象，竟然与时间上相隔数百年，空间上也相隔甚远的某人的艺术风格如此相仿，这难道仅仅是巧合？

本文在《诡丽幻谭》杂志上的插图，鲍里斯·多尔戈夫（Boris Dolgov）绘

但这些问题我并没有问出口。或许若我当时问出了口，事情的走向可能也会因此改变。我将威克特的激动和喜悦看作是对我判断力的褒奖。那件木雕被放到了宽敞的壁炉架上，和他最称心的几件木制藏品摆在一起。之后，我就心满意足地离开了，并将此事抛诸脑后。

再次见到詹森·威克特是在两星期后的一天。如果不是因为注意到他对奥斯卡·博格多加公开展览的雕像做出格外激烈的抨击，我也许不会赶在回到波士顿后第一时间来见他。而短短两个月前，威克特还对这位艺术家的作品称赞有加。事实上，威克特如此抨击展览的雕像，激起了持相同看法的一众看客的病态兴趣。这表明威克特在用全新视角评价雕像，并让经常关注他评论的读者惊喜不已。不过，我们都认识的一位精神科医生坦言，威克特简短而直击要害的文章中有显眼的古怪引喻，这让他感到有些震惊。

我也读了那篇评论，并且越读到后面越觉得吃惊。我一眼就看出，那与威克特的惯常文法有特别明显的出入。他指责博格多加的作品缺乏"激情……兴奋点……灵性的伪装"这些论点还算正常，但断言博格多加"显然对阿哈彼或阿姆诺达的邪典艺术一窍不通"，以及这位艺术家杂糅"波纳佩岛风格"的模仿行为不是其真实水平的言论不仅不得体，而且实在与他的作风相悖。再者，博格多加是一个中欧人，他的多数雕刻与爱泼斯坦作品的相似度远高于梅斯特罗维奇之流，而跟威克特醉心其中的原始艺术八竿子打不着。威克特能写出这番论调，显然是那原始艺术风格已开始影响他的判断。他的评论全篇充斥着各种不为人知的艺术家、遥远时空中隐秘地方之类的奇怪字眼——这些艺术家或地点是否真的存在于地球有待商榷。他还频繁提及一些古怪的文化形态，即便是颇有学识的读者，也无法找出其中与我们熟悉的任何文化的一丁点关系。

　　然而，他对博格多加作品的态度并非完全无迹可寻。就在两天前，他还写了一篇评论，对一首由弗朗茨·霍贝尔所作，由浮夸而自负的弗拉德利茨基进行首次演绎的新交响曲作出评点，其中充满了诸如"天体长笛音乐"和"那些起源于自然崇拜时代之前的管乐音符，早在人类把任何乐器举在手上或嘴边之前就已在太空中萦绕"之类的语句。与此同时，对于同一节目中演奏的哈里斯的《第三交响曲》（他曾公开表示过对该乐曲的嫌恶），他却称赞"那是回归原始音乐的杰出典范，是萦绕在人类与生俱来的意识中的美妙音符，是旧日支配者的专属旋律，其美妙程度就算在弗拉德利茨基的指挥下也毫不逊色"，但话锋一转，又声称"弗拉德利茨基根本做不出有想象力的音乐，他指挥的每部作品都无一例外地强加了个人意志来彰显自我，全然不顾那么做可能有违作曲家的意愿"。

　　这两篇评论令我大感不解。于是，我匆匆赶到威克特的住处。抵达那里后，我发现他正坐在书桌前苦思冥想，面前摆着各种令人不快的反馈和一大叠信件——自然是来声讨的。

　　"啊，平克尼，"他向我打招呼，"没猜错的话，你也是为我这些怪诞评论而来的。"

　　"不全是，"我有所保留，"我承认任何批评都源于个人的看法，怎么写是你的自由，只要发自内心就好。不过，阿哈彼和阿姆诺达是何方神圣？"

　　"我也希望我知道。"

　　他说得如此恳切，我没法儿不信他句句真挚。

　　"但我毫不怀疑他们存在过，"他继续说道，"就同旧日支配者似乎在古老的传说中有一席之地是一个道理。"

"你都不知道他们是谁，又怎会提到这些人？"我问道。

"这一点，我恐怕不能完全解释清楚，平克尼，"他皱着眉头回答道，一脸难为情，"但我可以试试。"

随后，他开始讲述一些不怎么连贯的事情——得到我在波特兰买回的那个八爪鱼木雕之后的一件件怪事。据他所言，从那天起，他每晚必定做梦，每个梦中都有那木雕所刻的奇怪生物，它要么出现在梦境的前景中，要么持续游走在梦境的边缘。他梦见过地下世界，梦见过海底城市。在梦中，他去过加罗林群岛和秘鲁；到过笼罩着诸多神秘传说的阿卡姆，在那些充满魅惑色彩的复折屋顶的村舍间徜徉；还乘坐奇怪的海船，去了已知大洋之外的领域。他清楚，这木雕是一个微缩模型。所刻之物实际上是硕大无比的生命体，能够随意变换成无数形态。威克特说，它的名号叫克苏鲁，它的领地在拉莱耶，是远在大西洋底的一座宏伟城市。它是旧日支配者之一，人们认为这些神祇来自异世界和遥远的星系，也来自海底深渊和小宇宙。它潜伏在各处，只为有朝一日复辟往昔对地球的统治。似乎有很多无定形侏儒物种陪着它，它们形似人类，会在它面前吹起奇怪的管乐器，吹奏着人类从未听过的音乐。很显然，这个木雕是在远古时代制成的，很可能比现存的任何人类起源记录都早，但在人类诞生之后，落到了加罗林群岛的工匠们手中，成了连通那些想方设法重临人间的生命体所在异世界的"联络物"。

坦白说，我听得有些焦躁。威克特见状突然停止了谈话，起身把壁炉架上摆着的畸形八爪鱼木雕拿到办公桌上，放到我的面前。

"快，你仔细看看，平克尼。看看它跟你上次看到时有没有不同？"

我仔细端详了一番，最后坦言我没发现任何变化。

"你不觉得脸部伸出的那些向外张的触手——这么说吧——张得更开了吗？"

"并没有。"我虽然矢口否认，但实际上对此并不确定。我们对事物的判断受想象左右的事例比比皆是。那触手是否真的伸得更开了？我当时说不清，现在也拿不准。关键是威克特对他的发现深信不疑。我重新审视了这件木雕，那莫名的反感再次袭来，我第一次注意到史密斯所做的雕像和这古怪物件那般相似时，也曾有过一模一样的反感。

"那你不觉得触手的末端抬起来一些，并且向外伸得更远了吗？"他仍固执己见。

"我不确定。"

"那好吧。"他拿起木雕，将其放回壁炉架上的原位。

回办公桌的过程中，他说："恐怕你会认为我疯了，平克尼，但老实说，自从我把它放在书房之后，我就意识到自己仿佛身处与我们通常认识的维度不同的异世界。简而言之，就是我感觉自己去的地方，与梦中的那些维度很像。打个比方，我完全不记得自己写过那些评论，但那无疑是我的手笔。文章的手稿、校样都找得到，并且已经发布到了专栏上。总之，我确信，那些评论都是我本人写的，不是别人。我没法公开否认这一切。我也非常清楚，其中种种论调与此前我多次表达过的意见相矛盾。然而，不可否认的是，这些文章的字里行间流淌着一种别样的逻辑，同样令人咋舌。读过之后——顺便说一句，我还收到有人就这些评论批评我的信——我对此进行了一番研究，虽然其中的观点与你可能听过的、我之前表达的很多观点相矛盾，但博格多加的作品确实有杂糅早期加洛林艺术的狂热之嫌，而哈里斯的《第三交响曲》的确明显有原始音乐的影子，会扰乱人心。因此人们必定会疑惑，他们最初对重视传统文化或有艺术教养之人的冒犯，是否并非出自对原始艺术的本能抵制，因为其内心很快认可了这一艺术形式？"

他耸了耸肩。"但这无关紧要，不是吗，平克尼？重点是，你在波特兰发现的木雕无理由地干扰着我的判断，使我深受影响，以至于我有时都不确定这到底算好事还是坏事。"

"什么样的影响，詹森？"

他露出怪异的笑容。"我来跟你说说我的感受。我第一次有那种感受，是你把这东西留下的当晚。那天晚上，我这里举办了一场聚会，午夜宾客们各自散去之后，我坐到了打字机前。我当时是想写一篇再平常不过的评论——有关弗拉德利茨基某位弟子的小型钢琴独奏音乐会。没一会儿工夫就写好了。整个过程中，我都意识到那木雕的存在。当时，我对它的感知存在于两个层面：一个层面是你送给我的礼物，就此而言，它是一个并不大的物体，而且显然真实存在于三维空间；另一层面的感知则延伸——或者说入侵，你怎么理解都可以——到了另一维度，于这个层面而言，房间里存在的我与木雕，就好比种子之于南瓜。总之，当我写完那则短评后，就产生了一种奇怪的错觉，觉得木雕已经变大到了难以想象的程度。在那个难以置信的瞬间，我感到它更加具象化，如同一尊拔地而起的巨像立在我面前，而我，不过是一只小得可怜的蚂蚁。这错觉只持续了一会儿就消退了。注意，我说的是'消退'，并不是完全不存在了。那庞大的形象似乎在慢慢缩小，不断消隐，恰如它要从这个新的维度逃脱出去，恢复到它本应呈现在我眼前的实际状态，就像它不该存在于我的精神感知中。这情况持续了一段日子，我敢打包票，这不是幻觉。但我从你的表情可以看出，你觉得我已失去了理智。"

我赶紧开解他，情况没他想的那般糟糕。他说的话要么是真的，要么是假的。基于其怪异评论是无可置疑的事实，他的表述显然表明他并没有撒谎。因此，对詹森·威克特来说，他说的话是真的。所以，这其中一定藏着什么深意和动机。

"假设你说的一切都是真的，"我最后谨慎地说，"那一定是某种情况导致的。也许是你最近工作太累了，这些不过是你潜意识的投射。

"平克尼，我的老伙计！"他笑着感慨道。

"若非如此，那就必定是某种力量——来自外部的力量使然。"

他的笑容消失了，眼睛眯了起来，"你相信我说的了，对吧，平克尼？"

"这么推断的话，我信了。"

"好。有过第三次这样的经历后，我也深以为然。如果只有两次，我完全愿意相信是某种感官幻觉，但三次之后，我不这么想了。因视疲劳看到的幻觉很少如此逼真，往往仅限于看到老鼠、圆点之类的虚影。那么，如果这个生命体是一种神秘教派的教徒崇拜的对象——据我所知，现在还有人在崇拜它，不过都是在暗中进行——那么似乎只有一种解释说得通。回到我曾经提到的观点——这个木雕是连接另一维度的关键联络物，如果是这样的话，那么很明显，它正试图借由这个木雕与我联络。"

"怎么说？"我直截了当地问。

"啊，我既不是数学家，也不是科学家。我只是一个评论音乐和艺术的。那个结论已经是我本行外文化知识的极限了。"

那幻觉似乎仍在他身上持续发生。此外，在他睡觉的时候，那生命体还存在于另一个层面。进入梦乡的威克特，能毫不费力地跟随木雕上刻画的庞大生命体进入我们这个时空之外的其他维度。在过往的医学案例中，持续性的幻觉并不罕见，渐进性的幻觉也不罕见，但詹森·威克特所经历的一切，显然已经超出了幻觉的范畴。幻觉哪会暗中干扰人的思维模式呢？那天晚上，我对此沉思良久，脑海中反复回想着他告诉我的一切，关于旧神、旧日支配者、神话中的那些异族和信奉这些神灵的教派的一切。我还深入思考了让威克特深陷其中，并给他带来这么多麻烦事的所谓"文化形态"。

之后，我忐忑不安地关注着《波士顿拨号盘》，等待詹森·威克特的专栏更新。

在我再次见到詹森·威克特前的十天里，他写下了许多文章，迅速成为波士顿及周边乡村的文化热点。令人惊讶的是，虽然那些讨伐的声音一如预期地出现，但关于他的讨论并非都是谴责性的。也就是说，以前支持他的人现在感到愤怒，因而谴责他；以前蔑视他的人，现在反倒开始认同他。他对音乐会和艺术展的评价，虽然在我眼里完全是谬误，却也不失犀利。他惯有的深刻和严厉抨击的风格依然存在，敏锐的洞察力也似乎未曾改变，只是他现在似乎在从不同的角度看事物，与他过去的视角截然不同。他语出惊人，常常令人愤怒不已。

在他的评论中，雍容华贵而年迈的首席女演员布尔萨·德科耶夫人代表了"资产阶级品位的一座高耸丰碑，不幸的是，她没能埋在这座丰碑下"。

纽约的风云人物科里登·德·诺瓦雷，被他这么形容："充其量不过是个哗众取宠的骗子，他的超现实主义渎神作品被各种店主摆在第五大道商店的橱窗里，而这些店主的艺术知识不过是聊胜于无。尽管在色

鲍里斯·多尔戈夫为德雷斯作品所绘插画

彩感上他能排进维梅尔模仿者的前十，但他从未挑战过哪怕一点点阿哈彼风格。"

疯子艺术家维兰的画作让他极尽溢美之词。"这件作品显然证明了，一个能够拿起画笔、看一眼颜色就能叫出名称的人，比大多数欣赏他画作的愚昧之辈更能洞察周围的世界。它是一幅有真正感知力的作品，不受任何人间维度的限制，不受任何人类传统的阻碍，多愁善感又冷漠至极。其感染力在于原始艺术层面的美，但又超乎其上。其背景是存在于连续的空间褶皱中的过去和现在的事件，只有那些具有超感官感知天赋的人才能看到，这也许是某些人所认为的'疯狂'的品质。"

由俄罗斯交响乐演奏家布兰塔诺维奇举办的音乐会，是作为指挥家的弗拉德利茨基目前最爱的一场，威克特却作出如下尖刻的评论，以至于弗拉德利茨基公开声称要将他告上法庭。"布兰塔诺维奇的音乐表达了一种糟糕透顶的文化，认为每个人在政治上都与其他人完全平等，除了那些处于顶端的人。用乔治·奥威尔的话说，就是他们'更加平等'。这种音乐根本就不需要演奏，除了弗拉德利茨基，也根本没人会去演奏。弗拉德利茨基确实是出类拔萃的指挥家。在全世界，他是唯一一个每指挥一场音乐会，就会从中学到东西的人，一点点的进步也不放过。"

不难想象，詹森·威克特的名字传遍了大街小巷。他遭到了猛烈抨击。《波士顿拨号盘》收到的信件多得无法统计，有赞扬他的，也不乏咒骂他的，他甚至还被赶出了一直受邀参加的社交圈。最重要的是，人们开始对他评头论足。不过，那些时而说他反对资本主义，时而说他是顽固反动派的声音，对他来说无关痛痒。除了出席必须参加的音乐会，他很少在其他地方露面。即使出席音乐会，他也不和任何人说话。然而，有人声称在威德恩看到过他。后来，据说有人曾两次在密斯卡托尼克大学图书馆的珍本藏书区看到过他。

　　我要说的情况是，8月12日晚上，也就是詹森·威克特失踪前两天，他来到了我的公寓。对于他的状态，我当时最多认为他像之前那样陷入了暂时性的精神错乱。他的神情十分狂野，谈吐更是毫无遮拦。时间已接近午夜，但夜色十分宜人。他那晚先是选了一场音乐会，但只听了一半，就回家研究他从威德恩那里弄来的几本书。之后，他从家搭出租车来到我的公寓，在我准备睡觉时，几乎是闯进了我的家门。

　　"平克尼！谢天谢地你在呢！我打过电话到这边，但没人接。"

　　"我也是刚回来。别着急，詹森。桌上有苏格兰威士忌和苏打水，请自便。"

　　他自调了一杯酒，放的苏格兰威士忌比苏打水多得多。我觉得他浑身发抖，不仅仅是手在颤抖，眼神也极度亢奋。我走过去，把手放在他的额头试了下，却被他粗鲁地推开了。

　　"别闹，我没事。你还记得我们关于木雕的谈话吗？"

　　"可以说记忆犹新。"

　　"是真的，平克尼。所有的一起都是真的。我可以告诉你一些事情，关于1928年政府接管印斯茅斯时发生了什么，以及恶魔礁发生的那些爆炸是怎么回事；关于1911年在伦敦莱姆豪斯发生了什么；关于几年前谢斯伯利教授在阿卡姆的神秘失踪——我知道，在马萨诸塞州仍存在小范围的秘密崇拜活动，这些活动遍布世界各地。"

　　"想象的还是真实的？"我犀利地问道。

　　"是真实情况。我倒希望它不是真的。但我都梦到了。多么真切美好的梦啊！我敢说，平克尼，如果一个人在这个无聊至极的世界中苏醒，发现竟然存在着那样的神秘国度，他会高兴得疯掉。天哪，那庞大无比的建筑！那巨像，简直高大得离谱，几乎够得到那不一样的天空！而伟大的克苏鲁！它简直是造物的奇迹，完美无缺！它是恐怖和邪恶的化身！它是我难以逃脱的厄运！"

我走到他跟前，使劲儿摇了摇他。

他深吸了一口气，闭着眼睛坐了一会儿。然后他说："你不相信我，对吗，平克尼？"

"我听着呢，信不信都无关紧要，不是吗？"

"我要你帮我个忙。"

"什么事？"

"如果我有什么不测，你就拿着那个木雕——你知道的——把它带到某个地方，在上面挂个重物，然后扔进海里。最好——如果你能办到的话——扔到离印斯茅斯近一点的地方。"

"詹森，你是受到了谁的威胁吗？"

"没有啊。能答应我的请求吗？"

"当然。"

"无论你到时候听到或看到什么，也无论你对所见所闻怎么看、怎么想？"

"都听你的。"

"好的。把它送回去，一定要办到。"

"跟我说说，詹森，我知道过去大概一周的时间里，你的评论都过分犀利——是不是有人想要报复你……"

"别开玩笑了，平哥[18]。根本不是那么回事。就说你不会信我的。

是那个木雕上的神祇，它越来越深入我们所在的维度了。你听不懂吗，平哥？它已经开始现身了。前天晚上，我第一次感受到了它的触手！"

我没说话，像是在等待什么。

"事情是这样的，我从睡梦中醒来，感觉到什么东西又冷又湿，于是把铺盖推到一边。我感觉它正贴着我的身体。你知道，我睡觉时，除了被子，什么都不盖。我被吓得一跃而起，打开灯，它就在那里，真实存在，我既能看到，也能感受到。然后它逐渐消退、变小，慢慢隐去、变淡，然后就消失了，回到了它自己的维度。除此之外，在过去一周左右的时间里，我一直能听到来自那个维度的声音，比如那古怪的笛声，以及一种奇怪的口哨声。"

那一刻，我确信我的朋友疯魔了。"那木雕让你那么痛苦，干吗不毁掉它呢？"我问道。

他摇摇头，"不可能。这是我与那个维度的唯一联系方式，我敢说，平克尼，那里不只有黑暗。魔鬼哪里都有，你知道的。"

"如果这一切是真的，你不害怕吗，詹森？"

他向我靠过来，眼睛一眨一眨地，紧紧盯着我。"害怕，"他喘着气说，"当然害怕，我快吓死了，但我也深深地着迷。你能懂那种感觉吗？我听到过那异域的音乐，看到过那里的事物，与那里相比，我们这个世界上的一切都显得黯淡无光。是的，我非常害怕，平克尼，但我不愿让我的恐惧成为我和它之间的阻碍。"

"你和谁之间的阻碍？"

"克苏鲁啊！"他低声说。

说罢他抬起头，眼睛似乎在看向远方。"快听！"他温柔地说，"你听到了吗，平克尼？那音乐声！那醉人的音乐！啊，伟大的克苏鲁！"

然后他起身从我的公寓里跑了出去，清心寡欲的面容洋溢着像是找到了极乐世界的欢愉。

那是我最后见到詹森·威克特的样子。

或者也不是。

第二天——或者说，第二天晚上——詹森·威克特就离奇失踪了。从我的公寓离去之后，还有其他人看见过他的行踪，但没有跟他交谈。第二天晚上，他的一位邻居很晚才回来，看到书房的窗户上照出他的轮廓——他貌似在写什么。但后来在现场没有发现任何手稿的痕迹，《波士顿拨号盘》也没有收到要在专栏发表的任何文章。

他明确交代了，如果发生意外，我必须拿走被具体描述为"深海领主：源自波纳佩岛"的木雕。这名称显然是想隐瞒其中描绘的生命体的真实身份。终于，在警察的批准下，我重新拿到了那个木雕，并准备去做我答应过的事。不过，在此之前，我还帮助警察证实了他们的推断，即威克特的衣服一件也没丢，他显然是刚从床上爬起来，就赤身裸体地消失了。

我从威克特的住处取走木雕时，并没有多看那物件几眼，只是把它放进了我那宽大的公文包，然后带回了家。我已经计划好了一切：第二天乘船前往印斯茅斯附近，给木雕挂上重物，将其扔进大海。

因此，直到最后一刻，我才看到它发生的令人反感的变化。需要说明的是，我并未真正看到任何发生那种变化的过程。但不可否认的是，我之前至少有两次仔细端详过这个木雕，其中一次是在詹森·威克特的特别嘱咐下，观察他欣喜若狂而我无法看到的变化。我必须承认，在船摇摇晃晃起航的过程中，我确实看到了那可怕的变化，同时我听到一个声音，像是有人从深不可测的极远之地呼唤我的名字，那声音像是詹森·威克特发出的——除非那一刻的兴奋让我的感觉出了错。

那声音出现在我从公文包里拿出已经挂上重物的木雕之时，当时我正坐在借来的小艇上，朝印斯茅斯的外海进发。这是我第一次听到那匪夷所思的遥远声音，像是某人在呼唤我的名字，仿佛是从海底而不是天空传来。我确信，正是这声音，让我的动作迟疑了几秒，虽然非常短，但足够我再看一眼手中的木雕。然后，我将其抛出，任由它沉入大西洋缓缓翻滚的浪花中，慢慢消失不见。此时，无论怎样，我都不会再怀疑我刚才经历的一切——

我拿着木雕的姿势，刚好够我看到某位不知名的远古艺术家所刻画的那怪异形象伸出的触手。我亲眼看到，其中一根以前一直空无一物的触手，此刻正紧紧抓住一个蚂蚁大小、没有穿衣服的小人儿，细节逼真至极。那熟悉的清心寡欲的脸，也证明我绝无弄错的可能。用詹森·威克特自己的话说，微缩的小人儿相较于木雕上的生物，"就好比种子之于南瓜"。我愣在船上，任由这句昭示着可怕定局的预言，久久回荡在耳边。在将木雕扔出去的那一刻，我似乎看到那微缩小人儿的嘴唇在动，显然是在念我的名字。木雕应声落到水中，渐渐下沉，此时我隐约听出那遥远的声音与詹森·威克特的嗓音非常像。那呼喊声是从水里发出的，伴随令人浑身发冷的喘息声和呛水声，只有一个音节清晰可辨，另一个音节被恶魔礁附近深不可测的海水无情地吞没了！

山间诡啼

The whippoorwills in the Hills

（1947年）

《山间诡啼》导读

1.《山间诡啼》写于 1947 年，1948 年 9 月首次发表于《诡丽幻谭》杂志，后被德雷斯收入他的作品集《克苏鲁的面具》。

2. 本篇标题为译者另取，原标题直译为"山间的北美夜鹰"。

3. 在美国新英格兰地区的民间传说中，北美夜鹰可以感知到人类的灵魂离体，并在灵魂飘散时抓住它。在克苏鲁神话体系中，最早提及北美夜鹰的，是洛夫克拉夫特写于 1928 年的《敦威治恐怖事件》。德雷斯多次在作品中用北美夜鹰的啼叫烘托场景，比如前面的《桑德温契约》。

4. 本篇涉及了终极之神之一的犹格·索托斯。该神出自洛夫克拉夫特于 1927 年创作的《查尔斯·德克斯特·沃德案》（*The Case of Charles Dexter Ward*）。犹格·索托斯在克苏鲁神话体系中处于核心位置，是克苏鲁、哈斯塔等旧日支配者的祖先。其外形表现为一堆发光的球体，在一些故事中带有眼球、嘴巴和触手。

5. 故事中提到的共线电话（party line），指连接两个或更多用户与交换机的单一电话线路。当一条线路上的某户收到呼号时，线路上所有用户的电话都会响铃，电话公司会通过给每台电话分配不用节奏的响铃方式来区分。这种电话线路没有私密性可言，在双方通话时，线路上的其他用户也可以接听并参与对话。

6. 故事中提到了一位名叫沃德·菲利普斯（Ward Phillips）的牧师，这个名字源自洛夫克拉夫特的全名——霍华德·菲利普斯·洛夫克拉夫特（Howard Phillips Lovecraft），被用在多篇克苏鲁故事中的不同角色上。

7. 故事中提到的寒冷荒原（Cold Waste），是克苏鲁神话中的虚构地点，在冷原以北，主要由冰雪覆盖的巨石组成。那里有一座名为"卡达斯"（Kadath）的古老山岳之塔，是土之神的家园。

一

　　1928 年 4 月的最后一天，我住进了堂兄阿贝尔·哈罗普的房子。那时候，艾尔斯伯里警局的人显然已无法或不愿继续追查堂兄神秘失踪一案了，于是我决定自己前去查清真相。这是原则问题，与情分无关。堂兄阿贝尔一直与家族其他成员略显疏离。从青春期开始，他就背上了行事古怪的名声。他从未主动上门拜访过我们这帮亲戚，也不曾邀请我们去找他玩耍。他的住所座落于一处偏僻山谷，距离阿卡姆的艾尔斯伯里收费道路有七英里远，而我们大都住在波士顿和波特兰。因此，这房子在我们眼中平平无奇，没什么吸引力。我有必要使读者明确这一点。鉴于随后发生的一桩桩怪事，诸位必须明白，我住进这房子绝无任何其他动机。

　　如我所言，阿贝尔的住处着实太过普通。它采用新英格兰房屋的传统样式，在这一带甚至以南更远的众多村庄随处可见。屋舍大体呈长条形，共两层楼，屋后设有门廊，正面的一角设了前廊，使那长条形更显规整。门廊曾被纱窗遮挡着，不过，现在纱窗上有许多小裂口，整体呈现出一副破败荒凉的样貌。好在房子是木制的，还算精致。屋舍壁板是在堂兄失踪前不到一年时刷白的，油漆风化得不算厉害。所以，除了带纱窗的门廊之外，房子总体上还算挺新。屋舍右边不远处有一间柴房，柴房附近还有一间烟熏室。院子里还有一口带顶棚的水井，上面安着辘铲，近旁摆着几个水桶。水井左边还有一个更实用的水泵，以及两个较小的棚子。堂兄没有养殖爱好，因此院子里并没有任何安置动物的地方。

屋舍内部保养得宜，堂兄的好生打理功不可没。不过，一些家具已然有些磨损和褪色，都是二十年前他父母去世时留下的老物件。一层有一间窄小的厨房，与后面的门廊相通；一间老式客厅，比一般的客厅稍大；还有一间显然曾用作餐厅，如今被堂兄阿贝尔改成了书房。这间房里简直书满为患，有的摆放在自制的简陋书架上，有的散落在各种箱子上，还有的随意丢在椅子上、写字台上和桌子上，甚至连地板上也到处堆着书。唯有一本书赫然在桌子上摊开着，仿佛堂兄神秘失踪之时就已如此。艾尔斯伯里法院那帮人告诉我，房子里没有任何东西被动过的迹象。屋舍的二层采用人字山墙结构，所有房间都有斜屋顶。不过，二层的三间房面积都很小，其中两间当了卧室，另一间当了储藏室。它们的共同点是，都只有一面山墙窗——再无其他窗户。两间卧室下面分别是一层的厨房和客厅，储藏室则位于书房之上。然而，傻子都看得出来，堂兄阿贝尔未曾住过其中任何一间卧室。客厅里的一张沙发上，倒是还留着他睡过的痕迹。而且，这张沙发异常软和，我也决定将其作为卧榻。通往二层的楼梯位于厨房出口，挤占了本应属于厨房的空间。

堂兄神秘失踪之事其实很简单，任何还记得报纸上零星报道的读者，张口就能说个八九不离十。他最后一次露面是在四月初的艾尔斯伯里，那天他买了五磅咖啡、十磅糖、一些线材和一张大网。四天后——也就是四月七日，邻居莱姆·贾尔斯路过他的住所，注意到烟囱没有冒烟，犹豫再三还是进了屋。堂兄显然不是太招大家喜欢的那类人。他天性暴躁，邻居们都离他远远的。但那天很冷，不生火实在说不过去。于是贾尔斯走到门前，敲了敲门。见无人应答，他推了一下。门并未上锁，他便走了进去。屋里空空荡荡、冷冷清清，只见桌子上有一本摊开的书，旁边的煤油灯先前肯定一直燃着，此时俨然油尽灯枯。贾尔斯觉得事出反常，但当时并没有报警。三天后的十日，他去艾尔斯伯里时再次途经屋舍，出于相似的原因顺道进去看了一眼，却发现屋内自他上次离去后丝毫未变，这才向艾尔斯伯里的一位店主谈起此事。店主劝他向当地警局报告这桩怪事。纵使万般不情愿，他还是听从了店主的建议。接到报案后，一名警员开车来到了堂兄的住处，四处察看了一番。由于天气转晴，积雪很快就融化了，脚印自然无迹可寻。堂兄买回的咖啡和糖只用了一点，警员凭此推断，他是从艾尔斯伯里返家后一天左右失踪的。现场还留下了一些其他线索——客厅一角的摇椅上随意堆放着一张网，说明堂兄曾打算用买来的大网做些什么。然而，那种网常见于金斯波特海岸一带，用来围捕卖不上价的杂鱼，因此，他的意图又蒙上了几许神秘色彩。

正如我在前面暗示过的，艾尔斯伯里警员的调查不过是敷衍了事，他们全然一副不急不慢的样子，根本没把阿贝尔失踪一事放在心上。又或者，是堂兄邻居们对此事的缄默态度让他们感到泄气。我并非平白无故下此论断。如果警员的报告真实可信——我没有理由怀疑这一点——那么一直以来，堂兄的邻居们肯定全都铁了心无视阿贝尔的存在，甚至在他失踪后，据推断可能已经身亡时，他们也不愿谈论他，更别说承认与他打过什么交道了。不夸张地说，我在堂兄家还没待满一天，就真切地领教了那帮人的百般冷漠。

房子没有铺设电线，因此无法通过电灯照明，但里边有一条电话线。午后，电话铃响了——当时距离我抵达此地还不到两个小时——我走过去拿听筒，一时忘了堂兄接的是共线电话。我的动作慢了一些，取下听筒时，里边已响起了某人的说话声。我听了一会儿，如果不是因为对话里提到堂兄的名字，我可能会把听筒放回去，不再多听一秒。但人类天生好奇心重，那个名字被我听到了，于是我伫立原地，静静聆听。

"……有人到阿贝尔·哈罗普家了，"线路里传来一个女人的声音，"莱姆十分钟前从镇上回来时看到了。"

十分钟，我想了想，那大概说的是莱姆·贾尔斯，他家住在这块山坳南侧山岭的北坡，是最近的一户邻居。

"哦，贾尔斯太太，你不会是说他又回来了吧？"

"上帝保佑，他可千万不要回来！不是他。至少据莱姆说，看起来一点也不像他。"

"如果是他回来了，我就搬走。这段日子发生的事已经够多了——我被折腾怕了。

"他们连他的一根头发都没找到。"

"他们什么都不可能找到。他被抓走了。我确信，是他把那些东西召来的。埃摩斯早就劝他赶紧把那些书扔掉，但他根本不听。一夜夜坐在那里，不停翻着那些让人鬼迷心窍的邪书。"

"快别瞎操心了，海丝特。"

"经过这么多乱七八糟的事，能活着操心得感谢上帝可怜我们。"

这些对话虽略显含糊，却足以使我确信：这群生活在偏僻山坳上的本地人知道的内情，远比告诉警员的要多。然而，这最初的交谈仅仅是个开始。此后电话每隔半小时就会响起，主要围绕我住进堂兄家这件事聊个没完。之后也是如此，我不地道地听了个遍。

在围着堂兄家的山坳上，一共住着七户人家。无论在房内的哪个角落，都看不见他们中的任何一户。邻居们的分布如下：在山坳南岭的北坡，住着莱姆·贾尔斯和阿比·贾尔斯夫妇，他们有两个儿子——亚瑟和艾伯特，还有一个女儿——弗吉尼亚，一个快三十岁的傻女孩；再往北，接近北岭的位置，是单身汉兄弟卢特·科里和杰斯罗·科里的住所，他们有一个雇工——柯蒂斯·贝格比；在这一户东面的山岭深处，住着塞思·惠特利和他的妻子艾玛，以及他们的三个孩子——威利、玛米和艾拉；惠特利家往南、堂兄家对面向东大约一英里的地方，住着鳏夫拉班·霍夫和他的两个孩子——苏西和彼得，他妹妹拉维尼娅也跟他们一起住；再往南约半英里，在通往山坳的路边，住着克莱姆·奥斯本和他的妻子玛丽，这户人家有两个雇工——约翰·巴克斯特和安德鲁·巴克斯特；最后，在堂兄家西面的山上有两户人家，一户是鲁弗斯·惠勒和安吉莉娜·惠勒两口子，他们有两个儿子——佩里和纳撒尼尔；另一户是大龄未婚的哈钦斯三姐妹——海丝特、约瑟芬和阿米莉亚，她们有两个雇工——杰西·特伦布尔和埃摩斯·惠特利。

　　这些人家共享着同一条电话线，堂兄家自然也在内。那些通话持续了三个小时，妇人们一个接一个拿起电话，来来回回，反反复复，到晚饭时间还没结束。所有接起电话的人，都被告知了我的到来。她们你一言我一语，将各自知道的情况拼拼凑凑，以致所有人都知道了我的身份，并且猜对了我造访此地的意图。在这闭塞的小圈子里，这种事情似乎顺理成章，毕竟哪怕是陈芝麻烂谷子的事情，都能激起这群闲来无事者的极大兴趣。真正令人不安的是，共线电话上的那些闲言碎语，无疑像无人发觉的野火，暗中肆意蔓延，闹得人心惶惶。显而易见，堂兄阿贝尔·哈罗普在不明原因下遭到了大家的一致冷遇，这似乎与邻居们对他本人以及他的行径——天晓得有多古怪——的极大恐惧有关。人的这种本能恐惧，极易令其为摆脱这种感受而萌生可怕的杀心。想到这一点时，我整个人瞬间清醒了。

我深知，要打破邻居们因重重疑心而保持的缄默绝非易事，但我确信，这件事非做不可，并且只许成功。那晚我早早就休息了。但我低估了在堂兄家这等环境中入睡的难度。我原本以为绝对安静的空间，竟满是令人抓心挠肝的嘈杂声响，弄得整个屋子异常喧嚣。从日落后半小时开始，直至黄昏过半，北美夜鹰持续啼叫着，阵仗之大，我简直前所未闻。起初，一只鸟儿独自叫了五分钟左右；三十分钟后，乱叫的鸟儿数目增加到了二十只左右；一个小时后，那群北美夜鹰的数量貌似已远远超过一百只。再者，由于山坳地势特殊，一侧的山丘会将另一侧弹来的回响再次反弹出去，于是百鸟争鸣之势很快就划分成了两个声部，高低各不相同，传到我窗边的是格外刺耳的尖锐鸣叫，而在山谷间却成了似有若无的低沉呜咽。对于北美夜鹰的习性，我还算略知一二，因此满心指望那叫声会在开始后一小时内停止，然后在黎明前再次响起。可我失算了。那群天杀的鸟儿不知疲倦地叫了一整夜。不消目睹也能想见，大量的鸟儿从树林里飞出，落在了屋舍顶上、棚子上和屋舍周围的地面上。那近乎震碎耳膜的叽叽喳喳声，让我直到天亮都没能入睡。黎明到来之后，它们总算陆续飞离，空气才终于安静下来。

那一刻我便明白，这般摧残神经的喧嚣，我承受不了多久。

还没睡够一个小时，我又被电话铃声吵醒了。尽管仍深感疲惫，我还是起身去拿起听筒，一面好奇是谁拨的电话，这个时间打来是有什么事。我困倦地嘟囔出那个字："喂。"

"哈罗普吗？"

"我是丹·哈罗普。"我说。

"我要跟你说点事。你在听吗？"

"你是哪位？"我问道。

"听着，哈罗普。你如果不想遭殃，就赶紧从那里离开，越快越好！"

我还没来得及惊讶，电话就断了。由于根本没怎么睡，我的脑袋仍然昏昏沉沉。在原地愣了一会儿后，我才把听筒放回去。电话是一个男人打来的，他的嗓音粗哑而苍老。肯定是某个邻居，因为电话铃响的方式听起来像是同线路上某人拨的号，而不是中央系统拨来的。

我准备回到客厅的沙发——我的临时卧榻继续睡，刚走到一半，电话铃再度响起。虽然不是找我的，但我还是马上回身接起电话。彼时已是清晨六点半，阳光业已爬上山头。这通电话是艾玛·惠特利打给拉维尼娅·霍夫的。

"维尼，你昨晚听到那些动静了吗？"

"哎呀，听到了！艾玛，你是不是觉得那声音……"

"不清楚。那动静听上去怪吓人的。自从去年夏天阿贝尔在林子里那次之后，我再没听到过这样的声音了。威利和玛米整晚都没睡着。我吓坏了，维尼。"

"我也是。老天爷，要是那些怪事又重新开始可怎么办呀？"

"别乱说，维尼。指不定谁在听着呢。"

整个上午，电话响了又响，都是在议论这件事。我很快就听明白了，那些北美夜鹰及其夜里发狂一般的鸣叫，让这帮邻居心神不宁。在我听来，那声音确实很让人恼火，但没觉得有什么不寻常之处。然而，从我无意中听到的情况来看，鸟群那般持续不断地鸣叫，不仅事出反常，而且寓意不祥。终于，海丝特·哈钦斯接到住在山谷以北几英里的敦威治的表亲打来的电话时，透露了北美夜鹰整夜乱叫的怪事，把邻居们那没来由的恐惧说了出去。

"昨晚，山里又发出怪声了，弗洛拉表姐，"她压低声音，用急切的口吻说道，"一整夜闹哄哄的，搞得人根本睡不着。没别的东西，就那些见鬼的北美夜鹰，估计有成百上千只，整夜叫个不停。叫声是从哈罗普家山坳一带传出来的，太响了，那些鸟多半是站在了门廊栏杆上。那声音像是要把谁的魂叫走似的，就和本杰·惠特利、霍夫的老婆和柯蒂斯·贝格比的妻子安妮死去时的景象一样。我知道这是怎么回事——他们那些鬼话我从来不信。有人要被索命了——用不了多久，记住我的话。"

想必是什么诡异的迷信，我揣测。然而，我忙碌了一天，未能抽出空当去走访左邻右舍。夜幕降临，我已做好认真聆听鸟叫的准备。屋里没有点灯，于是我坐在书房的窗前，那儿很是亮堂，完全用不着点灯。月光照进山谷，青白色的光笼罩着一切，看起来别有一番情趣。再有三天就是月圆之夜。离天黑尚早之时，那月光就已吞没了环绕山谷、树木葱茏的山丘。第一声北美夜鹰的啼叫是从密林幽深之处传来的，那叫声清亮依旧，自此不绝于耳。奇怪的是，在北美夜鹰叫声响起之前，我几乎没有听到惯常在傍晚响起的其他鸟鸣。仅有几只北美夜鹰曾出现在傍晚的天空中，盘旋而上，发出凌厉的尖叫，然后以令人惊叹的姿势急速下坠，在俯冲到山间低谷时，叫声陡然变得异常响亮。然而天黑下来之后，这些夜鹰也销声匿迹了，北美夜鹰开始一只接一只地鸣叫起来。

随着黑暗将山谷吞没，北美夜鹰也纷至沓来。毋庸置疑，那些北美夜鹰是从山里飞来的。它们无声地挥动着羽翼，陆续朝我所在的宅子飞来。我看到第一只鸟儿飞来了，月光下，那黑点落到了柴房顶上。须臾之间，另一只紧随而至，一只接着一只。很快，它们占领了棚子和屋舍之间的地面，想必屋顶上也有不少鸟儿落脚。屋棚顶和栅栏柱子统统成了它们的领地。我数到一百多只后终于放弃了计数。我不清楚鸟群有什么"队形"模式，只观察到其中一些鸟儿在来回移动。

它们的叫声不曾有过一秒停歇。我以前觉得，北美夜鹰的啼啭透着甜美的怀旧之音，但以后再也不会这么想了。在所有的喧闹声中，要数屋舍周围那些鸟儿发出的最为让人毛骨悚然。从远处听的话，北美夜鹰的叫声圆润而悦耳，而靠近窗边听，只会让人感到刺耳和吵嚷，是一种介于尖叫与恼人的咯咯声之间的声音。百鸟齐鸣的声势之大，任谁听了都要发狂。我被这叫声弄得心烦意乱，一小时后，我忍无可忍，往耳朵里塞了些棉花，以免自己疯掉。而昨天一整晚，我都是硬生生扛过来的。塞棉花虽然只是缓兵之计，但有了这道屏障，再加上昨晚睡得太少，我困意十足，不知不觉间就睡着了。睡意袭来之前，我脑中最后想的是，必须要抓紧时间办正事了，以免被那些北美夜鹰无休止的叫声弄得临阵脱逃。显然这些家伙想在它们最活跃的季节，每晚都从山上到这里来"卖唱"。

我天亮之前就醒了，睡意全无。此时群鸟的啼叫仍在继续。我从沙发上坐起来，走到窗边，看着外面。那些鸟儿仍分散各处，不过它们此刻的位置离屋舍远了一些，数量也没有一开始那么多了。一道微弱的曙光在东方破晓而出。天际线上，月亮落去，一些晨星在那里闪耀着。火星已经升上了东方的天空，金星和木星在东方地平线上不到五度的位置，闪耀着神圣的光辉。

我穿好衣服，给自己做了点早餐，并第一次得空看了看堂兄阿贝尔的藏书。我粗略地扫了一眼桌子上那本摊开的书，一个字也没读懂。其内容像是把某人字迹的临摹体打印了出来，因此几乎无法辨认。此外，它似乎与异世界的事情有关，在我看来，那无异于某人嗑嗨之后的胡思乱想。然而，堂兄的其他书籍似乎也都是这一类读物。其中有一卷《老农年鉴》[19]赫然在目，带给我老友相见般的宽慰。那是我唯一熟悉的一本。虽然我并非疏于阅读之人，但我承认，面对堂兄的"图书馆"，我全然一副"文盲"样子。

粗略翻看那些藏书后，一种对堂兄从未有过的敬意油然而生。如果他读完了所收集的全部书籍，那他在语言方面的能力肯定远胜于我。那些读物用各种语言写就，从书名就可见一斑。其中大部分语言我见都没见过。在我的记忆中，沃德·菲利普斯牧师所著的《在新英格兰乐土上发生的奇事异迹》隐约还有点印象。而对于德雷特伯爵的《尸食教典仪》、路德维希·普林的《蠕虫之秘密》、卢利的《至上秘法》，以及《纳克特抄本》《拉莱耶文本》、冯·云兹特的《无名祭祀书》以及许多其他类似典籍，我从未有所耳闻。坦率地说，我一开始并不觉得这些书里可能藏着我堂兄失踪一事的线索。那天晚些时候，我才终于抽出时间试着拜访了几位邻居，向他们打探了些情况，期望能比那个查案的警员有更多收获。

我最先造访的是贾尔斯家，位于堂兄住所正南方的山坡上，两者相距大约一英里。对方的接待让我有点丧气。阿比·贾尔斯是位个头很高、形容枯槁的妇女，她从窗户里看到了我，摇了摇头，连门都懒得给我开。我站在院子里，正琢磨着怎样让她相信我没有恶意，就看到莱姆·贾尔

---

19 |《老农年鉴》（*Old Farmer's Almanac*），一种包含气候预测、种植图表、天文数据、食谱和文章的年鉴，主题包括园艺、体育、天文、民俗以及对来年时尚、食品、家居、技术和生活趋势的预测，自 1792 年起连续出版。

斯从牲口棚里匆匆走来，用他那杀气腾腾的眼神，瞪得我思绪都中断了。

"你来这里搞什么事，外地佬？"他问道。

虽然他把我唤作"外地佬"，但我认为他对我的情况了如指掌。我自报了家门，并解释说我正在调查堂兄失踪的真相。我询问是否能跟他聊聊阿贝尔。

"无可奉告，"他的语气透着不耐烦，"去问那个警员吧，该说的我都告诉他了。"

"我想，附近这几户人家还有事情没跟警员说。"我态度坚决地说。

"没准儿吧。但他们也不会跟你说的，这一点错不了。"

莱姆·贾尔斯言尽于此。接着我去了科里家，但没人在家。然后我走上一条山脊小道。我肯定那条路通往哈钦斯家，果然不出我所料。不过，我还没走到那户人家跟前，有人从山上的一块田地里看到了我，向我打招呼。我走上前去，发现对方是个高我半头的大块头。他蛮横地问我打算去哪儿。

"我正要去哈钦斯家呢。"我说。

"那你就别麻烦了，"他说，"他们不在家，我是给他们干活儿的。我叫埃摩斯·惠特利。"

鉴于我们事实上已通过电话，我认出了他的嗓音，就是那天大清早叫我"赶紧从那里离开"的人。我默默地打量了他一分钟。

"我是丹·哈罗普，"我最终开口道，"我到这儿来，是想弄清我堂兄阿贝尔出了什么事，我一定要查个水落石出。"

他的表现，明摆着之前就知道我的身份。他站在原地，端详了我一会儿，然后开口说道："要是你查清了，会离开那儿吧？"

"我没有任何其他理由留下来。"

他似乎仍在犹豫，应该对我还有些怀疑。"你会卖掉那房子吗？"他很关心这一点。

"我也没法儿住过来。"

"那我都跟你说了吧。"他忽然下定了某种决心，"你堂兄，就是叫阿贝尔·哈罗普的那位，被从外面来的怪物抓走了。他召唤它们，然后它们就来了。"话音刚落，他突然停了一下，用深邃的眼神在我脸上搜寻着什么。

"你不相信，"他大叫，"你不知道对吧！"

"知道什么？"我问道。

"那些来自外面的怪物。"他面露难色，"看来我不得不跟你说道说道了。听不懂就当我胡说八道。"

我尽力耐心听着，并向他再次说明，我只想知道阿贝尔遭遇了什么。

但堂兄的事已被他抛到了九霄云外。他仍警惕地观察着我的表情，然后口吻生硬地问："那些书！你读了吗？"

我摇了摇头。

"听我的，赶紧都烧了——一本也别留，不然就来不及了！"他语气坚定得像是着了魔，"我大概知道里边写了些什么。"

他的劝诫之辞恳切又古怪，让我最终决定好好看看堂兄留下的书。

当晚，我坐在堂兄常用的桌子旁，借着同一盏灯的光亮，伴着外面已此起彼伏的鸟鸣，更加仔细地翻阅堂兄失踪前在读的那本书。还没读几行，我就惊讶地发现，被我误认为是临摹他人字迹的痕迹，实际上是真人笔迹。此外，我还确认了那份没有题名的手稿是用人皮装订的，这让我感到不适。手稿显然非常古老，像是用零散的纸张东拼西凑而成，编纂者在上面抄录了诸多并非出自他所著之书的句子，也有整页的内容。其中有些是拉丁文，有些是法文，有些是英文。但摘抄者的字体蹩脚，说明他几乎不认得拉丁文或法文。经过一番研究，我弄懂了那些英文讲了些什么。

其中大部分内容完全是胡说八道，但有两页被堂兄——或之前某个读者——用红色蜡笔做了标记。依我看，那两页里无疑有阿贝尔眼中的某种重要信号。我开始阅读那些潦草字迹，期望从中发现点什么。幸好其中有一页的内容很短：

> 要从异世界召唤犹格·索托斯，聪明的做法是在土星形成三分相时，等待太阳进入第五宫，画出火之五角星，念三遍第九节经文。在每个五朔节和万圣节前夕重复念这节经文，就能让犹格·索托斯守护的门之外的异世界怪物繁衍生息。曾经召唤过的人无法再度召唤它，但可能会召来同样渴望成长的另一位怪物。如果它得不到其他人的血，便可能以你为食。因此，不要轻易尝试这些东西。

末尾处，堂兄写了一条附言："见《文本》第71页。"

我没有先去看参考内容，转而翻开另一页有蜡笔标记的纸。但无论我多么仔细地阅读上面的内容，都不能从中获取一丁点有用的信息。那东西不过是一堆幻想出来的冗长废话，显然是从一封更古老的手稿上原封不动抄下来的：

> 关于旧日支配者，据说它们每天都在门处等待，而门无处不在、无时不在。它们对时间和空间一无所知，存在于所有时空却不会在其

中显形。它们中有一些可以化身为各种形状和面貌。而门就在它们所在的任何地方，但第一道门是我开启的，在伊勒姆的千柱之城——沙漠之下的城市。凡人讲出那些禁忌咒语，就会在那里打开一道门，并将侍候通过这道门的神祇，像巨噬蠕虫、可憎之物、米·戈、丘丘人、深潜者、古革人、夜魇、修格斯、沃米人，以及在寒冷荒原和冷原守护卡达斯的夏塔克鸟侍奉它们信奉的神祇一样。它们都是旧神的子孙，但伊斯之伟大种族和旧日支配者彼此意见不一致，互相不对付，于是分道扬镳，但它们统统与旧神对立。旧日支配者占领了地球，而伊斯之伟大种族从伊斯返回，占据了它们在未来时间里在地球上的住处，现在的地球居民不知道这地方。它们在那儿等待着，等待风和以前驱赶它们的声音的到来，等待在地球上空及群星之间永远驭风而行之神的到来。

我惊讶而好奇地读着这些文字，但对所言之物毫无头绪，于是又翻回另一张有蜡笔标记的纸页，试图从中理出个所以然来。依旧是徒劳。不过，我记起了埃摩斯·惠特利提到的"异世界的怪物"，这让我有些不安。最后，我猜测堂兄在附言中提及的是《拉莱耶文本》，于是拿起那本薄薄的书，翻到了附言所指的那一页。

很遗憾，我对语言的研究还不够透彻，无法确切了解那一页在讲述什么。但它似乎是召唤某种古老存在的咒语或圣歌，显然有一些原始部族曾对其顶礼膜拜。我先是满腹狐疑地默默翻了一遍，然后再次将其中内容徐徐大声朗读出来，但似乎也没发现什么更深的含义，只觉得它可能是远古信仰中的奇特部分。我认为它与这类东西有关。

当我疲惫地放下书站起来时，北美夜鹰的鸣啼又一次侵占了山谷。

我熄了灯，望着屋外月光下的夜色。鸟儿们和以前一样，把黑影投在草地上、屋棚顶上。月光下，它们的形貌仿佛被什么力量扭曲了，变成了异常巨大的鸟，看上去十分诡异。据我所知，北美夜鹰的体长不会超过十英寸。再看眼前这些鸟儿，动辄就有十二到十四英寸长，体宽也相当了得，所以庞大得出奇。这无疑是月光和影子上演的小把戏，肆意玩弄着疲惫不堪、思虑过多之人的想象力。但不可否认的是，群鸟啼叫之激昂和响亮，与它们明显异乎寻常的体型十分相称。然而，那天晚上鸟儿的活动大幅减少了。我有一种不安的感觉，群鸟分立各处亢奋地鸣叫，既像在呼唤着某人或某个隐秘存在，又像在等待什么时机。想到这里，海丝特·哈钦斯那沙哑而急切的声音又开始在我脑中萦绕，令我诚惶诚恐——"那声音像是要把谁的魂叫走似的……"

二

自那晚之后，堂兄家怪事不断。不管导火索是什么，整个山谷都似乎被某种邪恶力量控制了。那晚，我在某一刻醒了过来，确信在幽暗的夜色中，除了北美夜鹰一刻也未曾停歇的叫声外，还混入了其他动静。我仰身倾听，几乎瞬间就彻底清醒了过来。我想弄清楚那是什么动静，于是持续仔细聆听，直到数千只北美夜鹰发出的无休止鸣叫，让我的脉搏以及天体的跳动变得分外清晰。

终于，我听到了——并且仍继续听着，同时怀疑是不是耳朵幻听了。

那是某种吟唱，瞬间转变为亢奋的呼号，明显在诉说我听不懂的语言。即使到了现在，我也无法恰当形容那吟唱声。如果可能的话，你想象一下同时打开若干广播电台，并且每个电台都涌出不明语言，更要命的是，这些噪音相互交织纠缠。混入的声音就给人以类似感觉。然而，其中似乎还有某种规律可循，我绞尽脑汁也没搞清楚。那纷乱的杂音与北美夜鹰的持续鸣叫混杂在一起，令人深感不安。这场面让我联想到连祷——由牧师领诵、信众喃喃回应的场景。那声音断断续续，以辅音为主，偶尔会蹦出几个元音，透着古怪。其中最为清晰可辨的，似乎是一句不断重复的念词：

Lllllll-nglui, nnnnn-lagl, fhtagn-ngah, ai Yog-Sothoth!

吟唱声越来越响亮，情感在最后一个音节喷薄而出，北美夜鹰以有节奏的鸣叫作为回应。群鸟并不是停止了叽喳，只是当吟唱响起时，其声势会有所减弱，仿佛遁入了远处，随即又忽地冲向前方，声势浩大地回应那黑暗中的高歌。

尽管新混入的这些声响既奇怪又瘆人，但其源头更令人发怵。那动静是由屋子内部某个地方传来的——要么是二楼的房间，要么是地窖。而且，我每多听一秒钟，就愈加确信，那些模糊不清的可怕吟唱就来自我所在房间的某处。我感到墙壁仿佛都在随着这声音晃动，整个屋舍也随着这阴森至极的动静而颤抖不止。我甚至感觉自己也是这恐怖至极的连祷的一部分——不是被迫参与，而是主动加入，简直乐在其中！

在那种几乎动弹不得的状态下，我不知道自己躺了多久。诡异的声响最终停下了。我短暂意识到震天动地的脚步声向天空的方向移动，一阵浩浩荡荡的振翅声随之响起，应是北美夜鹰从屋棚顶上和周围的地面飞了起来。之后我便陷入沉睡，直到第二天中午才醒来。

我赶紧起了床，因为还有一些邻居尚未拜访，我想尽可能多走访几户。同时，我也打算再仔细读读堂兄那些藏书。中午，我进入书房走到桌前，合上他失踪前在看的那本书，漫不经心地扔到一边。做出这一举动时，我清楚地知道自己在干什么，同时仍想着尽可能深入地对其挖掘一二。不过，我的意识边缘还潜伏着另一个念头，一种固执而不合逻辑的信念，即我深信，一切谜底都在这本书里，在那左一堆右一堆的典籍里，甚至其中还藏有更多秘密。我这么想着时，心灵深处似乎生出一种强烈的意识，这意识仿佛来自我无从知晓的祖传记忆。我的脑海中浮现出诸多硕大无朋、高度堪比泰坦尼克号并且深不可测的形象。我仿佛看到了许多无定形的庞大生命体，它们就像一团原生质果冻，伸出触角般的附肢，屹立于宇宙的他处——黝黑无光、没有一点植被的凶险之地，不为人知的星辰照出它们高可通天的轮廓。在我的耳窝深处，我听到了那怪异声响中吟唱的名号——克苏鲁、犹格·索托斯、哈斯塔、余业拉托提普、莎布·尼古拉丝，以及很多其他名讳。我知道这些名号代表着被旧神压制的旧日支配者，这些神祇现在正在门处，等待着被召唤到它们往昔的人间栖身之所。我似乎十分清楚无数仆从侍奉这些神祇的盛况，并确信它们会卷土重来，向地球及地球的所有子民宣战，再次引得旧神盛怒，就像可悲的人类试图与注定的命运抗争一样！并且，如阿贝尔所知的那样，我也知道它们的仆从是天选者，会将它们奉若神灵，为它们提供庇护所，让它们有地方容身、有祭品食用，直到它们再次崛起。门大开之时，在地球各处，将有上千更小的门向它们敞开！

　　但这种幻象来了又去，就像屏幕上一闪而过的某个画面，我不知道它由何而来。它如此转瞬即逝、如此猝不及防，以至于我回过神时，书本掉落到书堆上的声音仍在房间里回荡。我心有余悸，同时也意识到那幻觉毫无意义。但我明白，它对这处宅子、这座山谷甚至我所知道的整个世界，都有无可比拟的重要性。

我转身走出屋舍。正午时分，阳光普照，扫去了在我身上作祟的"恶鬼"。我回头看了看屋舍，它在阳光下闪着白光，一棵榆树的影子落在上面。然后，我向东南方向走去，穿过荒芜已久的田野和牧场，走向大约一英里外的惠特利家。塞斯·惠特利是埃摩斯的弟弟。我在艾尔斯伯里听说，他们几年前吵过架，没人知道所为何事。现在他们很少来往，尽管二人的住处相隔不过两英里。埃摩斯与邓威奇·惠特利家关系密切，艾尔斯伯里有传言说，邓威奇·惠特利家是马萨诸塞州一个古老好战家族的"衰落支系"。

我穿过林木茂密的山坡，进入山谷深处，全程几乎都在翻山越岭。我在那里一次次惊动了北美夜鹰，它们无声地挥动着羽翼，盘旋几圈后，水平地落在枝头或地面上，与树皮或枯叶融为一体，用小小的黑眼睛凝视着我。它们的鸟窝到处都是，鸟蛋在树叶间若隐若现。山上栖息着无数北美夜鹰，不用看也知道。不过，让我感到奇怪的是，在正冲着哈罗普山谷的山坡上，鸟儿的数量竟然是对面的十倍之多。这千真万确。沿着山坡向下，穿过五月芳香四溢的树林，便是惠特利家所在的山谷。我的到来只惊扰到一只鸟儿，它悄无声息地躲开，飞过我头顶时还看了我一眼，然后落在了很远的位置。那时，近处山坡上那些北美夜鹰向我投来的好奇目光，并未让我觉出什么骇人之处。

我所担心的是，惠特利家会如何迎接我。很快我就发现这种担心并不是多余的，因为塞斯·惠特利举着枪冲我而来，从对准我的枪口上方冷冷地盯着我。

"你来找我们纯粹是自讨没趣。"我走近时，他威胁道。

显然，他刚吃完饭，在返回田地干活的路上看到了我，然后悄悄回到屋里，拿上了枪。在他身后，我能看到他的妻子艾玛。三个孩子紧紧抓着她的裙子盯着我瞧，眼神中充满了恐惧。

"我并非有意打扰，惠特利先生，"我尽量使语气平和，并努力压抑因遭到无理猜忌而在内心激起的愤懑——我无论到谁家，都会被如此对待，实在有些欺负人，"我当真想弄清我堂兄阿贝尔发生了什么事。"

他冷漠地盯了我一会儿，然后回答说："我们什么都不知道。我们不是喜欢问东问西的人。你堂兄在搞什么东西与我们无关，只要他不打扰我们就行。"说完他言辞含糊地补充道，"即便知道些什么，我们也不想多管闲事。"

"一定是有人杀了他，惠特利先生。"

"他被带走了。大家都说我哥哥埃摩斯是这么说的。他被怪物带走了，灵魂和身体都没了，如果一个人非要去探查他不该知道的秘密，都会落得这么个下场，无一例外。这里的人都没动过他——是那些不速之客干的。"

"我会查清……"

他气势汹汹地晃了晃枪，"你在这儿可查不了。我告诉过你了，我们什么都不知道。我没糊弄你。我没冒犯的意思，但我老婆现在烦躁到了极点，我不想让她心情更糟，你快走吧。"

塞斯·惠特利的要求尽管粗鲁，但效果立竿见影。

拜访霍夫家的过程也大同小异，区别在于，我深切地嗅到了更加剑拔弩张的气息——不只是害怕，还有仇视。这家人待人更文明一些，但非常急于赶我走。直到最终告辞，我都没能从他们口中问到一句有用的话。我确信，无论这家人怎么来回分析，都会得出如下结论：拉班·霍夫妻子的死是我堂兄一手造成的。他们的言辞还没那么明显，但行为已说明一切。透过他们的眼神和语气，那责怪的意味昭然若揭。我只要稍微回想一下便明白了一切：海丝特·哈钦斯曾跟她的表姐弗洛拉说起北美夜鹰把本杰·惠特利、霍夫的妻子和安妮·贝格比的魂招走的事；而原始的迷信让人们将北美夜鹰和堂兄阿贝尔·哈罗普联系在一起，让这些偏僻之地的朴实乡民日夜不得安宁。但这些事情之间究竟有什么联系，尚不得而知。此外，显而易见的是，所有邻居看我时的眼神都显露出恐惧和厌恶——或者说憎恨，一如他们看阿贝尔的目光。不管他们曾出于何种缘由憎恨和畏惧阿贝尔，这群大脑愚钝、思维简单的乡野村夫，显然只能以相同的方式对待我。然而，在我的印象中，阿贝尔比我还要敏感。他虽然生性粗鲁无礼，但待人接物一贯温顺平和，从不愿伤害任何人，去伤害陪伴他的动物、人类或其他什么生灵更是无稽之谈。毫无疑问，他们的怀疑是心底的阴暗迷信在作祟，而这种迷信总是盛行于穷乡僻壤之地，并且时刻潜伏着，随时都可以引发另一场塞勒姆恐怖事件[20]，受到指控、毫无还手之力的无辜路人只有死路一条。

当天晚上——也就是满月之夜，山坳发生了一起恐怖事件。

不过，在得知那件事之前，我自己也经历了一场磨难。那天下午，我穿越山岭来到山坳入口的南岭北坡，最后拜访了不善言辞的奥斯本一家。回到屋舍后没多久，太阳落到了西边的山脊之后，我简单吃着晚饭，便再次开始出现幻觉，认为屋舍里还住着其他生物，这种感觉挥之不去。

---

20 | 塞勒姆恐怖事件，指塞勒姆审巫案（Salem Witch Trials）。1692 年 2 月，塞勒姆市的一些女孩陆续得了怪病，医生认为她们受到了巫术蛊惑。在牧师的要求下，患病女孩儿们开始指认她们认为的巫师。到了 5 月，已有大约 200 人被关进监狱等待审判。这一事件导致 19 人被处以绞刑，1 人被乱石砸死，5 人死于狱中。

我索性暂停进食，先下了楼，然后提着灯上来——因为楼上的山墙窗只透进了一点亮光。其间我恍惚听到有人在呼唤我的名字——有人在用阿贝尔的声音呼唤我，恍若我们小时候一起在这里玩耍时他的说话声，那时他的父母还活着。

无意间，我在储藏室里发现了让我困惑不已的诡异迹象。我先是看到窗户上有个格子没有玻璃——我之前并没有注意到这一点，储藏室里堆满各种箱子和一些废弃家具，放得还算整齐，以至于多数光线仍能从那唯一一扇窗户透进来——然后想走近看看。然而，当我走到堆放在窗户旁的箱子那里时，看到那排箱子和窗户之间有狭窄的空隙，足够放一把椅子让一个人坐上去。那里也确实摆着一把椅子，但上面没有坐人，反而摆着一些衣服，一看就是阿贝尔的。那些衣服的放置方式让我感到一阵战栗，但我并不明白自己为何会对这个场景感到害怕。

事实上，衣服的放置方式古怪异常，不像是故意为之——我不认为任何人能刚好摆成那样。我端详了一遍又一遍，只找到这么一种解释：有人曾坐在那里，但从衣服里被拽了出来，如同被吸出去，由于里面没了支撑，衣服就这么塌陷下去。我放下灯，摸了摸衣服，没发现一丝灰尘，说明衣服放在那里的时间并不长。我不知道来查案的警员是否发现过这个情况，但我确定，即使他们看到了，也不会比我得出更多推断。于是我将现场保持原样，打算第二天一早通知警长。但后来山坳里的事接踵而至，让我忘了这回事。所以衣服仍留在那里，一如五月月圆之夜我在储藏室窗前发现它们时那样，一齐摆在椅子上。此时此刻，我将这个情况写下来，作为证据反驳各方向我发出的恶毒质疑。

当晚，北美夜鹰像着了魔一样死命叫着。

最先听到鸟群的鸣叫时，我还在储藏室。那叫声是从生长着幽暗树木的山坡上传来的，阳光已从那里退去，但是遥远的西边，太阳还未落下。虽然山坳已经笼罩在一种蓝蒙蒙的暮色之中，但在外面，在连接阿卡姆和艾尔斯伯里的路上，阳光仍在照耀。今天北美夜鹰鸣叫的时辰提前了许多，比以往所有时候都要早。邻居们如出一辙的愚蠢和没来由的猜忌，让我白天的所有尝试都被拒之门外，这让我心焦气躁。我深知，再次一夜无眠将彻底压垮我。

但很快，那刺耳的叫声弥漫了整个屋舍。叽叽喳！叽叽喳！叽叽喳！除了那单调的刺耳尖叫，再无其他。鸟群叫得乐此不疲！叽叽喳！它们从山上向山谷迫近，在月夜中沸反盈天。鸟儿们在房子上空围成一个巨大的圆圈飞翔，直到房子本身似乎也在用自己的声音附和着鸟叫，仿佛每一根托梁和横梁、每一颗钉子、每一块石头、每一块木板和木瓦都在回应着外面传来的轰鸣——那扰人心绪、令人几欲癫狂的诡啼！叽叽喳！叽叽喳！忽然那响声以不和谐的齐鸣侵袭并撕裂了我的每一根神经。一时间，鸟儿们制造的声浪拍打着屋舍，撼动着群山。和上次一样，那吵嚷的叫声像是某种古老连祷仪式的一部分，而我身体里的每一个细胞，都仿佛在为那令人反感的欢呼而痛苦地呐喊着。

当晚八点左右，我终于忍无可忍。我没带来任何武器，堂兄的猎枪也被来查案的那个警员扣押了，此时还在艾尔斯伯里的法院里。但在我用作卧榻的沙发下，我发现了一根结实的棍子——显然是堂兄藏起的，以备夜里被忽然弄醒时进行反击。我打算出去大开杀戒，打死一只算一只，希望这样能把它们吓得永不再来。我没打算去很远，所以把灯留在书房里继续亮着。

我刚迈出门一步，不少北美夜鹰就飞了起来，分散到了离我远远的地方。我压抑已久的愤怒也好怨恨也罢，全都瞬间喷发出来，于是我跑到它们中间，疯狂地挥舞着棒子。而那些鸟儿在我周围无声地飞舞着，其中一些已经安静下来，但大多数仍在发出可怖的叫声。我追出院子，追到地势较高的路面，扎入树林，又穿过一条地势较低的路面，再次扎进树林。我跑了很远，具体有多远我也不清楚，只知道敲死了不少鸟儿。等我最终跌跌撞撞地回到家时，简直累趴了，凭着最后一点力气熄灭书房里那盏已经烧得几乎没油的灯，然后向后倒在沙发上。还没等远处被我追赶得四散而开的鸟儿们再次聚集到屋舍附近，我就已经沉沉睡去。

　　因为不知道回屋时是几点，所以被电话铃声吵醒时，我也无从确定自己睡了多久。此时，太阳已经上工了，但时间才刚到五点半。我走进厨房——装电话的房间，接起听筒。这俨然已成为我那时的习惯。这一听，我竟获悉那不祥之事即将来临。

　　"惠勒妹子，我是艾玛·惠特利。你听说了吗？"

　　"没有，惠特利老姐，我什么也没听说。"

　　"天哪！太惨了。艾伯特·贾尔斯出事了。他被杀了。尸体大概是午夜时分发现的，就在穿过贾尔斯小河的那条路上，靠近桥的地方。是卢特发现的，据说他大叫了一声，把莱姆·贾尔斯吵醒了。莱姆一听到卢特的叫声就明白了。他明白得一清二楚。艾伯特的妈妈乞求他不要去阿卡姆，但他做好了准备，铁了心要去，你知道贾尔斯那家人性子都特别倔。他好像是和在奥斯本家农场干活的巴克斯特兄弟一起去的，那地方离贾尔斯家不到三英里，他步行去找那两位雇工，好一起骑马结伴而行。没有发现什么明显的死因，塞思今早天一亮就下山来了，他说事发地点乱糟糟的，就像有人在那里打斗过一样。他还看到了可怜的艾伯特，准确点说，是艾伯特的尸体。天哪！塞思说，他的喉咙被撕裂，手腕被撕开，衣服几乎被撕成碎片！虽然这是最糟糕的事，但情况不止如此。塞思站在那里的时候，柯蒂斯·贝格比跑过来，说科里的四头牛——在南边的四十号地夜间放养的牛也死了，被撕得稀巴烂，死状和艾伯特一样悲惨！"

"天哪！"惠勒夫人吓得呜咽起来，"下一个遭殃的会是谁呢？"

"警长说可能是某种野生动物在行凶，但没人发现任何踪迹。他们一得到消息就着手调查了，塞斯说目前还没什么发现。"

"哦，阿贝尔还在这儿时，情况不一样。"

"我一直都说，阿贝尔不是最可怕的。我一早就知道。我知道塞思的一些亲戚——威尔伯和老惠特利，他们比阿贝尔·哈罗普要古怪得多。我清楚得很，惠勒妹子。敦威治也有其他怪人——不单单是惠特利家的亲戚。"

"如果不是阿贝尔……"

"塞思说，他站在那里看着可怜的艾伯特·贾尔斯的尸体时，埃摩斯走了过来。十年来他跟塞思说过的话没超过十句。他只看了一眼，就喃喃自语起来。据塞思说，埃摩斯骂了一句：'那该死的傻子念出了那些咒语！'应该是这么一句，然后塞思转过身问他：'你在说什么，埃摩斯？'埃摩斯看着他说：'一个不知道自己几斤几两的傻子最要命！'"

"那个埃摩斯·惠特利素来不是什么好鸟，惠特利妹子，这是事实，哪怕你们是亲戚，我也要直说。"

"没有人比我更清楚了，惠特利妹子。"

这时，各家太太纷纷加入谈话，并表明了自己的身份。奥斯本太太说，巴克斯特兄弟等了艾伯特很久都没见到他的人影，以为他改主意了，只身去了阿卡姆。他们是大约十一点半回来的。海丝特·哈钦斯预言，这"仅仅是个开始，埃摩斯说得没错"。拉维尼娅·霍夫歇斯底里地哭着说，她打算带着孩子们还有侄女、侄子逃到波士顿去，等那魔鬼"去别的地方"后再回来。海丝特·哈钦斯起初疯了一般想要告诉众人些什么，这时杰西·特伦布尔加入线路报告说，艾伯特·贾尔斯和科里的四头牛身上的血都被吸光了。我立马挂了电话。我认出了这是某个传说的开头，而那些迷信之说也开始借着为数不多的相关迹象暗暗发力。

那一整天，警局收到各种报告。中午时分，警长敷衍地来堂兄家走访，询问我晚上是否听到了什么动静。我回答说，除了北美夜鹰的叫声之外，什么也没听见。由于他先前询问过的每个人都提及这一点，所以他对此并不惊讶。他主动透露了杰斯罗·科里在夜里醒来听到奶牛咆哮的情况，但他刚要穿好衣服下楼，那叫声就停止了。他以为牛群是被路过牧场的什么动物惊扰了——山上有很多狐狸和浣熊——然后就回到床上继续睡了。玛米·惠特利听到了人的尖叫声，她确信那是艾伯特的声音，但由于她是在听说那些残暴杀戮场面的所有细节之后才说出了这一情况，被认为是事后产生的想象，是想要博取关注的可悲尝试。警长走后，他的一位副手又来询问了一番。他显然忧心忡忡，未能侦破我堂兄的失踪案一事已经给警局留下了污点，这个新案件很可能会让他们招致更多骂声。除了这两人来访以及接连不断响起的电话铃声之外，一整天都没人打扰我，我这才得空补了会儿觉。我预想入夜后那些北美夜鹰会如期而至。

奇怪的是，那晚北美夜鹰的该死尖叫，却让了我有幸躲过一劫。尽管群鸟的鸣叫震耳欲聋，我却出人意料地进入了梦乡，大概睡了两个小时后才醒来。我起初以为天已经亮了，但事实并非如此。然后我意识到，把我弄醒的是北美夜鹰叫声的消失。群鸟鸣叫的突然停止和随之而来的寂静让我从睡梦中惊醒了。这一前所未有的奇特经历让我睡意全消。我站起身，穿上裤子，走到窗前向外张望。

我看到一个人影在院子里跑动——一个大个子。我马上想到了前一晚发生在艾伯特·贾尔斯身上的事，瞬间被吓得动弹不得。那个大块头当晚可能又一次大开杀戒了，那么强壮的杀人狂魔！但后来我得知，整个山谷里只有一个人有这种体型，那就是埃摩斯·惠特利。而他在月光下消失的方向，正是他做工的哈钦斯家。我一时冲动，想追出去喊住他，却被眼角余光看到的景象制止了——那里突然出现了不规则的橙色光芒。我推开窗户，向外望去：顺着屋舍某个角的方向，有东西烧着了！

我赶忙出去灭火，幸好水泵下面已经放了一桶水，我才得以将火扑灭，阻止了火势蔓延。护墙板被烧毁的部分不超过一两平方英尺。

显而易见，有人在纵火。那人毫无疑问是埃摩斯·惠特利。要不是北美夜鹰反常的静默，我可能已经葬身火海了。想到这里，我深感震惊。如果邻居们对我的厌恶，到了出此下策也要把我赶走的程度，指不定他们还会做出什么疯事。然而，敌人的阻挠通常只会让我的脚步更坚定。片刻之后，惊魂未定的我燃起新的斗志。如果是我探寻堂兄失踪背后真相的行为让他们如此震惊，那么我相信他们知道的远比其中任何人透露给我的要多得多，这判断一点没错。于是，我回到床上，决心第二天再去会会埃摩斯·惠特利。我想着能在远离哈钦斯家的田野里找到他，然后在不被偷听的情况下，和他单独交谈一会儿。

第二天半晌午时，我按计划去找埃摩斯·惠特利。看到他时，他正在山顶的田里干活，和我们第一次相见的场景一样。但这次他没有和我面对面交谈，而是让马匹停下，站在马跟前望着我。于是我向石头栅栏走过去，看到他满是胡须的脸上露出忧虑和不屑。他一动不动地站着，只是把头上皱巴巴的毡帽往后推了推，嘴唇紧闭，形成一条坚定不屈的线，神情中充满了警惕。由于他离栅栏不远，我走到树林边上的位置，便停下了脚步。

"惠特利，昨晚我看见你放火烧了我的房子，"我说，"为什么那么做？"

他没回话。

"得了——我是来和你谈谈的。我大可以去艾尔斯伯里，把事情告诉警长。"

"你看那些书了吧，"他沙哑的嗓子吐出这么一句，"我跟你说不要那么做了。你大声读了那些咒语，想都不用想。你把门打开了，外面的怪物就来了。这回和你堂兄的情况不同——他是主动召那些怪物来的，于是它们就来了——他没有满足怪物的要求，所以就被带走了。他什么都不懂，你也是。它们此刻就在这个山谷里埋伏着，没人知道接下来会发生什么。"

我花了几分钟的时间才弄懂这段冗长的话，但也只是有一种感觉——其逻辑怎样都理不通。埃摩斯显然是在说，我朗读了表弟读过的书中的一段话，以这种方式把"外面"的某种力量或生命体召进了山谷——这和本地人的迷信有什么两样呢？

"我在附近可没看到什么陌生东西。"我简短地说。

"它们只是偶尔现身，你未必会看到。我堂兄威尔伯说，它们可以随便变换形态，可以钻进你的身体，可以通过你的嘴巴进食，透过你的眼睛看东西，如果你没有采取保护措施，它们还会像掳走你堂兄那样掳走你。你看不到它们的。"他继续说，音调渐渐抬高，近乎大叫道，"因为它们现在就在你的身体里。"

我觉得他着了魔，等待他稍稍冷静一些。"它们以什么为食呢？"我平静地问。"还能吃什么！"他激动地呼喊着，"血液和灵魂。血液能让它们成长，灵魂能让它们变得和人一样聪明。想笑就笑吧，但你应该知道这些。那些北美夜鹰知道一切——所以那些鸟儿才一直在你住的地方不停叫嚷着。"

我不禁笑了起来，尽管他认真的劲头让人不容置疑。在此之前，很多他以为会引我发笑的部分，我都忍了过去。

"说这么多，你也没有解释为什么要烧掉我住的地方——还有我。"

"我对你没有恶意，只想让你离开那儿。如果那房子没了，你就不会留在那里了。"

"这是你们一伙人的意思吗？"

"我知道的情况最多，"他说，忧虑而轻蔑的神情中流露出几分自豪，"我外公有很多书，他也跟我讲了很多事，威尔伯堂兄也懂不少。关于宇宙之事或地底之谜，我知道很多其他人不知道的东西。"他先是朝天上挥了挥一只胳膊，然后指了指脚下，"还有很多他们不必知晓的事，那些事会吓坏他们的。对那些东西一知半解也不会有什么影响。你应该烧了那些书，哈罗普先生——我告诉过你的。现在一切都晚了。"

我想在他脸上寻找到一丝开玩笑的迹象，却徒劳无获。他俨然一副真诚样子，甚至带着一丝遗憾，好像很抱歉不得不让我去面对他所预见的未知命运。那一刻，我不知道该如何面对他。假如有人要烧掉你的房子，谁都不能一笑了之，更何况你当时还在里面。

"很好，埃摩斯。不管你知道什么，那是你的事。但我知道你放火烧了我的房子，我不能对此置之不理。我希望你能做出补偿。有时间的话，你过来把它修好。如果你修好了，我就不去报告警长了。"

"没有其他的了吗？"

"其他什么？"

"你不知道就算了……"他耸了耸肩，"我一有空就来。"

不管他的诡辩有多么可笑，他所说的话确实让我感到不安，主要是因为其中有一种可怕的逻辑。但是，当我穿过树林回到堂兄家时，我又想到，所有迷信都有一种似是而非的逻辑，这也是迷信代代相传、从未消失的原因。然而，埃摩斯·惠特利貌似也在害怕什么，除了迷信之类的事情，我找不到其他合理的解释。毕竟惠特利是个孔武有力的壮汉，他稍微挥一下手臂，就可以把我扔到隔开我们的石栅栏上。而惠特利的态度也仿佛在我心里埋下一粒种子，令我深受其扰。真希望我能得到解开那不安的钥匙啊！

三

接下来我要叙述的部分，至今仍难以说清。非常遗憾，我不能完全确定我所参与的各个事件的确切顺序或含义。我被惠特利那通迷信般的担忧之词搞得心神不宁，径直回到了堂兄的住所，翻了翻他书房里的那些诡异古籍。我想找到有关惠特利的古怪说法的更多线索，然而，我刚拿起其中一本书，就再次坚定不移地认为这种寻找是徒劳的。人去阅读他已经知道的东西能得到什么呢？而那些对这些事情一无所知的人会怎么认为——他们真正在意的是什么？忽地我似乎又陷入了幻觉，那片奇异风景再次映入脑海，泰坦尼克号般巨大的无定形生命体仍在那里。我仿佛又听到了有人念诵那些昭示着可怕力量的陌生名讳，伴着笛声的一阵吟唱，以及无数非人的喉咙齐声发出的呼号。

这幻觉只持续了一会儿，却足以让我目眩神迷，忘乎所以。对堂兄藏书的研读作罢后，我简单吃过午餐，再次尝试前去打探堂兄失踪的真相，却依旧收获寥寥。于是我在下午三点左右中止了行动，犹豫不决地回到了住处，不再固执地认为警局那帮人没有尽全力追查堂兄的下落。虽然我要查清真相的决心并没有减弱，但我第一次开始严重怀疑自己是否有能力坚持下去。

当晚，我再次听到之前混入鸟叫的不寻常声响。

或许我不该将其描述为"不寻常"，毕竟我之前已经听到过：那是模糊难辨的异域之声，其来源仍旧让我一头雾水。但在这一晚，北美夜鹰的叫声达到了空前响亮的程度，屋舍里里外外无不充斥着那刺耳的啼鸣。据我判断，异响是在九点左右开始的。那一夜阴云密布，巨大的灰色云团紧贴着山丘和山谷，空气变得潮湿起来。然而，高湿度让北美夜鹰的叫声愈加凌厉，并使得那怪异声响更显诡异。它突如其来，没有任何铺垫，就像以前一样——依然说不出地怪异、难以捉摸、透着邪气——这么形容又似乎不够贴切，总之让人不怎么舒服。像是连祷一样的场景再次上演，鸟儿的齐声啼鸣骤然响亮了许多，仿佛在回应所唱的每一句圣歌或每一个词语，嘈杂的声势堪比灾难，令人惊骇到难以忍受。

我一度努力想从屋舍里回荡的异域响动中听出点什么，但它们并不连贯——听起来像胡言乱语。但我内心坚信那不仅绝非胡言乱语，而且还藏着我难以领会的深意。我再无暇关心异响的来处。我确信，那是从屋舍内部的某个地方涌出的，但究竟是某种自然现象还是其他原因所致，我说不准。或许是黑暗在作祟，或者是那些北美夜鹰恶魔般的叫声让我的意识发生了错乱——我无法否认这种可能性。鸟叫声从四面八方传来，喧嚣异常。那刺耳的轰鸣持续不断，侵扰着山谷、屋舍，混淆着意识，令人备受折磨。叽叽喳！叽叽喳！叽叽喳！

我躺着，像是被催眠了一样倾听着：

Llllll-nglui, nnnn-lagl, fhtagn-ngah, ai Yog-Sothoth!

群鸟的回应声此起彼伏，流淌在屋舍周围，撞击着房子，侵袭着房子。那异响从山间回荡过来后低沉了不少，但同样冲击着我的意识，只不过影响稍微弱一些。

Y gnaiih! Y' bthnk, EEE-ya-ya-ya-yahaaahaahaahaaa!

接着，空气中再次爆发一阵巨响，那些北美夜鹰简直不知疲倦！叽叽喳！叽叽喳！叽叽喳！那该死的鸟叫，摧残着黑夜和乌云，就像成千上万的暴烈鼓声宣天齐鸣。

所幸我昏过去了。

人的身心到了极限，就会靠遗忘保护自己，而那晚我遗忘的，是一场充斥着无上神力和无边恐怖的噩梦。我梦见自己到了遥远之地，到处是直插云霄的巨石建筑。那儿的栖息者不是人类，而是凌驾于人类最疯狂想象之上的离奇生命体。那里有壮丽的不知名树蕨、芦木和封印木，环绕着那些令人叹为观止的精妙建筑而生长；还有让人望而生畏的茂密树木和其他生命形态，是我在地球上任何一块陆地都不曾见过的。黑石巨像耸立各处，藏在那亘古不变的暮色笼罩的隐秘之处，也匿在来自远古的玄武岩遗址之中。在这些终年暗无天日的地方，闪耀着我在任何已知天体图中都不曾见过的星座。各处的地形也与我所知道的任何地方大相径庭，只在某些艺术家对远超古生代的史前地球的遐想中出现过。

关于梦中的生命体，我只记得它们没有固定的形状，体型巨大，拥有像触手一样的附肢，可以随意运动，也能抓握物体。这些附肢可以从它身体的某个部位缩进去，并从另一个部位伸出。它们栖居于巨石建筑中，许多个体都在沉睡，一动不动。其间，它们那些体型小得多的孩子会陪伴左右，这些小家伙与父母十分相像，同样有随意改变外形的本领。它们呈现出一种可怕的真菌颜色，绝非由肉身组成。就这一点而言，它们与那里的许多建筑物颜色相近，而且外形有时似乎会发生骇人的变化，如同那个梦中世界很常见的那种荒诞不经的曲线型砖石建筑。

不可思议的是，即便在梦中，那古怪的吟唱和北美夜鹰的叫声也从未停止。它们与梦境融为一体，和谐美妙，在背景中此起彼伏，如同从远方传来。此外，我似乎也存在于那个奇异之地，不过，是另一层面上的存在。似乎我也在侍奉着某位旧日支配者，去到那异域森林可怕的黑暗中屠杀野兽，将它们开膛破肚，以便那神灵可以在它们所处的怪异宇宙之外的其他维度觅食和成长。

这个梦持续了多久，我也不清楚。我睡了一夜，醒来时仍疲惫不堪。仿佛夜里多数时间仍在辛劳工作，只睡了一小会儿。我拖着疲惫的身躯来到厨房，煎了点培根和鸡蛋，然后无精打采地坐着用餐。然而，早餐和几杯黑咖啡让我重新生龙活虎，餐后我从桌边起身，感觉干劲十足。

我正要出门拾柴时，电话铃响了。是打给霍夫的一通电话，但我还是赶紧加入其中，侧耳倾听起来。

由于习惯了海丝特·哈钦斯喜欢不停倒腾舌头的说话方式，我一下子就认出了她的声音。"他们说有六七头牛被杀了。奥斯本先生说，死的都是他牛群里上好的奶牛。它们被关在南边的四十号牧场——离哈洛普所处的山坳位置最近的牧场。要不是剩下的牛群冲下栅栏，跑到牲口棚里，天晓得还有多少牛会被杀死。奥斯本家的雇工安迪·巴克斯特提着灯来到牧场，目睹了那悲惨景象。和科里的那些奶牛以及可怜的艾伯特·贾尔斯的遭遇一样——喉咙被撕裂了，身体也惨遭毒打！天知道山坳里有什么东西被放出来了，维尼，我们要是再不赶紧行动，也都会被杀的。我确信那些北美夜鹰又在招魂了，它们夺走了可怜的艾伯特的灵魂。那还不够，它们还在召唤，我知道那意味着什么，你也知道，维尼·霍夫。在月相出现下一次变化之前，那些北美夜鹰会来召唤更多鬼魂。"

"仁慈的老天啊！我要直接回波士顿去了，尽快离开这里。"

我知道警长那天会再来，他来的时候，我已经想好了一套说辞。我说我什么都没听见，声称昨晚累得筋疲力尽，但还是在北美夜鹰的吵闹声中睡着了。听罢，他非常体贴地告诉我奥斯本的奶牛的遭遇。他说，有七头牛惨遭杀害，而且有一点非常奇怪，尽管每头牛的喉咙都被撕裂得不像样了，但似乎很少见到流血的迹象。此外，虽然牛群遭袭的方式算得上残暴，但似乎大差不差是一人所为，因为有零星的脚印为证，可惜那脚印不够完整，无法支持进一步的查证。不过，他笃信地继续说，他的一个副手已经盯了埃摩斯·惠特利一段时间。这位嫌疑人近来言辞古怪，他的举动像极了知道自己被盯上了。警长疲惫地说完这番话。看得出来，他很累，自从被叫到奥斯本的农场后，他就一直没阖眼。他继续问道，关于惠特利，我是否知道些什么呢？

我摇了摇头，坦言我对所有邻居们几乎一无所知。"但我注意到他说话时怪里怪气的。"我承认道，"我们每次交谈时，他都会提及一些稀奇古怪的事物。"

警长急切地向前倾了倾身子。"他有没有说过，或含糊地表示要给什么东西'喂食'？"

我承认埃摩斯提到过这些。

这回答似乎让警长很满意。他了解到我在查明堂兄阿贝尔的失踪案上显然进展不顺，对此间接点评一番后与我作别。至于他对埃摩斯·惠特利的怀疑，我并不感到意外。然而，在我的意识深处，却有一些东西与警长的理论产生了尖锐的冲突，一种不安由此萌生，像是在对一些未完成之事耿耿于怀。

这一整天，我的疲惫感都没有得到缓解，因此几乎什么都没干，尽管我发现有必要清洗一些衣服——不知怎么弄得锈迹斑斑的。我还花时间研究了堂兄鼓捣的渔网，我突然想到，他曾布置那渔网来捕捉什么东西。除了北美夜鹰，还有什么其他可能呢？那些鸟儿一定也时不时把他逼得几欲发疯。或许他比我更了解它们的习性，又或许他之所以设法抓那些鸟儿，是出于更重要的原因，而不单单是因为那持续不断的叫声。

那天白天，我一面不时去听电话线路里你来我往的惊恐对话，一面尽可能抽空多睡了一会儿。他们谈个没完，电话一整天都响着。有时男人们也会互相聊聊，当然是在那些妇人结束对线路的霸占之后。他们说要把牛群集中起来，并安排人放哨，但后来因为众人都很害怕，没有人愿意独自放哨而作罢。他们又说晚上要把奶牛关在牲口棚里，我想他们已经决定这么做了。然而，妇人们希望大家在天黑后都不要外出，哪怕天塌下来也不能出去。

"白天那魔鬼不会来。"艾玛·惠特利跟玛丽·奥斯本一再强调，

"但白天也什么都干不成。所以我认为，太阳下山之后，我们就应该在家附近待着。"

拉维尼娅·霍夫带着孩子们去了波士顿，她之前就说过了。

"都带上孩子们走吧，让拉班自己待在这儿。"海丝特·哈钦斯说，"但他不是孤单一人，他从阿卡姆找了个人做伴。哦，太可怕了，这是上帝对我们的惩罚，最糟糕的是，没人知道它长什么样子，也不知道它从哪里来，什么都不知道。"

关于牛被吸干血的谣言再次口口相传。

"他们说这些奶牛没流多少血，这就说得通了——它们被吸干了，没血可流了。"安吉莉娜·惠勒说，"天哪，我们这些人不会有什么事吧！我们不能就在这里坐以待毙。"

这惊恐的对话就像暗夜中的口哨声，电话给这群人——男人也好，女人也罢——一种安慰，让他们感到不那么孤立无援。他们中没有一人给我打过电话，我对此也没多想。毕竟我不属于他们的圈子，而局外人不待个十年八年，大概很难融入像这一带邻居们那样的乡村圈子。临近傍晚，我仍感疲惫，不打算再继续听下去了。

当天晚上，那喧闹如期而至，但里边只有一种声音。

我再次坠入梦境，又一次来到了一个广袤之地，那里有奇特的玄武岩建筑，以及让人望而却步的森林地带。我确信，在那个地方，我是天选之人，我为能侍奉伟大的旧日支配者而自豪，我是无上之神的仆从，它和其他神祇一样能力超群，但又千差万别，它是它们中唯一一个可以化身为闪亮球体的神灵，结界守护者、门之守卫神、伟大的犹格·索托斯都是它的名讳。它正在等待时机返回它曾称霸的地球，在那里我也必将继续侍奉它。天哪！我的瞳孔被惊奇和恐惧占满！天哪！那是我无上的荣幸！我听到北美夜鹰在鸣叫，它们的声音在那神秘之境的背景中此起彼伏，那些吟唱者高声呼喊着："lllll-nglui, nnnn-lagl, fhtagn-ngah, ai Yog-Sothoth!"悦耳的圣歌在那隐秘异域的群星和穹顶之下回荡，穿过海湾，越过雪峰，响彻每个角落。

我也高声为它唱响赞歌，为那伟大的结界潜伏者……

Llllll-nglui — nnnn-lagl — fhtagn-ngah — ai Yog-Sothoth!

据他们说，当他们发现我蹲在可怜的阿米莉亚·哈钦斯的尸体旁，撕扯她的喉咙时，嘴里也在高喊这句话。这个手无寸铁的女人是在去完贾尔斯修道院，沿着山脊小路返回的路上被击倒的。据他们说，我在兽性大发时也在喊着那句话，那时我的身边围满了北美夜鹰，它们让人抓狂的诡异尖叫仿佛是在为我助兴。这就是他们把我锁在房间里，并用木条封死窗户的原因。天哪，这些愚蠢的人类！简直蠢到了极致！在阿贝尔身上失败过一次之后，他们已然慌不择法。他们难道以为这样就能把天选之人困住？就凭那些木条？

他们口中我的种种行径，不过是想吓唬我。我从未对任何人类发起过攻击。我已经告诉了他们事情的原委，但愿他们能想清楚。我说得明明白白：杀人者不是我，绝对不是！而且我知道是谁。我想我一直都知道，如果他们到处找找，就会发现证据。

从始至终，都是那些北美夜鹰在作怪。这群该死的家伙一秒都不肯停歇地叫着，按兵不动，等待时机降临。它们是邪恶的化身，是隐匿于山间的魔鬼……

谷中之屋

The House in the Valley

（1953年）

《谷中之屋》导读

1.《谷中之屋》写于 1953 年，同年 7 月首次发表于《诡丽幻谭》杂志，后被德雷斯收入他的作品集《克苏鲁的面具》。

2. 故事的主要场景发生于毕肖普家族的一栋旧宅之中。毕肖普家族与深潜者有较深的渊源，最后一位族人塞思·毕肖普仍在试图召唤克苏鲁。

3. 毕肖普的族名，出自美国女作家泽利亚·毕肖普（Zealia Bishop），她是"洛夫克拉夫特圈子"的一员，与洛夫克拉夫特合写过三篇克苏鲁题材的故事。

4. 故事第一段提到的"哥特式传统故事作家"指的是洛夫克拉夫特，所引用的那句话出自他的小说《克苏鲁的呼唤》。

5. 故事中的商店老板名为奥贝德·马什（Obed Marsh），与《印斯茅斯的阴影》中死去的船长同名。在德雷斯写于 1944 年的小说《天空守望者》（*The Watcher from the Sky*）中，有人看到一只深潜者长着奥贝德·马什船长的脸。这意味着在他的作品里，死去的奥贝德·马什转化成了深潜者，并伪装成商店老板继续生活。

6. 故事第二节结尾提到的几个神秘事件，都出自洛夫克拉夫特及德雷斯此前的作品：恶魔礁事件出自洛夫克拉夫特的《印斯茅斯的阴影》；瑞克湖事件出自德雷斯的《黑暗住民》（*The Dweller in Darkness*），水怪其实是奈亚拉托提普的化身；敦威治事件出自洛夫克拉夫特的《敦威治恐怖事件》；佛蒙特州荒野的事件出自洛夫克拉夫特的《暗夜私语者》。

7. 这个故事的灵感源自著名漫画家理查德·泰勒（Richard Taylor）所绘的一幅实景素描。

一

　　我，杰斐逊·贝茨，在此发誓，我对一件事了然于心，那就是无论事态如何发展，我都命不久矣。我这样做，是出于对后来者的负责，也是为了洗刷我背负已久的不公正罪名。美国一位伟大但鲜为人知的哥特式传统故事作家写过这么一句话：世上最仁慈的事，莫过于人类的思维无法联通所有事物。然而，我花了充足时间进行深入思考，脑中思绪业已厘清。而在短短一年前，我绝不会想到世上竟有这等荒唐事。

　　当然，我的"麻烦"也是在这一年开始的。我之所以这么说，是因为我还没找到比"麻烦"更贴切的形容。如果非要确切地说出是哪一天，平心而论，无疑是布伦特·尼科尔森在波士顿给我打电话的那天。他告诉我，他发现了我一直想要寻找的自然风光优美的与世隔绝之地，并为我租下了那个地方。寻找这种地方的初衷，是我想潜心绘出一些脑中已构思良久的画作。那处宅邸坐落于一个幽深至极的山谷，临近一条宽阔的溪流。离马萨诸塞州海岸不太远——甚至近在咫尺，位于阿卡姆和敦威治的古代遗址附近。这一带的每个艺术家都对那些古代建筑的奇特复折结构再熟悉不过，那种风格虽然令人望而生畏，却也赏心悦目。

　　讲真的，我犹豫了。经常有艺术家朋友们去阿卡姆、敦威治或金斯顿短暂停留，而我要躲避的正是这伙人。但最终，尼科尔森说服了我，一周之内，我就去了那里。实际上，那是一栋有些年岁的大宅子——必定和阿卡姆许多这样的"老古董"为同一时代，建在一个小山谷里。这里的土地原本应该很肥厚，却毫无被新近开垦过的迹象。宅子矗立在苍劲的松树之间，可以说是紧挨着树。一堵墙外，一条宽阔清澈的小溪流淌而过。

尽管从远处看，这宅子很夺人眼球，到了近前却是另一番景象。首先，它被涂得黑乎乎的。其次，它还散发出一种令人望而却步的威严气息。没挂帘子的窗户像一双空洞洞的眼睛，望着外面，有些瘆人。一楼的四周设有狭窄的门廊，里面塞得满满当当，堆着一捆捆用麻绳捆扎着的麻袋、有些腐烂的椅子、高抽屉柜、各种桌子和杂七杂八的老式家居物品，像是谁设下的一个个路障，要么是为了不让里边的人或什么活物出来，要么是为了不让外来者进去。这些物件显然已经那样放置了很久，多年的风吹日晒让它们尽显被岁月剥蚀的痕迹。我写信询问中介它何以落得这步田地，但并未得到任何解答。虽然里边没有任何生活迹象，也的确看不到一丝曾有人在其中长住过的痕迹，但总给人一种有人住在里面的错觉，诡异至极。

这种感觉自此一直萦绕在我的心头。显而易见，没有人进过屋内，甚至连尼科尔森和中介也不例外。这座几近方正的建筑的前后门都有障碍物拦着，我不得不挪开其中一些，才得以进到里面。

进门之后，有人住在屋里的感受越发明显。我很快注意到一种反差——漆得黝黑的外墙让人感到多么阴森，洒满阳光的屋内就让人感到多么亮堂。考虑到它荒废已久，其干净整洁的程度着实让人惊讶。此外，各处都摆放着家具，虽说简陋了些，但还算有一些陈设。这让我明显感觉到，屋内以前放置的各种物件都被堆到了外围的门廊上。

从里面看，房子活像一个大盒子，从外面看亦是如此。楼下设有四间房，分别作为卧室、厨房、餐厅和客厅。楼上的格局也完全一致，不过四间房中有三间作为卧室，剩余一间当作储藏室。所有房间都有很多窗户，朝北的那些尤甚。这着实让人欣慰，因为北面的光线很适合作画。

我用不到二层的房间，所以就选了一层西北角的卧室当工作室，把我的行包放在里面后，一时忘了还需要一张床。说到底，我此行的目的是完成画作，对任何社交都没兴趣。为此，我准备得非常充分，车里装满了各种必需品，以至于卸完货并收拾好那些家当，又在前后门分别清出一条小路后，已经过去了大半天的时间。初来乍到，厘出这些小路可满足我在屋前院后的通行自由。

一切安顿停当后，我拿出尼科尔森的信。天色一点点暗下来，就着一盏亮起的煤油灯，我找了个合适的角度把信重读一遍，并再次着重体会字里行间的意味。

那里是绝对的避世之所。最近的人家至少住在一英里开外，就是南面山脊上的珀金斯一家，再稍远一些，住着莫尔斯一家。另一侧，也就是住所以北，最近的邻居则是鲍登一家。

这房子长期荒置的原因应该会让你非常着迷。没人愿意租住或买下这处房产的原因，不过是那里曾住着毕肖普家族（这类行事怪异的家族在鲜为人知的偏僻农村地区随处可见，有着根深蒂固的传统）的一员，他是家族里当时唯一的幸存者，名叫塞思，是个脑袋空空的大高个。他在那房子里杀了人，迷信的当地人因此不愿任何村民占用这所房子或附近的土地。你只要种上点什么，就会发现那片地非常肥厚，极其适合耕种。私以为，即使是一个杀人犯，也可能是某个领域的创意大师——不过，恐怕塞思没这个天分。据我了解的情况，他为人略显粗野，并且无缘无故地杀死了一个邻居，几乎把对方撕成碎片。塞思健壮如牛，我看到他都感到不寒而栗，但远不足以吓到你。被他杀害的那个人是鲍登家的。

我叫人给房子安了电话。

另外，它还能自己供电。所以，别被它老旧的表象欺骗了。不过，发电机是房子建成很久之后才装上的。据说安在地窖里，现在估计不顶用了。

房子没有自来水，实在对不住。不过附近有一口水井，凑合能用。你需要稍微活动活动筋骨，让自己健康些，整天坐在画架前身体可熬不住。

宅子地处偏僻，各种条件让它更显落寞。如果你哪天待闷了，尽管打电话给我。

信中提到的发电机用不了了。宅子里的电灯都灭着，黑压压一片。好在电话还能正常使用，我给最近的村庄——艾尔斯伯里拨了一通电话，证实了这一点。

我到这里的第一晚有些乏累，早早就睡觉去了。我自己带了被褥，很快就睡着了。屋里的东西放了那么久没人用，我可不敢随意使用。但是，自进入房子以后，整个第一天，我无时无刻不被一种难以说清的感觉困扰着，总觉得屋里除了我还住着其他人，尽管我知道这听上去有多么荒谬。其实，我进入宅子后，就立即对房屋和各处设施彻底巡视了一番，没有发现任何可能藏人的地方。

每栋房子都有其独特的氛围，这一点敏感的人都懂。不单单是说木头、砖块、旧石头或油漆的味道——不止如此，还包括曾经生活在其中的人，以及这屋顶之下发生过的事情所残留的气息。毕肖普的家宅有着让人难以形容的氛围。这里有我预料之中那种典型的陈旧气味，以及地窖里散发出的潮湿气味，但除此之外，还有一点更值得一提——这房子像被什么神秘之物赋予了生命气息，就好像它是一头沉睡的动物，以无限耐心等待着它确信会发生的事。这感觉逼真极了。

需要说明的是，这氛围并不会令人感到不安。第一个星期里，我没从中觉出哪怕一丝一毫的恐惧或害怕。直到第二个星期的一个早晨，我在室外完成了两幅颇具想象力的油画，正要创作第三幅时，一种不安才向我袭来。那天早上，我意识到有人在观察我。起初，我戏谑地想，当然是屋子在监视我。它的窗户确实很像一双空洞的眼睛，从那幽暗之处向外窥探着什么。但我很快反应过来，偷窥者是躲在屋子后面的某个地方，于是不时地向房子西南方的小树林边上瞅几眼。

终于，我发现了那个躲在暗处的偷窥者。我转过身面对一片灌木丛——他的藏身之处，说道："出来吧，我知道你在那里。"

一个身材高大、满脸雀斑的年轻人应声站了起来，用他那双透着坚毅的黑眼眸看着我，眼里满是怀疑和敌意。

"早上好。"我说。

他点了点头，但没有说话。

"如果你想过来看看，就来吧。"我向他发出邀请。

他略微收起戒心，走出了灌木丛。我终于看清了他的样子，约莫二十来岁，身着牛仔裤，赤着脚，肌肉健硕。小伙子身手敏捷反应很快，看起来柔韧性也不差。他朝前走了几步，不远不近，刚好能看到我在做什么，然后停下了脚步。他毫不避讳地上下打量了我一番，然后终于蹦出这么一句：

"你姓毕肖普吗？"

左邻右舍自然会认为毕肖普家族的后人在地球的某个偏僻角落现身了，回来认领这处被弃置的房产。这完全说得过去。告不告诉他我叫杰斐逊·贝茨似乎没什么差别。此外，我没由来地不愿向他透露我的姓名，这让我颇为不解。于是我客气地告诉他，我不姓毕肖普，也不是这家人的亲戚。我只是这个夏天租下了这宅子，兴许还会住到入秋后的一两个月。

"我叫珀金斯，"他说，"巴德·珀金斯。住在那边。"他指了指南面的山脊。

"很高兴认识你。"

"你到这里一个星期了，"巴德继续说，他这句话表明，山谷里并非完全没人注意到我的到来，"居然还在这里。"

他的语气中透着些许惊讶，似乎我待在毕肖普家宅一周还未离开是不得了的事情。

"我是说，你竟然什么事都没有。"他接着说，"这宅子怪事频发，你能安然无事是个奇迹。"

"什么怪事？"我直截了当地问。

"你不知道？"他惊愕得嘴巴大张着。

"我知道塞思·毕肖普的事。"

他使劲摇了摇头。"先生，那些事才哪儿到哪儿啊。即便有人付钱给我，我都不会踏进那屋子——给多少都不行。光是站在这么近的地方，我的脊背就直发冷。"他脸色阴沉，眉头紧皱，"这地方很久前就该烧

-200-

掉的。真不知道毕肖普那家子晚上都在干些什么！"

"里边看起来很干净啊，"我说，"而且住起来很舒服，甚至连只老鼠都看不到。"

"哈！要是有老鼠还好说！你等着瞧吧。"

说完，他转身钻回了树林。

我当然清楚，当地肯定流传着诸多关于荒废已久的毕肖普宅邸的迷信之说——还有什么比闹鬼更顺理成章的猜测呢？然而，巴德·珀金斯的造访让我感到不甚愉快。显而易见，自我来到此地，就一直被暗中观察着。新邻居的到来难免引得人人好奇，这无可厚非。但我也察觉到，在这个偏远闭塞之地，附近住户对我的过分关注并不完全是发自好奇。他们预感会发生些什么，像是在等待那个时刻。而到现在偏偏什么都没有发生，这才招来了巴德·珀金斯的偷窥。

终于在那天晚上，第一起不平常的"麻烦"发生了。多半是巴德·珀金斯的隐晦言辞埋下的伏笔，我对即将到来之事有了心理准备。无论如何，这个"麻烦"似乎也并没有坏到哪里去，从许多方面都解释得通。要不是后来发生的事，我应该完全不会将它放在心上。事情大约是午夜过后两小时发生的。

我被一阵不寻常的声音所惊醒。事实上，任何人在新环境中睡觉时，都会逐渐习惯所处之地夜晚发出的种种声响。习惯了这些声响后，才能安之若素地入睡。而倘若其中出现了新声音，就很容易让人感到不和谐。就像在城市住惯了的人在农场住上几晚后，会慢慢习惯于鸡叫、鸟叫、风声、蛙声，并会被之后突兀地加入的蟾蜍怪叫弄醒。因为这种声响是他已习惯的"和谐之音"的外来者。我便是意识到出现了一种新声音，打破了我已然习以为常的北美夜鹰、猫头鹰、夜间活跃的昆虫所发出的和谐乐章，让那一夜不再安宁。

那响声来自地下。换言之，它似乎是从屋子下面很深处传来的。可能是地壳移动造成的，又或者是地底的裂缝开合所致，说不定不过是某个活物的无常颤抖。但那声音的起伏存在一定规律，好似一只庞然大物正在屋子下面很深处的巨大洞穴里闲庭信步。这异响持续了半个小时左右，貌似是从东面由远及近，然后又在同一个方向渐渐消逝，听上去步子十分稳当。其间，我感觉屋子似乎在伴着地下传来的奇怪动静微微颤抖，但并不是十分确定。

大概正是这种不确定的感觉，促使我第二天进入储藏室探查了一番，想亲自弄清楚，那位不请自来的邻居对毕肖普家的种种询问和暗示，到底是什么意思。这一家子过去究竟做了些什么，才给左邻右舍留下如此糟糕的印象？

令我意外的是，储藏室没有想象中那般拥挤，多半是因为那些七零八碎的东西都堵在了门廊。事实上，搜寻一番后，我只发现一个不寻常之处——这个家庭被惨剧毁灭时，显然有人正在阅读书架上的书。

那些书种类繁多，五花八门。

据我猜测，那几本园艺书籍地位相对较高，每一本都是年代久远的古籍，市面上早已看不到了。很可能是被毕肖普家族的某个先人收藏着，直到不久前才被发现。大体翻了翻其中的两三本之后，我发现它们对当下的园艺工人毫无用处。其中记录了诸多植物的栽培和照护方法，尽是些我闻所未闻的种类——茂葵、曼陀罗、龙葵、金缕梅，诸如此类。而另外一些介绍较常见蔬菜的页面上，充斥着一些传说和迷信，任何现代人看了都要直呼"离谱"。

书架上还有一本用纸包起来的书，专门介绍梦的知识。这本书似乎没被翻过几次，像是因为灰尘和棉絮而成了现在的样子，所以根本无从判断它的新旧。乍看之下，它是两三代人以前流行过的一种廉价书，其中对梦的解析也平平无奇。说白了，就是那种见识浅薄的乡下人会读的东西。

事实上，那些书当中，只有一本勾起了我的兴趣。这本书当真诡异至极。它是一本全篇手抄完成、用木头手工装订的大部头。虽然这古籍很可能没有任何文学价值，却或许曾是某家珍品博物馆的藏品。当时我没怎么细看，初步判断它是一本风言风语大全，与解梦之书异曲同工。书上胡乱写着的一行字，表明它最初是某人的私藏古籍——《塞思·毕肖普的书摘》：内容摘自《死灵之书》《尸食教典仪》《纳克特抄本》和《拉莱耶文本》，由塞思·毕肖普于 1919 年至 1923 年亲手抄写。这行字下方，是用细长笔画写下的签名，不像是人们熟知的那种没怎么受过教育的人潦草为之。

另外，我还发现几部与那本解梦之书为同一系列的作品：一本臭名昭著的巫术秘籍——宾夕法尼亚州巫术盛行之地的某些年长者非常珍视这本书，多亏报纸上刊登了最近发生的一起巫术谋杀案，我才知道它的存在；一本薄薄的祷告书，里面所有的祷文似乎都是讥讽之辞，针对的全是神话传说中的暗黑天使。

在所有书中，除了看到几本略显稀奇的外，我没找到任何有用的线索。它们的存在不过是证明了毕肖普家族的后代有着丰富多样的神秘兴趣。大致可以猜得到，那些园艺书很可能是塞思的祖父买来看的，而解梦之书和巫术秘籍的主人则大概率是塞思父亲那一代的成员。至于塞思，他似乎更中意晦涩难懂的传说。

不过，塞思所抄写的那些典籍所涉过分庞杂，不太可能是他那样出身的人——我被告知并相信的——会看的东西。这让我困惑不已。于是一有机会，我就跑到艾尔斯伯里，到村子外围的一家乡村商店打听这类事情。据我推测，塞思很有可能在那里买过东西，毕竟他深居简出的生活方式远近闻名。

那家店的老板竟然是塞思母亲一方的远房亲戚，他似乎有点不愿意提起塞思。迫于我连珠炮似的追问，他最终勉为其难地向我透露了一些事。他名叫奥贝德·马什，根据他的叙述，我了解到塞思"一开始"——大概是在孩提时期和青少年时期——"和其他族人一样发育迟缓"。在塞思十八九岁时，他的行为变得越发"古怪"，马什的意思是说塞斯变得更加孤僻了。他那时经常说起让他惶恐不安的怪梦，他听到的杂七杂八的声音、他在房子内外亲眼看到的离奇景象。但是，这种状态持续了两三年之后，塞思就再没有提起过这些事。相反，他把自己关在楼下的一个房间——根据马什的描述，无疑是那间储藏室——开始疯狂地阅读，有什么读什么。尽管如此，他仍然未能"顺利读完高中四年级"。后来，他去了阿卡姆，在密斯卡托尼克大学图书馆读了更多的书。未能打破那个魔咒之后，塞思回到了家里，过着独居的生活，直到他彻底爆发——将埃摩斯·鲍登残忍杀害。

诚然，这种种事实加起来，也不过是一个脑袋不灵光的学生拼命获取知识的故事，他最终不堪重负，神志似乎也因此错乱。至少我住在毕肖普家期间是这样认为的。

二

那天晚上，事情出现了不寻常的转折。

然而，就如同那次诡异旅居中对其他诸多方面后知后觉一样，我并没有立即意识到所发生之事蕴含的全部意义。坦白说，有一点似乎不合常理——我是完全没有理由对其多加思虑的。说到底，也不过是那天晚上我所做的一个梦。即便是梦，其中场景也并没有让人感到多么恐怖，甚至连吓人都谈不上，反而是让人敬畏而难忘。

我梦见自己躺在这栋家宅里睡着了，就在此时，一团东西——像是雾气或迷雾——出现在地窖中。这团块怪异至极，却似乎隐藏着令人不由敬畏的强大力量。它翻腾着经过地板爬上墙壁，吞没了家具，但似乎并未损害到家具或房子，同时逐渐显露出真面目。是一只无定形的巨大生物，从奇丑无比的头部伸出触手，像眼镜蛇一样来回摇摆，嘴里发出骇人的嘶鸣。与此同时，远处某个地方传来一阵阵怪异的乐器合奏之音，神秘至极，夹杂着人类的吟唱声，说着非人的语言。后来我才知道，那些颂词是"Ph'nglui mglw'nafh Cthulhu R'lyeh wgah'nagl fhtagn"。

最后，这个形貌变幻莫测的怪物不断向上翻滚而来，把睡梦中的我也吞没了。然后，它似乎化成了一条长长的黑暗通道，里面走下来一个人，他疯狂而急切地奔跑着，外貌显然和尼科尔森对已故的塞思·毕肖普的描述大差不差。这个人也在不断膨胀，几乎和那团无定形的雾气一样大，然后竟也突兀地消失了，直奔在山谷中那老宅床上熟睡的我而来。

现在看来，这个梦毫无意义，不过是一场噩梦，根本不足为惧。但当时的我能大概感觉到，有极具深意之事正在或即将发生在我身上，但我无从领会其要旨，更谈不上害怕。此外，无定形的怪物、诡异的吟唱、可怖的嘶鸣和瘆人的音乐，无不赋予这个梦一种深刻的仪式感。

然而，早上醒来时，我竟发现很容易就能回想起那个梦，而且像着了魔一样笃信梦里的所有细节对我来说并不陌生。那奇妙吟唱诉说的内容，我曾在某个地方听到或看到过。这样想着，我又一次来到储藏室，翻起塞思·毕肖普手抄的那本神奇之书。这里翻一翻，那里瞧一瞧，我惊奇地发现，其中的文字涉及一系列关于旧神和旧日支配者的古老信仰，以及两方的冲突——旧神与哈斯塔、犹格·索托斯和克苏鲁等神祇的冲突。最后，我发现了一个句子读起来分外耳熟，再仔细一想，正是我听过的吟唱——不仅如此，在毕肖普的手抄文件里还有它的译文：

> 在拉莱耶的府邸里，长眠的克苏鲁酣梦以待。

这个发现让人忐忑的地方在于，我先前检查这里时，肯定没看到吟唱者所念诵的这行文字。粗略地扫了一眼塞思的手稿后，我可能看到了"克苏鲁"这个名字，但并没发现其他异样。那么，我何以能做到复制一个不属于我的意识或潜意识的事情呢？意念可以复制梦境中的信息，或是它全无概念的其他任何事物，这并非人人所知的常识，但当真发生在了我的身上。

此外，其中关于怪异的幸存物种和邪恶的异教崇拜的描述，让我在阅读过程中不时地瞠目结舌。我发现在一些模糊的描述性段落中，有一些叙述完全暗合我在梦中所见的神秘存在——但不是雾气或雾状物，而是有形的实体。这是我的意念对我完全不曾有过的经历的第二次复制。

当然，我听说过意念残影——看过重大悲剧等事件的现场后残留的记忆，或是受到爱、恨、恐惧等人类常见的强烈情感的冲击所致。我梦到那些事物，完全可能是上述因素在作祟，就像我睡觉时房子本身的氛围会入侵并影响我一样，我并不认为这完全不可能。毕竟那个梦确实太过诡异，而且梦里发生的事有着让人忘不了的魔力。

不知不觉已经到了中午，我感到饥肠辘辘，但我觉得解开梦境之谜的答案似乎就在地窖里。于是，我立即动身前往那里，先是搬开了层层架子——有些架子上还放着腌制水果和蔬菜的老罐子。在仔细搜查之后，我发现了一条隐蔽的通道，直接连通地窖外的一条穴状地道。我下了地道，没走多远，脚下潮湿的泥土和摇晃的灯光就直逼得我想折回——但紧接着，我发现泥土里四散着许多白骨，而且到处都是，简直令人窒息。

我折回去给手电筒换好电池，又回到那条地下通道。直到确切无疑地查明那些白骨是动物骸骨之后，才肯作罢。另一个毋庸置疑的情况是，不止一种动物丧命此地。真正让人惶恐的倒不是发现了这些晦气之物，而是它们为何出现在通道里。我着实有些摸不着头脑。

彼时我也没有多想，只是兴味盎然地想继续往地道深处走。于是我说干就干，继续前进，朝着我认为是海岸的方向一直走，直到去路被掉落的泥土堵住。最终离开地道时，天色已近傍晚。我饿坏了，但也收获了两个颇为可靠的结论：第一，地道并非天然形成的洞穴（至少在我进出的这一端不是），而显然是人为打造的；第二，地道被用于从事某种见不得人的勾当，具体是什么，我不得而知。

得出这些结论的当下，我莫名地兴奋不已。如果能完全掌控自己的意识，我确信自己立刻就能发现这不是我的正常表现。然而，我的面前正摆着一个亟待解开的谜团，我坚定地相信，其中藏着非常重要的线索。于是我下定决心，要去探索关于毕肖普家宅那貌似从未被揭开的真相，就算倾尽全力也在所不惜。今天只能到此为止了。想要穿过那个洞继续往前，我只能改天再来，并带上一些工具。我在房子里还没找到用得上的东西。

再去艾尔斯伯里一趟在所难免。于是我立刻去了奥贝德·马什的商店，说要买一把镐和几把铁锹。我怎么也想不明白，买这些东西竟让那位老者变得焦躁起来。他脸色煞白，犹豫着要不要卖给我。

"你要挖东西是吧，贝茨先生？"

我点了点头。

"虽说这不关我的事，但也许告诉你好一些。塞思有段时间也忽然开始东挖挖西刨刨，用坏了三四把铁锹，也不知道在挖什么。"他的身体前倾了一点，专注的眼神好似能透出光亮，"最离谱的是，没人能弄清他去挖了什么——从没人见过哪里铲出来过一锹土。"

这个消息让我大吃一惊，但我没空犹豫。"房子周围的土壤看起来肥沃得很，我想种点东西。"我说。

他似乎如释重负。"好吧，如果你是打算种点什么，那就另当别论了。"

我买的另一件东西也让他大惑不解。我买了一双胶鞋，以免鞋子被淤泥和地道里的诸多区域弄脏。那些水无疑是从地道外近旁的小溪漏进来的。马什对此未作评价。我刚转身要走，他又说起了塞思。

"贝茨先生，你没听过其他事情了，对吧？"

"这里的人都寡言少语。"

"他们不全是马什家族的人。"他答道，笑容鬼祟而狡黠，"确实有人说塞思长得更像马什家的人，而不像毕肖普家的人。毕肖普那一家子信奉巫术之类的东西。马什家可从来不沾这玩意儿。"

听完他这隐晦的忠告，我便动身离去。一路上，这些话仍旧萦绕耳畔。为探索地道做足准备后，我迫不及待地等待着明天的到来，盘算着再次回到那地下通道，继续探究谜团背后的答案。我断定，谜底一定会牵扯到与毕肖普家族密切相关的种种传说。

事态发展似乎加快了脚步。当晚，又发生了两件怪事。

第一件事发生在黎明刚过之际，我看到巴德·珀金斯在屋外徘徊。也许我根本没必要恼火，毕竟当时我正准备到地窖里去。但我还是想知道他意欲何为，于是打开屋子前门，走到院子里与他面对面站着。

"你在找什么，巴德？"我问道。

"羊丢了。"他简短地说。

"我没看到过什么羊。"

"它往这边来了。"他回答道。

"不信的话，你可以跟我进去看看。"

"真不希望这是那旧事又要重演的前奏。"他说。

"怎么讲？"

"如果你不知情，说了你也不懂。即使你能听懂，我也还是什么都不说为好。反正我什么也不会说。"

这故弄玄虚的说辞真让人头疼。再者，巴德·珀金斯明显是怀疑他的羊不明原因地落到我手里了。这让我很来气。我向后退了几步，猛地推开门。

"要不你进来找找。"

听到我这么说，他瞪大了双眼，内心的恐慌暴露无疑。"你要我进那里去？"他几乎喊出声来，"这辈子都不可能。"他补充道，"哎呀，也就我有胆子，敢这么靠近这鬼地方。不过，即便你给我再多钱，我也不会踏进去半步。绝无可能。"

"里边安全得很。"我对他的过激反应感到好笑。

"那是你以为。我们心里清楚得很。谁不知道黑墙后面潜伏着可怕的鬼怪，正在伺机而动。因为你的到来，那些怪事就要重演了，和以前一模一样。"

说完，他就转身溜了，消失在树林里，就像他上次告辞时那样。我确信他不会再回来了，于是转身回到屋内。忽然，我发现一件本应令我警觉的事。毋庸置疑，那个时间点我定然是昏昏欲睡，尚未完全清醒，所以我也不确定那到底算不算奇怪：我昨天才买的新靴子被人穿过了，上面沾满了泥巴。但我百分百确定，昨天靴子是干净的，没有被穿过。

发现这一怪事后，我心中那个信念变得越发坚定。我连靴子都顾不得穿上，就径直下到地窖里，找到连着地道的通道，很快就到了上次被拦住去路的地方。也许我预先就料想过自己会发现什么，果不其然——那里塌方的土堆被挖开了一部分，露出的空间足够一个人勉强挤过去。泥土中的脚印显然是我买的新靴子留下的，在手电筒照出的光下，清楚地暴露出靴底踩过去留下的商标印记。

此时我有两种推测——要么是有人夜里穿了我的靴子来过地道，要么是我自己梦游到此处，留下了那些鞋印。我根本不用在这两者间左右摇摆——尽管我此刻怀着满心渴望和期待，但同时也深感干过重活后还没缓过来似的疲累。这就只有一种解释：入睡之后，我花了相当一部分时间来挖开了通道中的这处"路障"。

终于，我再也无从逃避那可怕的真相，甚至在沿着地道一路摸索时，就已知道自己将会发现什么。地道最终通向地下洞穴中一处类似古代祭坛的遗迹，那里展露了更多献祭仪式的迹象——这里不仅仅有动物的骸骨，还有确定无疑的人骨。走到尽头，我发现一个向下的洞口，下面是偌大的洞穴，可以看到地下很深处有水面微微反射着光亮，那附近有巨浪从某处涌入又回落——无疑是大西洋漾起的波涛，通过海岸处的地下空穴一路汹涌到了这里。想必我也已预料到，在那遥不可及的海底深渊的边缘，还会有什么发现——几簇羊毛、一只蹄子连着已被撕裂的断腿。那是一只羊仅剩的残骸，鲜活地昭示着昨夜发生的残忍暴行！

我转身拔腿就跑，身体直打冷战，不敢去想那温驯的羊儿如何落难此处——我敢肯定，它绝对是巴德·珀金斯要找的那只。在那暗流涌动的深渊边缘和我方才离开的屋子之间的较小洞穴里，我曾在那黑暗而残破的祭坛上见过某种活物的遗骸。我不禁疑惑，那羊儿也是被人带到这里来献祭的吗？

即便是回到了屋里，我也没有多逗留，而是再次返回艾尔斯伯里。我看似漫无目的地四处打听，实际上，我已窥探到了谜底的一部分，故而迫切地想要了解更多关于毕肖普家宅的种种传说和故事。但在艾尔斯伯里，我第一次感受到了人们的强烈敌意。街上人们的目光都在故意躲开我，谁见了我都爱搭不理的。一位年轻小伙儿虽曾与我有过谈话，此时却从我身边匆匆而过，像是从未认识过我。

就连奥贝德·马什也一反常态。他倒不是不愿意收我的钱，而是态度粗鲁至极，直接把想快点打发我离开的念头写在了脸上。在他的店里，我把话挑明了，表示除非回答我的问题，否则我绝不离开。

我问他，我是做了什么恶事，让他们那么躲着我？

"是那房子的事。"他总算松了口。

"那凭什么那么对我啊！"我不满地反驳道。

"有人在传瞎话。"他接着说道。

"瞎话？跟什么有关？"

"关于你和巴德·珀金斯的羊。关于塞思·毕肖普在世时发生的怪事。"然后，他前倾着身子，暗沉而下垂的脸对着我，蹦出一句低沉而刺耳的话，"他们说塞思回来了。"

"塞思·毕肖普都下葬多久了。"

他点点头，"话虽如此，但他只是一部分死了，另一部分大概还活着。我诚心劝你，最好赶紧从那儿撤离，可不能再耽搁了。现在一切还来得及。"

我没好气地提醒他，我已租下了那宅子，并且已经付了至少四个月的租金，甚至有住到明年再走的打算。他立刻住了嘴，对我租房一事无话可说。我仍继续追问他有关塞思·毕肖普生平的细节，但他所愿意或能够告诉我的，显然都是一些模糊不清、模棱两可的暗示和附近流传的阴暗猜疑。因此，与他告辞时，我想象中的塞思·毕肖普并不是什么可怕之人，而是苦命之人。山脊上的邻居和艾尔斯伯里的村民，都将住在山谷中黑墙屋子里的他视作怪物，避之唯恐不及。他们对他又恨又怕，却拿不出任何可靠证据，证明他做出过危及周围地区安全与和平的出格之事。

除了被证实的最后一宗罪行之外，究竟塞思·毕肖普做的哪些事才是出自他本意？他过着与世无争的生活，甚至放弃了祖先的奇异花园。当然，他也背弃了源自他祖父和父亲对巫术和神秘学领域的邪恶兴趣，而是痴迷于一种更为古老、荒诞程度却和巫术不相上下的传说。在这穷乡僻壤之地，尤其是对于毕肖普这类有着根深蒂固传统的家族而言，人一旦生出这种兴趣便很难再动摇。

也许塞思在他祖先的古籍中发现了某些晦涩难懂的内容，于是他来到了密斯卡托尼克大学图书馆。在那里，他凭着浓厚的兴趣，费劲巴拉地从那些古籍中抄下一段段内容（多半是因为他无法获准从图书馆借走它们）。他主要关注的传说实际上是对古代神话的曲解。简言之，它记录了善恶两方势力在宇宙中的角力。

无论如何难以概括，塞思手抄的内容仍可以归纳如下：外太空的第一批栖居者似乎是一些伟大物种，它们没有人形，被奉为旧神，在上古时代生活在遥远的参宿四。某些代表元素的旧日支配者曾反抗过那些旧神，其中有阿萨托斯、犹格·索托斯、水陆两栖的克苏鲁、形同蝙蝠的"无以名状者"哈斯塔、罗伊格尔、扎尔、风行者伊塔库亚，以及代表土元素的奈亚拉托提普和莎布·尼古拉丝。叛乱失败后，它们被旧神驱逐和流放。在旧神所设的封印下，被囚禁在遥远的行星或恒星之上：克苏鲁被封印在名为拉莱耶的海底之城；哈斯塔被封印在毕星团中靠近毕宿五的一颗黑星上；伊塔库亚被封印在冰冷的北极荒原；其他旧日支配者被封印在寒冷荒原上一个叫卡达斯的地方，它与亚洲的一部分属平行时空。

这场最初的叛乱之后——基本上与堕天使及其追随者反抗天堂大天使的传说走向相似——旧日支配者从未停止过为重新崛起并向旧神宣战的尝试。地球和其他星球上也慢慢出现了一些它们的崇拜者和追随者，比如邪恶雪人、巨噬蠕虫、深潜者以及其他诸多物种。它们都臣服于旧日支配者，并多次成功解除旧神的封印，释放出那些上古邪灵。最终要么是旧神直接出手，要么是靠武装起来的人类的反抗，才再次将其镇压。

塞思·毕肖普从那些极其古老又罕见的书中摘录的尽是这些荒诞之

说。其中内容多有重复，而且全然像是天马行空的幻想。此外，手稿中还夹带着一些让人深感困扰的剪报——1928 年在印斯茅斯附近的恶魔礁发生的事情，威斯康星州瑞克湖被认为是海蛇的怪物出没一事，附近的敦威治发生的可怕事件，以及佛蒙特州荒野中的另一起惨案。但我觉得这些事纯属巧合，不过是多起事件刚好有着某种暗合的特征。此外，虽然我还没弄清与海岸相通的地下通道是干什么用的，但大概可以推断是塞思·毕肖普的某位老祖先建造的，只是在相当晚的时候才被他据为己有。

通过以上种种事实，一个无畏者朝着他所钟意之事努力求索的形象跃然于我的脑海。也许他曾变得轻信和迷信，甚至最后精神错乱，但绝非邪恶之辈。

三

大约就在这个当口，我意识到自己生出了一个非常奇怪的想法。

我感觉，山谷中的这间老屋里似乎还住着一个陌生来客——无权进入里边却私自闯入。虽然他的职业似乎是画画，但我有理由相信，监视周围才是他的来意。我只匆匆瞥见过一眼他的身影，在我偶尔靠近镜子或窗玻璃时，在倒影中见到过他。并且我在一楼北边的屋子里，发现了他所做之事的证据——他的画架上摆着一幅未完成的油画，其他地方还有几幅已经完成的作品。

我没空去寻找他的踪迹，因为我听到了它的召唤。每天晚上，我都会带着食物下到那里去。不是献给它的——它以凡人所不知道的东西为食，而是为了孝敬侍奉在它左右的深潜者。它们与它做伴，从那个洞穴里的深渊游了上来。我看到了它们的模样，像是人和某种怪异蛙类的混血，手脚都长着蹼状物，还长着鳃，张着青蛙一样的大嘴，大大的眼睛一转也不转，却能看清浩瀚海洋最黑暗的深处。那里是它的长眠之所，它耐心等待着重见光明、重新夺回失去领地的那一天。在地球上以及它的万古时空里，它曾经主宰万物，直到被封印。

也许我这般疑神疑鬼，起因是我发现了那本旧日记。此刻我正静下心来翻阅着它，就像读一本我从小就视若珍宝的书。我是在地窖里无意间撞见这本日记的。它的外表已有发霉的迹象，像是已经丢失了不知道多长时间——这并不坏，因为里面记录的内容实在不便让外人看到。

较早的页面已荡然无存，大概是出于担心而被撕掉并烧毁了，可能连作者自己一开始也无法相信那一切。但剩下的都还在，那些细长如蜘蛛腿的字迹清晰可辨。

6月8日，八点钟，牵着小牛从莫尔斯家出发，前往接头地点。数过了，深潜者有四十二位。还有另外一位是不一样的物种，像章鱼，但也仅仅是像。在那里待了三个小时。

以上是我看到的第一篇内容。此后的记录大同小异，都是去到地下深渊，与深潜者以及偶尔出现的其他海洋物种会面的简短叙述。但是在当年九月，日记里记录了一次大灾难。

9月21日，深渊被挤满了。听说恶魔礁遭遇了可怕的事情。印斯茅斯的一个老糊涂虫泄露了消息，联邦政府派人前来，开着潜艇和船只炸毁了恶魔礁和印斯茅斯的海滨。马什家族的人都逃了——大多数吧。深潜者死了不少。深水炸弹并没有抵达拉莱耶——它的沉睡之处……

9月22日，印斯茅斯接连发出报告。三百七十一位深潜者死亡。从印斯茅斯拉出来许多尸体，全都是无可争辩的马什家族的"长相"。有知情人士透露，马什家族其余的人都逃到了波纳佩岛。今晚被炸死的三位深潜者就来自那个地方。人们说他们记得老马什船长来到此地，与那些怪物签订契约，并娶了其中一位深潜者为妻，生下了人类与深潜者杂交的后代，永远玷污了整个马什家族的血脉。对于这些事，他们如数家珍。然而从那时起，马什家族的船只像是撞了大运，所有海上业务都取得了超乎想象的成功。他们变得有钱有势，成了印斯茅斯所有家族中最富的。白天，族人住在印斯茅斯的住所里，晚上则溜到暗礁外和其他深潜者厮混。马什家族在印斯茅斯的宅邸悉数被烧。由此可见，政府人员知道一切。不过，据深潜者所说，马什家族的人会回来的，当星位正确的那一天重新来临，潜藏深海的旧日支配者将再次崛起。

9月23日，印斯茅斯遭到大规模摧毁。

9月24日，印斯茅斯毁坏严重，要花数年才能修复。联邦人员会一直等到马什家族的人回来为止。

人们大可以对塞思·毕肖普随意评头论足。但他一点也不傻。这本手稿就是一个自学成才者的见证。他在密斯卡托尼克大学的所有研究并非徒劳。住在艾尔斯伯里地区的所有人中，唯独他知道大西洋海岸的隐秘深处藏着什么，其他人甚至没有过丝毫怀疑……

我大抵在朝着这个方向思考，这也是我租住毕肖普的家宅期间必须弄清的事情。我是这样想的，也在一步步行动着。而晚上我在干什么呢？

老屋被黑暗笼罩后，我比以往任何时候都越发强烈地预感到，危险正步步逼近。但不知何故，我的脑袋却拒绝回想那必定发生过的事情。难道会有其他可能吗？家具被搬到门廊上的原因显而易见——深潜者开始沿着那条通道回来了，并住进了屋子里。它们有水陆两栖的本领。这些怪物为数众多，生生把屋里的家具挤出去了。而塞思未曾有机会将家具收回。

每次从老屋出去后，无论走多远，我都能从恰当角度对其欣赏一番。但在剩下的租期内，这恐怕已是不可能的事情了。眼下邻居们对我的态度颇有威慑之意。不仅巴德·珀金斯来看过房子，鲍登家和莫尔斯家的几位，以及艾尔斯伯里的不少人也都来凑过热闹。凡有人来，我都邀请他们进门——根本不用想，没人愿意进去。巴德没进过，鲍登家的那几位也不会。不过，剩下的人倒是进来了，他们期望能找到些什么，结果都徒劳而返。

他们认为会找到什么呢？自然不是他们口中所说的那些不知被谁掳走的牛鸡猪羊。我拿这些畜生干什么？我向他们展示了我的节俭生活，他们也看了我的画。最后这伙人无不灰头土脸而去，还不停地摇着头，露出难以置信的表情。

我还能做些什么？我能感觉到他们在躲着我，厌恶我，刻意与老屋保持着距离。

无论如何，这种关系还是让我深受困扰。有几个早晨，我每每睁开眼，都发现时间已近中午。我感到筋疲力尽，仿佛根本没休息过。最让

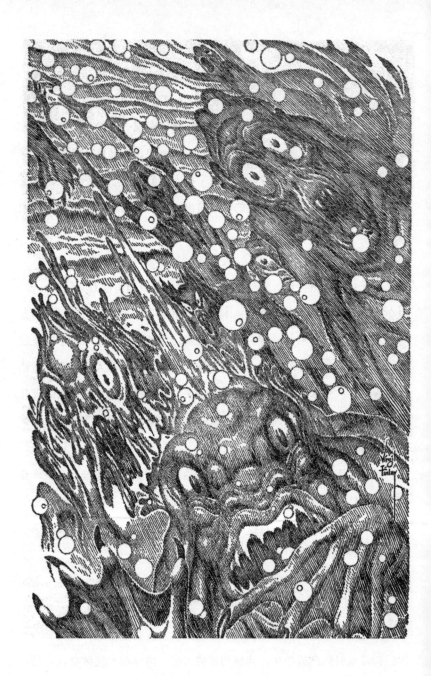

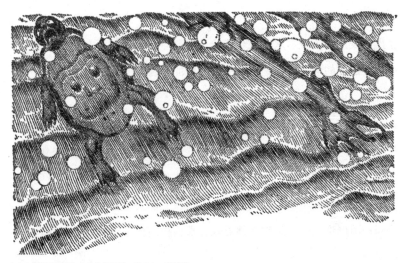

本文在《诡丽幻谭》杂志上的插图，维吉尔·芬莱绘

人头疼的是，有很多次，我醒来时穿着衣服，而我确信自己是脱了衣服才睡的。这还不算完，我的衣服和手上都溅满了血迹。

即便在白天，我也不敢再进入那条地下通道。但有一天，我还是逼着自己下去走了一遭。我带着手电筒，仔仔细细地察看了地道里的地面。在泥土松软的各处，我看到了许多不同的脚印——是活物来回走过的痕迹。其中大部分是人的脚印，但也有一些看上去让人不安的印记——那是长着怪异脚趾的裸足留下的，好像还长着蹼！老实说，我将光线从那些脚印上移开时，身体直发抖。

而我走到那深渊边缘所看到的景象，吓得我沿着通道如鼠般逃窜。某种怪物从水底深处爬了出来——那些痕迹，只消一眼就能明白是怎么回事。不难想象那里曾发生过何等暴行。无声的残骸散落各处，在手电筒的照射下隐约闪着白光，一切不言自明。

我敢肯定，用不了多久，邻居们的愤恨就将一发不可收拾。老屋乃至整个山谷，从此都不得太平。过去的仇恨和恩怨将无从消解，反而会变得越发深重。没多久，我便完全分不清昼夜，好似活在另一个世界。这地处山谷的老屋无疑是进入另一领域的关键通道。

我不知道自己在里面待了多久——大概是六个星期，也许足有两个月——忽然有一天，片区警长在两名副手的陪同下，铁青着脸来到老屋，手里拿着一张逮捕令。他解释说，他并不想出示逮捕令，但有意问我一些事情，如果我不乖乖跟他们回去，他就只能公事公办了。他坦言，我受到一项严重指控，虽然在他看来，那指控纯粹是小题大做，并且毫无根据。

我只好顺从地跟他们走一趟，去了阿卡姆。这个古老小镇上的房屋大多采用复折屋顶，这让我异常放松，对即将发生的事毫不畏惧。警长还算通情理，明摆着是被邻居们逼迫才出此下策的。此刻，我们在他的办公室里面对面坐着，还有一位速记员严阵以待。他甚至露出几分歉意。

他首先询问我前天晚上是否出过门。

"我不记得自己出去过。"我回答。

"如果出去过，你自然不太可能不记得。"

"如果我梦游时走出去了，就可能不记得这回事。"

"你睡觉时经常梦游吗？"

"来这儿之前很少这样。来了之后就常常梦游，我也说不清楚怎么回事。"

他又问了一些似乎不痛不痒的问题，一直在顾左右而言他。但很快，他就道出了关键信息——有人目击一个人指挥着一队物种不详的动物，带领它们袭击了夜间牧场的牛群。那些牛几乎全被撕成了碎肉，仅有两头侥幸活命。这些牛是年轻的塞雷诺·莫尔斯养的，他就此事对我提出控告，巴德·珀金斯也没少煽风点火，他比塞雷诺更加难缠。

紧接着，警长念出了塞雷诺·莫尔斯的指控，简直能让人笑得背过气去。他自己显然也有同感，神情中的歉疚又多了几分。我不由得笑出声来。我做出此等疯狂之事，有什么目的呢？我带领的"动物"又是什么？我没养过任何动物，猫狗都没有养过一只。

无论如何，警长保持着一贯的礼貌。他询问我对手臂上的伤痕做何解释。

这时，我才似乎第一次意识到那里受了伤，一边仔细端详，一边认真回想。

我是去摘浆果了吗？

我确实去了，便照实陈述。然后我又补充说，不记得自己被什么东西划伤过。

警长听后似乎松了一口气。他坦言，牛群遇害的地方紧挨着一道黑莓灌木篱笆，我的手臂恰好有伤，自然会被注意到，他不能置之不理。总之，他似乎对结果还算满意，确信我不可能是在伪装，于是变得稍微健谈了一些。我因此得知，以前也发生过一起类似事件，当时遭到指控的是塞思·毕肖普。但结果与这次一样，事情不了了之。毕肖普家宅被搜查一通，可什么也没有发现。而且暴行的发生毫无根据、动机不明，仅凭邻居们的怀疑——再怎么心怀叵测的怀疑，都无法将任何人送上法庭。

我信誓旦旦地告诉警长，要是他们想去搜查屋子，自己也一百个愿意。他听后咧嘴一笑，极为友善地告诉我，就在我和他待在一起的这段时间，已经有人从屋顶到地窖把那里搜了个遍。和上次一样，一无所获。

但我回到山谷中的屋子后，却备感不安，忧心忡忡。我努力让自己保持清醒，等待以往那一幕幕渐次上演，但事与愿违。我睡过去了。没有在卧室，而是在储藏室钻研毕肖普那本非比寻常的可怖手抄书时睡着了。

　　那天晚上，我又做梦了，是继我最初做那种梦以来的第二次。

　　我又一次梦见了那个无定形的庞然大物，它从老屋下方通道连接的洞穴中的深渊爬出，但这次它的身形不再像雾一般变幻不定，而是让人心惊肉跳、目瞪口呆的实体。它的身体似乎由古老的岩石制成，一坨俨然雄壮如山的东西连着怪异的头部，脖子短到可以忽略。头部下缘伸出巨大的触手，蠕动着，弯曲着，奇长无比。这巨物从水中升腾而出，周围的深潜者以崇拜和屈从之势，着魔一般地游动着。像以往一样，那诡异的妙音再次响起，不计其数的怪物齐声高歌，那刺耳的召唤像极了从蛙类喉咙里发出的声响——"Iä! Iä! Cthulhu fhtagn!"那是崇拜的吟诵之歌。

　　老屋下面再次传来庞然大物的脚步声，像是从地底深处发出的。

　　就在这个时候，我醒了过来，惊恐地意识到那脚步声仍在持续，顿觉山谷里的老屋和附近的地面都在颤抖，还依稀听到那不可思议的音乐声渐渐消失在地底深处。我被吓得不轻，径直跑出了宅子，像没头苍蝇一样到处乱窜，不想前方还有另一个危险等着我。

　　巴德·珀金斯站在我的去路上，用步枪对着我。

　　"你想去哪儿？"他问道。

　　我停在原地，不知道该说些什么。屋子在我身后，那里悄无声息。

　　"不去哪儿。"我总算说出了口。继而，好奇心战胜了对这位憔悴邻居的厌恶，我问他，"你听到什么了吗，巴德？"

"我们都听腻了，夜复一夜。现在我们要看守好家畜。你最好清楚这件事。我们无意开枪打死谁，但真到了迫不得已的时候，我们也毫不犹豫。"

"真不是我干的。"我说。

"其他人才不可能干出那种事。"他言辞干脆。

我能感到他满满的敌意。

"塞思·毕肖普住在这里时就接连发生这些怪事。我们也不敢肯定他是不是还在这里。"

他的话让我不由得打了一阵寒战，那一刻，我身后的宅子尽管处处透着阴森和诡谲，但比起外面的险恶，那里似乎是更好的归宿。巴德和一众邻居全副武装，轮班值守，其威慑力不亚于那黑色墙壁内藏匿的任何妖魔。也许，塞思·毕肖普也曾遭遇过此等仇视。可能家具之所以没有被挪回宅子里，也是为留在那里挡子弹。

多说无益，我转过身，折回了屋内。

里面竟然安静了下来，四处没有一点声音。先前我还觉得，荒废的宅子里没有老鼠的踪迹多少有些不合常理，因我深知那些小家伙会以何等迅捷之势占据这种地方。即便到了此刻，我也恨不得能听到老鼠蹿来蹿去或四处啃咬的声音。然而，一丝声响也没有，死寂的氛围似乎蕴藏着某种深意。就好像宅子自己也觉察到，它被一群不通情理、倔如毛驴的莽夫们包围了。他们正持械严阵以待，防备着他们自己也一无所知的可怖鬼蜮。

那一夜，我久久不能入睡。

四

那几周里，我对时间一直模糊不清，这一点前面业已提及。没记错的话，那晚之后，我度过了将近一个月的平静时光。那些"暗夜守卫"陆续撤离了，只有巴德·珀金斯还赖在那里，夜复一夜地值守，没有丝毫懈怠。

至少在五周之后的一个夜里，我从梦游中苏醒，发现自己在老屋下方的通道里，正朝着地窖走去，远远就能看见张着血盆大口的深坑。我被一种还未习惯的声音弄醒了，那无疑是人类的嗓子才能发出的惨叫，从我身后很远的地方传来。那声音吓得我浑身发冷，却未能把困倦一扫而光。充斥着惊骇的尖叫有规律地起伏着，最后突兀地收了声，像是被什么力量残忍地砍断了。我在原地伫立良久，完全动弹不得，静静等待着那凄惨的叫喊再次响起。但它凭空消失了，我也终于回到卧室，任由疲惫之躯向后倒在床上。

第二天早上我一醒来，就隐隐嗅到了不祥的气息。

到了半晌午，坏事果然如期而至。一大帮男男女女怒气冲冲地赶来，其中大部分人都操着家伙，全然一副同仇敌忾的架势。幸好带头的是一名警员，他们才假装规规矩矩的。他们没有搜查证，但强硬地要求搜查我所住的屋子。鉴于这伙人情绪糟糕，拒绝搜查无疑是愚蠢之举，所以我无意违抗，径直走出了前门，敞着门，任由他们进去搜个痛快。一伙人纷纷涌进屋里，我能听到他们在一个个房间进进出出，楼上楼下来回回，把东西挪过来扔过去的声音，好不热闹。我没有试图阻拦什么，但有三个人牢牢守在我跟前，其中一个正是艾尔斯伯里的那个店主奥贝德·马什。

最后，我终于用我能发出的最平静的声音对他说："我能问问，他们这是所为何事吗？"

"意思是你还不知道？"他语气轻蔑。

"我还真不知道。"

"杰瑞德·莫尔斯的男娃昨天失踪了。他参加完学校聚会后走路回家，到这附近就没了人影。他肯定是来了这里。"

我无话可说。很明显，他们认为那孩子是在这屋子里消失的。无论我多想辩驳一番，都无法克制自己不去想昨晚在地道里听见的惨烈尖叫。我当时并不知道那是谁的声音，此刻虽知道了一切，却恨不得从未听过那惨叫。我有理由相信他们找不到地道入口，毕竟它在地窖里那么不起眼的位置，前面放着的架子也使其颇具天然隐蔽性。但下一秒，我就陷入了痛苦的焦躁不安之中——但凡他们在宅子里碰巧发现了哪怕是那个失踪男孩的一根头发丝，我必定会遭到最恶毒残暴的对待，这一点再明显不过。

还好仁慈的神明又一次显灵了，他们一无所获——要是真被他们找到什么线索，我就完了。事实上，我心里也没底，可怕的忧思此刻开始纠缠着我。那晚我为何会出现在地道里？我是从哪里过去的？我惊醒过来时，正在从深渊边缘往回走，我在那里做了什么？有没有留下什么痕迹？

三三两两的村民开始从房子里走出来，两手空空。这样折腾一番后，他们脸上的愠怒没多一分，也没少一分，只是又夹杂了些困惑不解。他们一开始以为能找到什么，结果大失所望。既然失踪的男孩没有被带到毕肖普家宅，那他去了哪里呢？他们一点头绪也没有。

警员已经够放任这伙人了。此刻，在警员的催促下，他们一个个从宅子里撒了出来，四散而去，除了巴德·珀金斯和少数几个同样一脸讨厌模样的男人，他们仍留在附近继续站着岗。

之后的几天里，我能清楚地感到人们对毕肖普家宅以及独居其中的我，所表现出的赤裸裸的仇恨。

那之后，我又度过了一段相对安稳的日子。

直到那夜，毁灭性的灾难终于降临。

一开始，我隐约感觉地下有什么东西在骚动。其实，在发觉那动静存在之前，我的潜意识里就已预感到了它即将发生。当时，我正在翻阅塞思·毕肖普那本暗藏凶险的手抄本——其中有一页专门介绍了伟大的克苏鲁的仆从，那些深潜者会吞食作为祭品的温血动物。而它们是冷血动物，通过某种异教食人行为变得又肥又壮。我敢打赌，当时我还在读着这一页，忽然就意识到下面那突如其来的骚动。大地似乎也动了起来，有节奏地微微颤抖着。紧接着，一阵模糊而悠远的音乐传来，与我进入老屋后第一次做梦时听到的绝无二致。那乐声是不为人类所知的乐器发出的，像是笛子之类的管乐在齐声演奏，间或夹杂着从某种活物喉咙里发出的怪异呼号。

这动静带给我的震惊，用再夸张的词汇来形容都不为过。当时我正全神贯注地读着一本明显与过去几周发生的事件有所关联的书，可以说我对这种情况已经习以为常，但我的意识变得近乎兴奋，内心充满了一种迫切的渴望，想要起身去侍奉地底深处的它。几乎像梦中的情景一样，我熄灭了储藏室的灯光，在黑暗中悄悄地溜进黑夜之中，小心翼翼地提防着墙外伺机而动的敌人。

然而，那音乐声太过微弱，屋外几乎听不到。我不知道这种微弱的乐声还会持续多久，于是赶在敌人发现下方深渊里的栖居者再次爬升到山谷里的老屋中之前，匆忙完成了我应做之事。但我并没有进地窖。就像提前计划好了一样，我悄悄从房子后门溜了出去，在黑暗中走近了灌木篱笆和树丛。

我从那儿开始缓慢但稳步地前进。在我前方不远处，我看到巴德·珀金斯仍驻守在那里……

至于之后发生了什么，我不能肯定。

剩下的无异于一场噩梦。我还没走到巴德·珀金斯的位置，就听到两声枪响。这是他向其他人发出的信号。黑暗中，我离他不到一英尺远，他的枪声差点儿把我的魂儿都吓飞了。他也听到了来自地底的声音，此刻我也能在外面漆黑的夜色里听见那声音。

那声音响亮异常，我记得相当清楚。

之后发生的事情让我至今都感到困惑。毫无疑问，那伙莽夫又来了，要不是警局的人也在此蹲守，我现在也不可能活着做这份证词了。我记得那伙人尖叫着，疯癫了一般。我记得，他们放火烧了老屋。我跑回去一趟，然后又跑出来，从火海中逃离了。从我回望的地方，我不仅看到了火焰，还看到了另一番景象——那些深潜者发出瘆人的惨叫，被那群人放火活活烧死了。最后，那个巨物从火焰中站立起来，挥舞着它的触手，然后又傲慢地恢复成原来的姿势，继而缩成一个弯弯曲曲的巨大肉柱，消失得无影无踪！就在这时，那伙人中有人向着火的老屋投掷了炸药。就在爆炸的回响彻底平静下来后，我，以及围着毕肖普宅邸废墟的其他所有人，都听到了那变幻莫测的声音高喊着："Ph'nglui mglw'nafh Cthulhu R'lyeh wgah'nagl fhtagn!"仿佛在向全世界宣告，伟大的克苏鲁仍在地下国度拉莱耶酣睡着。

他们说我就蜷缩在巴德·珀金斯被撕碎的尸体旁，还暗示了一些极其可怕的事情。然而，他们一定也看到了，就像我看到的那样，那片燃烧的废墟中有活物在蠕动。而他们矢口否认，说除了我之外没看到任何东西。他们声称我的行径恐怖至极，简直让人难以启齿。这是他们胡编乱造的，仇恨早已让他们失了心智，他们怎能否认亲眼所见之事！他们在法庭上指证我，断送了我的前程。

当然，他们一定要明白，他们口中恶行的罪魁祸首并不是我。他们也要清楚，是塞思·毕肖普残余的生命能量依附到我身上，操纵了我。他借由我的躯体再次恢复了与那些邪恶深海生物的联系。他给它们带去食物，就像塞思·毕肖普在自己的身体还存在时侍奉它们一样，也和那群深潜者以及散落在地球上的无数其他生物侍奉它们所崇拜的神祇是一个道理。他们口中我对巴德·珀金斯的羊和杰瑞德·莫尔斯的孩子，那些失踪的动物，最后对巴德·珀金斯本人做的事，都是塞思·毕肖普干的。而且，塞思·毕肖普成功让这伙人相信那些都是我干的。我怎会干出此等恶事？是塞思·毕肖普从地狱回来了，重新开始侍奉那些丑恶异族，它们已从大海深处来到了老屋下的深渊。塞思·毕肖普发现了它们的存在，召唤了它们，并任其差遣。他在自己的肉身还活着时以及依附在我的肉身上的那段时间，他都侍奉着那些仆从。它们可能仍潜伏在山谷里老屋下面的地底深处，等待着另一个可被附身的"容器"，未来乃至永远，一直为它们奔走效劳。

拉莱耶的封印

The Seal of R'lyeh

（1954年）

《拉莱耶的封印》导读

1.《拉莱耶的封印》写于 1954 年，1957 年 7 月首次发表于《奇幻宇宙科幻小说》（*Fantastic Universe Science Fiction*）杂志，标题为"诅咒的封印"（*The Seal of the Damned*），后被德雷斯收入他的作品集《克苏鲁的面具》。这是德雷斯单独署名的最后一篇克苏鲁神话故事。

2. 故事中的马什家和菲利普斯家，都是人类与深潜者的混血。

3. 关于克苏鲁神话中的拉莱耶究竟在哪里，不同作家们给出了不同的坐标。洛夫克拉夫特在《克苏鲁的呼唤》中将其定位在南太平洋的南纬 47°9'、西经 126°43'，德雷斯在《黑岛》（*The Black Island*）中将其定位在附近的南纬 49°51'、西经 128°34' 南太平洋，两处位置都接近距离陆地最远的点。前面的《诡异木雕》中，拉莱耶则位于大西洋。在本文中，德雷斯暗示拉莱耶可能是一块巨大的环形沉没大陆，从南太平洋一直延伸到马萨诸塞州的大西洋海岸。

4. 故事中提到的约翰逊及"艾玛号"的遭遇出自洛夫克拉夫特的《克苏鲁的呼唤》，威尔马斯的遭遇出自洛夫克拉夫特的《暗夜私语者》。

5. 故事中提到了几位现实中存在的作家：除洛夫克拉夫特外，还有美国作家罗伯特·霍华德（Robert Howard），美国作家、人类学家罗伯特·巴罗（Robert Barlow），美国异常现象研究者和作家、现代 UFO 研究的奠基人查尔斯·福特（Charles Fort）。霍华德和巴罗都是洛夫克拉夫特与德雷斯的好友，都参与过克苏鲁题材小说创作。

一

　　我只在一个黑漆漆的房间见过祖父。他过去经常规劝我的父母管好我，"别让他靠近大海"，就好像我有某种理由惧怕水。而事实上，那时的我一直被水吸引着。水象星座的人——我是双鱼座——对水有着与生俱来的亲近感，这是为人熟知的常识。据说水象星座的人还是通灵体质，这却是鲜为人知的秘闻。无论如何，那是祖父的主张。他行为古怪，我打心底不敢妄自这么评价他。不过，放在那个时代，那样的性格到底算不算古怪，还真不好说！我父亲因车祸丧生之前，那也不过是一种劝告。之后，那不再是一句空话。我母亲从此让我留在山上，远离大海。

　　然而，我等凡人哪里逃得过命里的劫数。母亲去世时，我仍在中西部一座城市读大学。一周后，希尔凡伯父也离世了，把他的一切都留给了我，但我从未见过他。他是家族最名副其实的怪咖，乖张至极且不孝。他的外号不计其数，极尽诋毁和污蔑。但祖父不会这么称呼他，一提起他便是一阵叹息。事实上，我是祖父仅存的直系亲属。有一个叔祖父也还在世——住在亚洲的某个地方，我一直知道他的存在。他在那里做什么营生似乎没人知道，总之是与海洋、航运之类的活计有关——所以我去接手希尔凡伯父的房产是顺理成章的事。

　　他有两处房产，而且凑巧的是，位置都靠着大海。一处位于马萨诸塞州叫印斯茅斯的小镇，另一处孤零零地矗立在小镇上游的海岸边。即使除去遗产税，我继承的钱财也足够活一辈子，完全不必再继续求学，或者做任何我不想做的事，而我那时唯一的愿望，就是这二十二年来他们百般阻拦我做的事——靠近海边。也许还要买一艘帆船或游艇，只要我高兴，买什么都行。

但事情的进展并不尽如人意。我在波士顿见了律师，然后去了印斯茅斯——一座略显诡异的小镇。那里的人大多不太友好，尽管有些人在得知我的身份后，会对我笑脸相迎。但他们的笑容怪里怪气，仿佛知道一些关于希尔凡伯父的不可告人之事。幸运的是，印斯茅斯的那处房产规模较小，显然他不常住在那里。那是一座沉闷昏暗的老宅，建在家族宅地之上，由一度做过东方贸易的曾祖父修建而成。祖父的大半生都是在那里度过的。镇上的人们听到菲利普斯的名号时，仍然会心生敬畏。

然而，希尔凡伯父的大半辈子是在另一处房产度过的。他去世的时候年仅五十，生活方式和祖父大相径庭。他不常抛头露面，很少离开那座藤蔓纵横的幽暗屋子——兀自耸立在印斯茅斯海岸边一处岩石峭壁上的建筑。这座房屋并不美观，不足以吸引热爱美好事物的人，但它有自己的独特魅力，我一进门就感受到了。我把它看作大海的一部分，因为大西洋的海浪声持续萦绕在里边。虽然屋子和陆地之间有树木阻隔着，但它对大海敞开了胸怀，宽敞的窗户冲着正东方向。

房子也不是很古老那种，和另一处房产——据说才三十年房龄——差不多。那里原先也建着曾祖父的一幢古老得多的屋舍，现在的房子是伯父亲手建造的。

房子里的房间多得出奇，其中唯独那偌大的中央书房让人记忆犹新。房子的结构采用从中央书房向外散开的布局，其他部分都只有一层楼，唯独书房有两层楼那么高。书房里的墙壁上满是书籍和各种稀奇玩意儿，包括古怪的雕刻、雕像、画作和面具。这些藏品来自世界各地，波利尼西亚、阿兹特克、玛雅和印加地区，更多的则来自北美大陆西北沿海地区的古老印第安部落，可谓引人入胜、极具启发性。这些藏品是祖父开始收藏的，之后希尔凡伯父继承并扩充了它们。书房的地板中央铺着一块手工制作的大地毯，上面有怪异的八爪鱼图案。各种家具摆放在墙壁和房间的中心位置之间。地毯上什么也没放。

房子整体的装饰风格像是有着某种显著的象征意义。无论是中央房间的那块大圆地毯，还是各处放置的地毯、挂毯、牌匾上，都有一个像极了封印的图案，令我困惑不已。圆盘状的图案上印有类似水瓶座的天文符号，大概是在很多年前印制的，与现今的水瓶座符号并不相同。符号下面的图形无疑会让人联想到城市废墟，十分摄人心魄。废墟之上，圆盘正中央的位置印着一个难以形容的轮廓，既像鱼又似乎是蜥蜴，一半有八爪鱼的特征，另一半却为人形。虽然是微缩版的图案，但显然是某人想象出的巨物。最后，圆盘的外围刻着一些意义不明的文字，细小到肉眼几乎无法辨认，但在我内心深处，似乎已认出那是一段再熟悉不过的旋律——Ph'nglui mglwnafh Cthulhu R'lyeh wgah'naglfhtagn。

我第一眼看到这奇特图案，就被深深吸引住了。这似乎一点也不难理解。但我一开始并未明白它的真正含义。至于大海深深吸引着我这回事，也似乎毫无来由。虽然我以前从未出过海，而当我真正登临海面后，竟生出一种回归故里的真切感觉。我长这么大，父母从未带我去过东部。我以前也从未涉足过俄亥俄州以东。与算得上大型水域的地方最亲密的一次接触，要属短暂游览过密歇根湖或休伦湖。这种亲近海洋的天性如此明显，如此不容辩驳，无外乎源自祖先血脉中流淌的记忆——我的祖先不就是靠海吃海吗？他们在海上谋生、在海边生活，如此延续了不知多少个世代。我所知的两代人是这样，也许他们之前的很多世代亦是如此。族人祖祖辈辈都以跑船为生，然而一次变故让祖父踏上了深入内陆的闯荡之路。之后，他会刻意避开大海，也叮嘱所有后人照做。

之所以要提起这些家族史，是因为后来发生的一切无不昭示着其中蕴含的意义。那房子和大海都吸引着我，二者组成了我的故土。它之于我，有着非凡意义，甚至超过了几年前与疼爱我的父母共处的其乐融融的港湾。这感觉很奇怪，但更奇怪的是我当下并未察觉这一点，而觉得那似乎是合情合理的，对此未曾有过质疑。

希尔凡伯父是个什么样的人，我一度无从知晓。不过，我找到了他的一幅早期肖像，是一位业余摄影师拍下的。照片里的年轻人，有张严肃的脸庞。从相貌来看，拍照时他不超过二十岁。他长得并非毫无魅力，但无疑会令不少人反感。因为他的脸有着异乎寻常的特征——鼻子有些扁平、嘴巴宽大异常、双眼透出古怪的凶光。虽然没有比这幅肖像更新近的照片，但仍有人记得他这个人，记得他步行或开车到印斯茅斯购物的年月里的模样。那是我有一天去阿萨·克拉克的店里购买一周的生活用品时知道的。

"你是菲利普斯家族的人吧？"那位年事已高的店主问道。

我承认他说的没错。

"是希尔凡的儿子喽？"

"我伯父从未结过婚。"我说。

"他的话，我们也就听听。"他回答说，"那你肯定是杰瑞德的儿子了。他还好吗？"

"过世了。"

那老者摇了摇头。"也死了吗？——他曾是那一代的唯一幸存者。

那你……？"

"我也是我们这一代唯一还在世的。"

"菲利普斯家族在这一带曾显赫一时，是个古老家族——你应该知道。"

我否认了。我一直在中西部生活，对先辈们知之甚少。

"是吗？"他凝视了我一会儿，眼里满是不相信，"菲利普斯家族几乎和马什家族一样古老。很久以前，两家人合伙做生意，买卖瓷器，从这里和波士顿运往东方，并从各地带回——"说到这里他停了下来，脸色有些苍白，耸了耸肩，"很多东西。不夸张地说，确实很多很多。"他莫名其妙地看了我一眼，"你打算在这边住一段时间吗？"

我告诉他，我继承了伯父的遗产，已经搬进了海岸那幢房子里，并向他透露眼下正在找些仆人帮忙打理杂事。

"你雇不到人的，"他摇着头说，"那地方在海岸以北很远处，没人愿意去。如果菲利普斯家族还有其他人活着——"他无辜地摊开双手，"但家族大多数人都在1928年的爆炸和火灾中丧命了。不过，你估计能在马什家找到一两个愿意效劳的人，这一带还能见到这个家族的人，那晚他们家倒是没死多少人。"

当时，我对这种隐晦之言和阴阳怪气并不感兴趣。我的当务之急是找人到伯父的住处来帮忙。"马什家是吧，"我重复道，"你能推荐一个人并告诉我他的住址吗？"

"有一个。"他若有所思地说，然后笑了笑，似乎是在自嘲。

这就是我认识艾达·马什的契机。

她那时二十五岁，给人的感觉时而年轻，时而成熟。我前去她的住处登门拜访，见到了她，并邀请她来为我工作一段日子。她自己有车，虽说是一辆老款福特 T 型车，但足以满足通勤需求。她称我伯父的房子为"希尔凡的藏身之处"，对于能去那里工作似乎表现得欢欣雀跃。事实上，她一副迫不及待要来的架势，并表示当天就能到岗——如果我希望她这么做的话。她的长相并不讨喜，但有一点和伯父一样，身上也有一种我认为很特别的吸引力。不管她多么不招其他人待见，于我，她那嘴唇扁平的大嘴有一种独特的魅力，而她那无疑冷若冰霜的眼神，在我看来却常常温暖柔和。

她是第二天早上过来的。我一眼便看出她以前来过这里：她四处走来走去，对房子似乎十分熟悉。

"你以前来过这里？"我问道。

"马什家和菲利普斯家向来交好。"她边说边看着我，好像我肯定也知道这回事。说实话，我当下恍惚觉得自己确实如她所言，对此了然于心。"交情很深，没错——估计自从地球有生物以来，两家就认识了。像挑水工和水一样密不可分。"

她的行迹同样十分奇怪。我发现，她作为希尔凡伯父的客人，来过这里不止一次。要知道，她毫不犹豫就答应来为我工作，而且她打了那么一个奇特的比喻——"像挑水工和水一样密不可分"。这让我想到了我们周围陈设的奇特摆列方式。回想一切后，我此刻终于第一次对那诡异图案感到不安，而且简单聊了几句之后，那不安又一次袭来。

"你听到了吗，菲利普斯先生？"她随后问道。

"听到什么？"我问道。

"如果你听到了，就没必要跟你说了。"

但我很快就发现，她的真正目的并不是来干活，而是自由进出房子。我有一次提前从海边回来，发现她没在专注地工作，而是在中央书房里仔仔细细地搜查着什么，这才反应过来。我观察了她一会儿——她把书搬来搬去，翻阅着，小心翼翼地掀起墙上的画作，挪开架子上的雕塑，不放过任何一个可能藏东西的地方。然后我走进房子，砰地关上了门。当我走进书房时，她在除尘，装出她从没干过别的事情的样子。

我一时冲动，想说点什么，但我预感还是不要打草惊蛇为妙。如果她是要找什么东西，没准儿我能先找到。于是，我什么也没说。当天晚上，她走后，我沿着她没找完的地方继续搜寻起来。虽然我不知道要找什么，却能根据她所找过的地方猜测出那东西的大小。大致是某种小巧的、大小不超过一本书的东西。

会是一本书吗？那天晚上，我反复问自己。

当然，我同样一无所获。我那天一直寻找到午夜，直到精疲力竭，确信即使艾达明天有大半天的时间也追不上我的进度才作罢。然后我便坐在书房里紧靠墙壁的一把软座垫椅上休息，并且第一次产生了幻觉——之所以称为"幻觉"，是因为我确实找不到更贴切的形容了。我还十分清醒，就听到了一阵响动，那声音活像某种巨型怪兽的喃喃低语。我一下子被惊醒了，仔细辨认后，发现房子、作为房基的岩石，以及拍打着岩石的海水在同频呼吸，它们组成了一个有知觉的巨大活物。我在欣赏某些当代艺术家——尤其是戴尔·尼科尔斯的画作时经常有类似感受，这些艺术家习惯把大地的轮廓看作一个沉睡的人。我感觉自己好像躺在一个巨物的胸膛、腹部或额头上，它的庞大程度超乎我的认知。

我不记得那幻觉持续了多久。我一直在回想艾达·马什的那句"你听到了吗"，她指的是这个吗？毋庸赘言，这幢房子和它下面的岩石"活过来了"，就像流向东边地平线的海水一样躁动不安。我坐了很久，深陷在那幻觉之中。房子刚才当真像在呼吸一样颤抖吗？我相信是这样，当时我认为是它结构中的缺陷所致，并得出这么一个结论：其他当地人不愿意为我工作，是因为房子的奇怪摇晃和那异响。

住进房子的第三天，艾达的翻找行为被我撞了个正着。

"你在找什么，艾达？"我问道。

她毫不掩饰地打量了我一番，认定我之前就撞见过她的行动。

"你伯父以前在找什么东西，我想他可能找到了。我也很想看看是什么。如果你知道那是什么，你也会感兴趣的。你和我们一样，也是马什家族和菲利普斯家族的一员。"

"会是什么呢？"

"笔记本、日记、日志或是文件……"她耸了耸肩，"你伯父很少对我提及这东西，但我清楚得很。他经常不在家，一走就是很长时间。去了哪里呢？也许他已经实现了自己的目标。从没见过他走过陆路。"

"或许我可以找到它。"

她摇摇头，"你知道得太少了，就像是个……局外人。"

"你能告诉我吗？"

"不能。谁会对一个少不经事、认知有限的人透露这些事呢？菲利普斯先生，我无可奉告。现在还不是时候。"

我痛恨听到这种话，对她也满腔怨恨，但没把她赶走。她的态度是一种挑衅，也是一种考验。

二

两天后，我无意中找到了艾达·马什寻觅已久的东西。

希尔凡伯父的文件藏在艾达·马什一开始搜寻过的地方，在一个放满了神秘典籍的书架后面，一个不起眼的凹陷处，我只是碰巧发现了那个地方。那东西像是某种日志，夹着许多零星碎片和零散纸张，上面到处是伯父写下的细微字迹，我一眼就认得出来。我赶忙把这些文件带到自己的房间，反锁房门，像是担心在这个时辰，在这夜深人静之时，艾达·马什会忽然来这里将其抢走。这着实充满荒唐意味——她不仅不令我惧怕，反而深深吸引着我，远远超出我第一次见到她时会预见到的程度。

毫无疑问，这些文件的发现是我人生的一个转折点。打个比方的话，我的前二十二年过得风平浪静，如同待在一架等待起飞的飞机上；而刚住进希尔凡伯父的海滨房子的日子，是在前述飞机和下一班次飞机到来前的一段短暂停留期。转折点必然是我发现，并阅读了那些文件。

但我看到第一段内容时，就被难住了。

地下。大陆架。最北端在印斯茅斯，一直延伸到附近地带。新加坡。原始来源指出是在波纳佩岛附近吗？ A. 暗示 R. 在太平洋，波纳佩岛附近。E. 认为 R. 在印斯茅斯附近。有影响力的作家暗示它在海底深处。R. 是否可能包含从印斯茅斯延伸到新加坡的整个大陆架？

这就是第一段的内容。第二段更是堪比天书。

在 R. 的府邸里，克苏鲁酣梦以待，它存在于所有时空中，无处不在。它在印斯茅斯的 R.，也在波纳佩岛的岛屿之间，也在海底深处。深潜者与之有何关联？奥巴代亚和赛勒斯第一次接触是在哪里？波纳佩岛还是其他较小的岛屿？怎么去的？走陆路还是水路？

然而，在这堆来之不易的藏品中，并不只有伯父的文件，还有其他各种意味不明的东西，令我越发忐忑。例如，其中有一封贾贝斯·洛弗尔·菲利普斯牧师在一个多世纪前写给某个不知名人士的信，里边写道：

1797年8月的某一天，奥巴代亚·马什船长在大副赛勒斯·阿尔科特·菲利普斯的陪同下，报告称他们的船"科里号"在马克萨斯群岛全员丧生。船长和大副是搭乘一艘划艇抵达印斯茅斯港的。尽管他们这艘划艇已经航行了数千英里，被认为几乎不可能载他们走那么远，但恶劣天气和磨损似乎未能使其性能下降。此后印斯茅斯接二连三发生了许多事，这些事情使得这个地方的一代人受到诅咒。几个女人出现了——她们是怎么来到那里的呢？她们成了船长和大副的妻子，然后马什和菲利普斯两个家族诞下了一个奇怪物种。之后这两个家族中便开始出现枯萎病，此后印斯茅斯成了群魔乱舞之地。没有人能够镇压住那些恶魔，我万般乞求老天显灵，也都于事无补。

在黯淡清冷的深夜，印斯茅斯附近海域有什么东西在游荡？有人说是美人鱼。呸，真是白痴！但确实是半人半鱼的物种。若不是马什和菲利普斯家族被诅咒的后代，又能是什么呢……

我异常震惊，再也读不下去了。我又去翻了翻伯父的日志，发现最后一条记录写着：

R.和我想象的样子一样。下一次，我将见到C.的本体，去到它的沉睡之处。它在海底深处等待着重见光明的那一天。

但希尔凡伯父的"下一次"并未成行——他去世了。在这之前还有其他记录。显然，伯父描述之事超出了我的认知范畴。那些内容提及克苏鲁和拉莱耶，提及哈斯塔和罗伊格尔，提及莎布·尼古拉丝和犹格·索托斯，也涉及《苏塞克斯断章》和《死灵之书》，涉及马什漂移和邪恶雪人，但其中最多的笔触，都是关于拉莱耶和伟大的克苏鲁的。他在文中将其分别简写为 R. 和 C.。在他亲手写下的内容中，显然记录了自己如何孜孜不倦地搜寻那些神秘之地和神秘之物。但我几乎无法从他的记录方式上将其一一分辨，因为他的笔记和日志不是写给别人看的，而是写给自己看的。只有他自己才能理解那些记号，我没有任何参考可以借鉴。

此外，我还找到一张粗略绘制的地图，应该是出自希尔凡伯父的某位先辈之手。地图破旧不堪，而且皱皱巴巴，却让我为之着迷。不过，我当时尚未了解它的真正价值。这是一幅粗略的世界地图，但不是我所知道或在求学过程中了解到的那个世界，而是一个只存在于绘制地图者想象中的世界。例如，他将冷原的位置画在了亚洲中心地带的深处，在这处位置的上方，本应位于大戈壁附近的寒冷荒原上的卡达斯的位置，标示了"在时空连续体中：同源"几个字。而在波利尼西亚群岛附近的海域，他标了"马什漂移"，我认为这是洋底的某个断裂之处。印斯茅斯附近的恶魔礁也标注在地图上，波纳佩岛亦然。这两个地点的标注还算正确，但那张虚构地图上的大多数地名是我闻所未闻的。

我把发现的东西藏在一个我确信艾达·马什不会去找的地方，然后回到书房，此时已是深夜。在那里，我仿佛凭着本能，准确无误地找到了那个书架，之前我就是在它后面找到了藏着那些文件的隐秘之处。书架上有希尔凡伯父的笔记中提到的一些书——《苏塞克斯断章》、《纳克特抄本》、埃莱特伯爵的《古莱教》、《伊波恩之书》、冯·云兹特的《无名祭祀书》以及许多其他古籍。可惜的是，大部分古籍都是用拉丁文或希腊文写的，我读不太懂，但我可以勉强读懂那些法文或德文典籍。然而，那些书的内容简直让我万分惊异，其中还夹杂几分恐惧以及无端的激奋。仿佛我终于意识到希尔凡伯父留给我的不仅是他的房子和财产，还有他的探索和人类出现前的万古传说。

我一直坐在那里翻阅着古籍，直到第二天清晨的阳光照进房间，照在我点燃的灯上，黯淡了灯光。我读到旧日支配者的故事，它们属于宇宙中最先出现的那些神祇；读到了旧神，它们与反叛的旧日支配者战斗，并将它们镇压，包括深渊领主伟大的克苏鲁、栖息在毕星团哈里湖的哈斯塔、万物归一者犹格·索托斯、风行者伊塔库亚、踏星者洛伊戈尔、居于火焰者克图格亚以及伟大的阿撒托斯。它们都已被征服，并被放逐到外太空，以防在遥远未来的某一天，它们会在各自追随者的召唤下卷土重来，再次挑战旧神，为人类带来浩劫。它们的仆从包括栖居于地球上各种水域的深潜者、巨噬蠕虫、永冻高原和隐秘冷原的邪恶雪人、在风行者的命令下从寒冷荒原上的卡达斯飞来的塔克鸟、伊塔库亚的表亲温迪戈。这些旧日支配者既同仇敌忾，却又针锋相对。我读完这一切，以及更多其他内容（多得离谱），包括希尔凡伯父收集的很多剪报，其中记载了一些匪夷所思之事，作为他所信奉之真理的佐证。在这些古籍的页面中，到处可以看到伯父家的装饰品上的奇怪文字——Ph'nglui mglw'nafh Cthulhu R'lyeh wgah'nagl fhtagn——我不止一次在那些古籍中读到它的译文：在拉莱耶的府邸里，长眠的克苏鲁酣梦以待。

而伯父的追求，肯定就是找到克苏鲁藏身的海底深渊——拉莱耶！

冷静思考一番后，我怀疑起自己的结论来。希尔凡伯父会相信这等庞杂繁琐的神话吗？或者，他的追求不过是无所事事之人的消遣？伯父的书房里有很多书，涉及世界文学的方方面面；然而，他书架上有相当大一块区域专门摆着关于神秘学主题、奇怪的信仰和奇闻轶事的书籍，以及涉及科学无法解释的现象、讲述鲜为人知的秘教的书籍。这些书籍还夹杂着粘有大量剪报的页面，阅读时让我感到一种有所预感的恐惧和难以自拔的强烈喜悦。在那些平铺直叙的报道中，蕴藏着扎实的证据，可以让人们对这种神话模式更信服，而伯父显然吃这一套。

说到底，这种模式本身并不新鲜。所有的神话体系，无论诞生于哪种文明，其本质都是类似的。它们都以正邪两方的角力为前提。这种模式也部分适用于伯父所信奉的神话——旧神，就我所能理解的而言，这一阵营代表着原始的善；而旧日支配者代表原始的恶。在许多义化中，旧神通常没有名讳；而旧日支配者却名号众多。因为在整个地球和行星空间中，它们仍然受到追随者们的崇拜和供奉；它们一方面联起手来对抗旧神，另一方面又互相对立，为最终的统治权无休止地斗争着。简而言之，它们是元素力量的代表，每个神祇都有自己所代表的元素：克苏鲁代表水、克图格亚代表火、伊塔库亚和星际空间的哈斯塔代表风。它们中还有一些属于伟大的原始力量——众神的使者莎布·尼古拉丝掌管着生育，犹格·索托斯掌管着时空连续体，而阿撒托斯——从某种意义上说，是邪恶的源头。

这不是再稀松平常不过的模式吗？旧神与古代典籍中的伟大神明如出一辙；对大多数信徒来说，旧日支配者基本等同于各种神话里的恶魔或邪灵。除此之外，两种体系还出自同一时代，这让我感到不安。尽管我知道在人类历史上，神话体系有所重合是常有的事。

此外，有确凿证据表明，克苏鲁神话模式不仅早于古代神话诞生，而且早在人类诞生之前就已存在。在地球的偏远地区，这种神话一直留存至今，而且涉及的神祇在丘丘人、可憎雪人以及被称为"深潜者"的奇特海栖种族等群体中，是未曾变过的信仰。较新的神秘符号中还保留着那些神祇的明显特征，体现在羽蛇神以及阿兹特克、玛雅和印加地区信奉的其他神祇中，在复活节岛的雕像中，在波利尼西亚人和西北海岸印第安人所用的祭祀面具中（克苏鲁的标志性触角和八爪鱼依然存在）。因此，某种角度而言，克苏鲁神话算得上最原始的神话。

即使把所有这些都归结为理论和推测，伯父收集的大量剪报也是不容争辩的铁证。这些稀松平常的报道也许更能打消我当时的疑虑，因为所有记录明显句句属实。这些剪报绝非来自喜欢编造骇人故事的小报，而是直接从诸如《国家地理杂志》之类的新闻专栏或只说真话的杂志上剪下的。因此，留给我的只剩下一些探究性的疑问。

如果约翰逊以及"艾玛号"的遭遇不是剪报里所记录的那样，那实情又是什么？还有其他什么合理的解释吗？

美国政府为什么要出动驱逐舰和潜艇，用深水炸弹炸印斯茅斯港外的恶魔礁附近海域？又为何逮捕了数十名印斯茅斯人（这些人从此形迹全无）？他们向海岸区域开火，摧毁了数十座建筑又是什么道理？如果不是因为有人发现那些印斯茅斯人（他们与某种海上栖居者达成了丑恶勾当）夜里在恶魔礁举行奇怪的仪式，那又会是因为什么？

威尔马斯在开展针对旧日支配者异教团体的研究并即将揭开真相时，身在佛蒙特州山区的他遭遇了什么？那些据称是写虚构小说的作家——洛夫克拉夫特、霍华德、巴罗，以及据称是写科学纪实的作家——

比如查尔斯·福特，当他们接近真相时，又都经历了什么？他们都亡故了，无一例外。未证实去世的，也都下落不明，比如威尔马斯。他们中的大多数人都英年早逝。伯父还收藏有他们的著作——虽然只有洛夫克拉夫特和福特的书籍大规模出版过。我一本本翻看着这些书，边看边感到空前不安。在我看来，洛夫克拉夫特的虚构小说也好，查尔斯·福特记录的那些科学无法解释的现象也罢，都与真相有着不谋而合的关系。就虚构层面而言，洛夫克拉夫特的故事与真相有惊人的关联，即使撇开福特记录的事实——人类神话中固有的事实，亦是如此。这些故事本身就和神话相似，一如其作者早逝的命运。他们的早逝曾引发过诸多猜想，人们越来越难以从中发现朴实的真相。

不过，我花了些时间去探究伯父众多藏书中的秘密，更深入地研究了他的笔记。其中一些内容不言自明——他如此深信那些事，于是开始寻找沉没的拉莱耶。那是一个城市或王国，我无法确定是哪一种，也无法确定它的广阔是否真的足以环绕半个地球，从大西洋的马萨诸塞海岸一直延伸到太平洋的波利尼西亚群岛。克苏鲁被放逐到了那里，自此长眠，却并未真正死去。"长眠的克苏鲁酣梦以待！"我在诸多文本中都见过这句话，它在耐心等待着，等一个重新崛起的契机，再次对抗旧神的统治，建立人人俯首称臣的世界和宇宙。如果恶神一方获胜，那么邪恶就会成为生存法则，正义将遭到对抗。以多数人的原则为准则是由来已久的铁律，而不遵循这种原则的就会被归为异类。换言之，按照人类的说法，恶神都是可憎的。这种情况不就与之相符吗？

伯父曾去寻找过拉莱耶，他在文件里讲述了探访的过程。那些文字令我惶恐。根据记载，他曾从这处岸边的房子去到大西洋深处，涉足过恶魔礁和更远的地方。但其中没有提到他是如何前往的。通过潜水设备吗？深海潜水球吗？我在房子里没有找到任何支持这类猜想的证据。岸边的房子里长久不见他踪影的那些时候，便是他去探索那神秘之处的日子。然而，记录里也没有提过任何一种船，而且伯父也没有在他的遗产中留下这类东西。

如果伯父寻找的目标是拉莱耶，那么艾达·马什寻找的目标又是什么呢？这一点尚不得而知。为了揭开这个谜底，第二天我故意将一些无关紧要的笔记放在书房的桌子上。我观察到了她发现那些笔记后的一举一动。她的反应确切无疑地表明，那东西——我发现的神秘文件——就是她寻找的目标。她知道这些文件。但她是如何得知的呢？

我走过去，准备与她当面对质。还没来得及开口，她先发话了。

"你找到了啊！"她惊喜不已。

"你怎么知道那些东西的？"

"我知道他在做些什么。"

"搜寻吗？"

她点点头。

"你怎么会相信呢？"我质疑道。

"你怎么这么傻呢？"她生气地喊道，"你父母什么都没告诉你吗？你祖父呢？你怎么能这般稀里糊涂地长大呢？"她走到我近前，把手里的文件塞给我，提出一个强硬的要求，"把剩下的也拿给我看。"

我摇了摇头。

"求你了！那些东西于你毫无用处。"

"我们拭目以待。"

"那告诉我，他那时已经开始搜寻了吗？"

"是的。但我不知道他是怎么实施的。家里既没有潜水服，也没有船。"

听我这么说，她用充满怜悯和蔑视的别扭眼神瞅了我一眼。

"你甚至没有读完他写的所有内容！你还没读完那些书，你啥也没看。你知道你站在什么上面吗？"

"这个毯子吗？"我纳闷地问。

"不，不，是家具独特的摆列方式，那个图案。随处可见的图案。你不知道原因吗？因为那是拉莱耶的伟大封印！他很可能多年前就发现了这一点，并自豪地将它印在了这里。你要找的就在你脚下！再找找，找到他的戒指。"

三

那天艾达·马什离开后，我再次翻阅了伯父的那些文件，直到午夜过后许久才肯作罢。那时我已经粗略看完了其中的大部分，也仔细研读了部分内容。我很难相信我所读到的内容，但有一点显而易见，希尔凡伯父不仅对那些事物深信不疑，甚至自己也参与其中。他早年殚精竭虑地寻找那处沉没领地，并公开宣称崇拜克苏鲁。最令人深思的是，他的笔记中多次出现关于"相见"的令人不寒而栗的暗示——有时是在海底深处，有时是在流言四起的阿卡姆（位于印斯茅斯内陆的小镇，离密斯卡托尼克河沿岸不远，复折屋顶的房屋林立其中）的街道上，又或者在附近的敦威治，甚至印斯茅斯——与那些或人或怪物的族群（我也无从分辨）相见。这些怪物和他一样笃信这个从遥远过去再次兴起的神话，同样被困在黑暗的奴役中。

然而，尽管我信奉反传统主义，脑袋里却产生了一种挥之不去的强烈念头。也许是因为他的笔记里有一些奇怪的暗示——半遮半掩的陈述，是些只有他自己能读懂的指代——在他人看来意味不明。毕竟他早就对要指代的事物谙熟于心，根本无需详细记下。内容涉及奥巴代亚·马什和"另外三个人"不正当婚姻的暗示，这三个人中会有菲利普斯的族人吗？其中还提及后来发现的马什家族的女人——奥巴代亚的遗孀的照片：一张毫无棱角的怪异脸庞，黝黑的皮肤，宽大的嘴巴衬着薄薄的嘴唇（马什家年纪较小的后人在各方面都与其母亲如出一辙）；以及关于马什家族的人怪异跳跃步态的描写，希尔凡伯父将之描述为"'科里号'沉没事件的幸存者的后代"的典型特征。他的意思很明确——奥巴代亚·马什在波纳佩岛娶了一个假的波利尼西亚女人。她只是住在那里，实际上属于只能算是半人的海洋种族。于是他的后代和后代的后代都要背负这场婚姻的烙印。这不祥的结合导致印斯茅斯在1928年惹上大屠杀，并造成印斯茅斯古老家族的成员死伤众多的惨剧。尽管伯父写得很随意，但他的字里行间无不透出恐怖气息，那灾难的回响仿佛仍在他笔下的句子中弥散着。

　　他写下的那些人与深潜者结了盟，并且和深潜者有着同样的本领——都能水陆两栖。至于这种可憎的玷污要流传多少世代，他并没有加以猜测，也没有任何文字表明他自己的状态与此事有关。奥巴代亚·马什船长——大概还有赛勒斯·菲利普斯，以及波纳佩岛事件后"科里号"的另外两名幸存的船员——自然没有出现其妻儿的这种奇怪特征；但他们孩子的后代是否会有这种特征，谁也说不清楚。艾达·马什对我说的"你和我们一样"指的是这回事吗？又或者，她是意指某个更加幽深的秘密？祖父之所以对大海深恶痛绝，大概是因为他得知了他父亲的丑行。

至少，他成功阻止了那黑暗印记延续下去。

　　但是，伯父的文件一方面过于分散，无法形成连贯的故事；另一方面又过于直白，无法让人立即相信。最让我深感惴惴不安的是，他一再暗示他的住所是"庇护所"，是"联络站"，是"会见下面潜藏之物的入口"，以及关于房子和岩石"呼吸"的猜测，这些内容在他较早的笔记中到处都是，但后来再也没有提到过。他所描述的一切既令人费解又妙趣横生，令人直冒冷汗又叹为观止。我充满敬畏之心，同时又满腹狐疑，我一面感到气恼，一面又狂热地想要去猜测，去了解。

　　我东奔西走，只为解开心中的疑惑，却进一步深陷其中。印斯茅斯的人对此都缄默不语。他们中的一些人甚至对我避之唯恐不及——我一走近，他们就去马路对面。在意大利区，人们当着我的面在胸前划十字，好像要躲避我邪恶的目光。没有人跟我透露哪怕一点点消息。即使在公共图书馆，我也找不到有用的书籍或记录。图书管理员告诉我，1928年的大火和爆炸之后，政府人员没收并销毁了那些东西。我去其他地方搜寻了一番，在阿卡姆和敦威治打听到了更黑暗的秘密。在密斯卡托尼克大学图书馆里，我终于找到了所有黑暗传说典籍的源头：阿拉伯狂人阿卜杜·阿尔哈兹莱德所著的那本亦真亦假的《死灵之书》。事出无奈，我只好在图书管理员助理的密切监视下看了那本书。

　　就在我发现伯父那些文件两周之后，我找到了他的戒指。它放在最让人意想不到的地方，却又似乎只能藏在那里——在殡仪馆归还的一小包个人物品中，没人拆封过，就放在他书桌的抽屉里。那是一枚银制戒指，华丽异常，上面镶嵌着一颗乳白色的宝石，像珍珠，但又不是。戒指上镌刻着拉莱耶的封印。

　　仔细检查一番后，我发现除了它的尺寸有些不寻常，没有什么特别

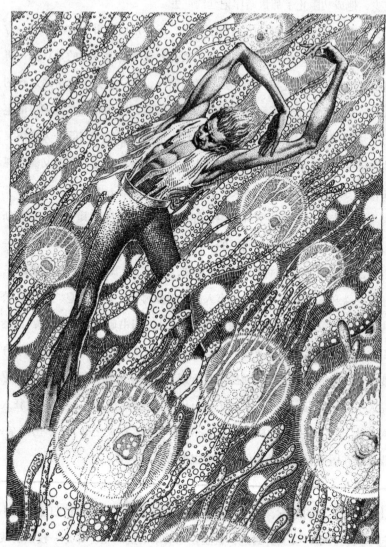

维吉尔·芬莱所绘插画

之处；然而，若有人戴上它，将带来难以想象的后果。我刚把它戴在手指上，就感到似乎有一个新的维度向我敞开，又仿佛先前的视野被无限地拉远。我的所有感官都变得异常敏锐。我首先注意到的是，自己能感知房子和岩石的"沙沙"声，那声响此时与海水的缓慢运动融为一体。因而房子和岩石仿佛随着海水的运动在起伏涨退，我恍若听到了从房子下面传来水流涌起和退去的声音。

与此同时，似乎更要紧的是，我意识到了灵魂的觉醒。戴上戒指后，我感受到了来自无形力量的控制，它的威力无以言表，如同这幢房子是那些神秘力量的中心点。简而言之，我就像一块磁铁，吸引着周围的各种元素力量，这些力量汹涌澎湃地向我袭来，让我感觉自己像大海中的孤岛一样岌岌可危。汹涌的飓风以它为中心，狂风暴雨一般地撕扯着我，直到我真切地听到了一个声音——某种动物的喉咙发出渐渐响亮的可怕呼号，才差不多放松下来。那声音不是来自我的上方或身旁，而是来自房子地下深处！

我从手指上扯下戒指，刹那间，一切得以平息——房子和岩石又恢复了宁静落寞的样子，围着我旋转的风和水逐渐消退，最终消失，我听到的声音也隐没无踪，我经历的超感官知觉也结束了，一切回归平静，似乎在等我发出下一个号令。这么看来，故去伯父的这枚戒指是一件法宝，是有魔力的护身符。那是他获取知识的秘钥，也是他去往其他领域的通行证。

正是这枚戒指，让我明白了伯父是通过什么方式出海的。我先前苦苦找寻他去海滩的路，但并未发现任何一条算得上被人踏出来的小路，证明有人频频来往。多岩石的斜坡上有一些小道。一些地方很早以前就凿了台阶，以便人们可以从海角上的屋子到达水边，但附近没有可以用来停靠船只的地方。这一带的海岸高高矗立，我在下面的海水中游过好几次泳，每次都兴尽而归，好不快活。大海让我感受到了无穷的乐趣。但是岸边的岩石也不少，海滩向北或向南远离海角，环绕着小海湾，完全不适合游泳。除非你是水性超群的高手，我发现——有些令我意想不到——自己就算得上一位。

我本想问问艾达·马什关于戒指的事。毕竟，是她告诉了我这东西的存在，但自从那天我拒绝给她看伯父的其他文件后，她再也没来过这里。然而，我却时不时看到她在附近潜伏，或者看到她的车停在屋子西边很远的路边，准是她在周围徘徊。有一次，我到印斯茅斯去找她，碰上她不在家。我打听了一番，大多数人都当面让我难堪，还有一些人偷摸向我投来意味深长的目光。那些人一副蹒跚而行、即将瘫痪的姿态，住在沿海街道和巷道里。

所以我并不是在她的帮助下才找到了伯父出海的方式。有一天，我戴上了戒指，霎时间像是被大海所蛊惑，一心想爬到下面的海边去。当我试图穿过房子正中间的书房时，发现自己几乎无法从那里走出去，那枚戒指受到某种强大力量的拉扯。我当下认为是超自然力量在起作用，便停止了尝试，站在原地等待指引降临。然后我便不由自主地走向一件令人反感至极的木雕。那是一件远古物件，呈现着某个蛙类杂交物种的形象，丑陋至极，被固定在书房一面墙上的基座上。我乖乖屈服于那股力量，走到那物件跟前，抓住它，一推一拉，然后左右转动。它竟然向左倾斜了。

一时间，一阵吱吱作响的链条声和叮当作响的齿轮声响起，书房里那有着拉莱耶封印的地毯覆盖着的一整块地板，像一个巨大的活板门应声缓缓打开。我惊异地走过去，激动得心都快跳到了嗓子眼。我向下面望去，只见一个敞着巨大开口的深坑。在黑暗中，我看到房子所在的坚硬岩石上凿出的一条螺旋台阶。这台阶是通向下面的海水吗？我从伯父的书库中随意选了一本书，让其自由落体。然后我伫立原地，倾听下面会传来什么声音。等了一会儿，终于听到了水花溅起的声音——在很深处。

于是，我小心翼翼地沿着那似乎没完没了的楼梯往下走，在弥漫着海洋气息的空间（难怪我曾有大海与屋子相通的错觉！）不断向下而去，先是到达一处潮湿又阴凉的地方，此时能感觉到墙壁和脚下台阶上的湿气；继续向下，沿途能听到下面躁动不安的水声——海水哗啦啦流淌着、翻涌着；最后我终于来到阶梯的尽头，那里紧挨着一方水潭，像是在一个洞穴里，大得足以容纳希尔凡伯父生活过的整幢房子。这里就是我伯父出海的唯一路径，对此我确信无疑。然而仍让我一筹莫展的是，即便在这里，我也没有发现任何船只或潜水工具，只有脚印——而且，就着我划燃火柴的光亮，我还发现了另一些异样——不知什么动物爬行过留下的一长段痕迹和某种骇人之物休息时留下的一些水渍。这些痕迹让我头皮发麻、浑身起鸡皮疙瘩，我一下就联想到了上面书房里一些雕像上的丑陋形象，它们是希尔凡伯父和他之前的先辈们，从波利尼西亚的神秘群岛带回来的。

我在那里伫立了不知多久，只知道自己站在水边，手上戴着印有拉莱耶封印的戒指，听到下面水底深处传来活物活动的声音，如此悠远，应该是来自外面的大海深处。所以我怀疑这里存在着某种通往大海的秘道，要么就在紧挨着水面的水下洞穴中，要么就在更深的地方。在我点燃的火柴发出的微弱光亮中，我看到洞穴四周都是坚硬的岩石，而眼前水面的流动显然说明那里与大海连通，这不可能是巧合。因此，有个秘道通向外面，我必须立即找到它。

　　我爬上阶梯，把入口关好，匆匆上车，准备前往波士顿。当天深夜，我带着潜水头盔和便携式氧气瓶回到住所，准备第二天深入到屋子下面的海里探索一番。我没再摘掉戒指。那天晚上，我做了关于古老传说的宏大的梦，梦见遥远星系中的城市，梦见地球上偏远神奇之地的雄壮尖塔建筑。在那鲜有人探索的南极，在那山川连绵的永冻高原上空，在那深不可测的海底，我梦见自己穿梭在奇妙而美丽的宏大居所中，与其他同类和作为好友的异族结伴而行。那异族拥有特别的能力，能在我醒着的时候凝固我血管里的血液。在这个昼伏夜出的世界里，所有生灵都只有一个目标，那就是作为伟大神祇的仆从，尽心尽力地侍奉它们。那一整夜我都在做梦，我还梦见了其他世界、其他领地，并有了超越人类的新的知觉。梦中那长着触手的离奇异族指挥我们进行侍奉和崇拜活动。我做了如此多的梦，以致第二天早上醒来时晕乎乎的，但又兴奋不已，仿佛过去那一夜梦境中的体验都是真的，同时身体也莫名奇妙感到充满力量，满心期待着迎接更大的考验。

　　很快，我便发现了更大的秘密。第二天下午晚些时候，我穿上泳裤，绑上脚蹼，戴好头盔和氧气瓶，下到先前到过的房子下面的水边。即使在我写下一切的此刻，也仍对那些遭遇感到惊奇和难以置信。我小心翼翼地潜入水中，试图探到水底。之后，我从那里向外走去，来到一个有几人高的洞穴底部，我继续向外走去，然后洞穴突然到头了。我毫无防备地踩空了，慢慢落向下面的海底——一个由岩石、沙子和水生植物组成的灰色世界。在洞穴深处透进的微光下，那些水草来回扭动着，令人毛骨悚然。

　　我此刻强烈地感受到了水的压力，想要再次站起来时，却发现头盔

-254-

和氧气瓶重得出奇。眼下我亟需找到一个能走上岸的地方，而这么做的话就只能放弃继续探索。然而，就在我这样想的时候，却被一股力量牵引着不断向外走，离开海岸，一直向南，离印斯茅斯也越来越远。

我突然惊恐地发现，我像是被一块磁铁吸引着不断前进。更糟糕的是，据我判断，氧气瓶里的氧气维持不了多久，如果我离开海岸线很远，就需要补充氧气才有希望返回。然而，我无法阻止自己向海的更深处前进；仿佛有一种我无法控制的力量在牵引着我离开海岸，向外、向下。海底的大陆架朝着岩石上房子的东南方向缓缓向下倾斜，眼下我正不停地前进，并能感到自己内心的恐慌在一点点增加——我必须掉头，必须开始寻到回去的路。虽然目前所处深度的水压不大，启程不是问题。但若是想要光凭游泳回到洞穴，恐怕只有超人能办到。如果我现在不果断地转身，那想在氧气耗尽前到达水潭边的阶梯末端，可能性微乎其微。

更何况，有神秘力量阻碍我转过身去。我不断向前、向外移动着，仿佛受到某种力量的胁迫。我别无选择，必须继续前进，而我的警觉性也在不断增加。我发现自己想做的事和被迫做的事在激烈地对抗着，每走一步，瓶里的氧气就减少一分。有几次，我奋力向上游去，虽然游泳这件事并不困难——事实上，我游得神乎奇迹——但我最终总会回到海底，或者发现自己在向外游。

有一次，我停了下来，环顾四周，试图看清海洋深处的景象，但徒劳无功。我猜测有一条淡绿色的大鱼在我身后游来游去，我还幻想它是一条美人鱼，因为我似乎看到了它那飘动的头发；但随后它又消失在海底深处的水草后面。由于我被牵引着不断向前，因此只能短暂停留，直到最后，我意识到氧气几乎耗尽，呼吸变得越来越困难，我挣扎着游向水面，却发现自己从往上游的地方掉了下去，掉进了海底的一个裂缝里。

然后，就在我失去知觉的前一刻，我意识到那跟踪者在迅速靠近，然后一双手放在了我的头盔和氧气瓶上——那根本不是鱼，也不是美人鱼：我看到的是赤身裸体的艾达·马什，她的长发披散在身后，像从小生活在深海中的居民一样轻松自如地游动着！

四

　　在这近乎梦境的幻觉之后，最不可思议的事发生了。我的意识逐渐模糊，但我感觉到——而不是看到——艾达把我的头盔和氧气瓶从身上卸掉，扔进了下面的深渊，然后，我的意识竟慢慢恢复了。我发现自己在游泳，艾达用她有力、干练的手指引导着我，不是向后，也不是向上，而是仍然向外游动。我发现自己游得和她一样熟练，而且和她一样，嘴巴一张一合，就像是直接在水里呼吸一样，这千真万确！我在不知不觉中掌握了祖先赋予我的天赋，此刻，大海的无数奇观尽数在我面前展开——我不用浮出水面就能呼吸，我有水陆两栖的本事！

　　艾达在我面前迅速游动，我紧随其后。我的身姿敏捷，但她更胜一筹。我再也不用在海底慢悠悠地行走了，现在只需稍微动动我那似乎是为水而生的手臂和腿，就能获得十足的推进力，来去自如。这本领简直神通广大，我近乎得意忘形，无拘无束地游向某个目的地——我隐约感觉自己要抵达的去处。艾达在前面带路，我跟在后面，而在我们头顶上，海平面之上，太阳西沉，白天已落幕。等到最后一束光从西边隐去，镰刀状的月亮伴着晚霞升起。

　　这时，我们游向海面，沿着一条嶙峋的岩石带前进，那里应该是海岸或岛屿的基座，具体是什么我不得而知。在离海岸很远的地方，我们破水而出。那里有一块陆地凸出海面，从上面可以看到西面某个小镇闪烁的灯光。那是一座海港城市，看看那里，再看看我和艾达·马什在月光下所待的位置：在我们和海岸之间，有朦胧的船影缓慢移动着。再看看我们所处的方位与东边地平线的关系，我一下反应过来我们在哪里了——正是印斯茅斯附近的恶魔礁。1928 年那个大难降临的夜晚之前，我们的祖先曾经在这里玩耍嬉戏，和他们来自海洋深处的朋友们一起游乐人间。

"你怎么会不知道呢？"艾达耐心地问道，"你刚才差点被那些破烂玩意儿弄得窒息。如果我当时没有到那房子里去……"

"我不可能知道。"我说。

"除了这种可能，你认为你伯父还能通过什么方式去探险呢？"

希尔凡伯父的追求也是她的追求，现在也成了我的追求——去寻找拉莱耶的封印。不止如此，我们还要去找到深渊中的沉睡者，我已感受到并回应了伟大的克苏鲁的召唤。艾达确信，它就藏身于印斯茅斯不远处。为了证明这一点，她带着我再次潜入深海，去往恶魔礁下面很深处，并向我展示了由于 1928 年的深海爆炸而变成废墟的巨石结构，简直蔚为壮观。许多年前，早期的马什和菲利普斯族人曾在这里恢复了与深潜者的联络，并在那座昔日辉煌无比、如今一片废墟的城市所在的区域游来游去。一个深潜者首先向我游来，看到其形貌的那一刻，我几乎被吓傻了——那是长着青蛙样貌的类人生物，它以非常夸张的动作游来游去，和青蛙游泳的方式非常相似。它张着青蛙嘴，用鼓起来的眼睛冒失地看着我们，毫无惧色，随即认出我们是它在外面的伙伴，穿过重重巨石，来海底拜访它们。那里遭到的破坏非常严重。这还不算，其他许多地方也被一小撮执意要阻止伟大的克苏鲁归来的暴徒悉数摧毁。

我们又往上游去，回到了岩石上的房子。艾达把她的衣服留在了那里，我们在那里结为同盟，并计划前往波纳佩岛一趟，以便进一步开展搜寻。

不到两周，我们就包下一艘船前往波纳佩岛，去执行秘密任务。具体要做什么，我们对船上的人只字未提，以免他们怀疑我们俩是疯子，把我们抛在半路。我们深信，此次探索一定会成功，在波利尼西亚某个人迹罕至的岛屿上，我们一定会找到所寻找的东西，并在之后永远加入我们的海洋伙伴，为复苏之日努力，等待其到来。届时，克苏鲁、哈斯塔、罗伊格尔和犹格·索托斯将再次崛起，并在那场无可避免的大战中战胜旧神。

我们把波纳佩岛作为接头据点。有时，我们从那里出发；有时，我们会开着自己包下的船进行搜寻，全然不顾船员们的好奇心。我们把附近的海域搜了个遍，有时一走就是好几天。很快，我便完成了"蜕变"。我不敢说我们在海底探索时是如何活命的，也不敢说我们吃的是什么食物。能透露的是，曾有一架大型客机坠海了……仅此而已，再无其他。我只想说，我们活了下来，我发现自己做了一年前还会认为是非人行径的一些事。我们眼中只有当前这个紧迫的任务，没有任何事情能阻挡我们的探索，任何其他事情都与我们无关——我们只要活着，并且心中只有完成目标一个信念。

怎样写下我们所看到的一切，才能让自己和读者哪怕有一点点相信那是真实的？我不知道。我们抵达了海底的庞大城市群，其中最雄伟、最古老的城市就在波纳佩海岸附近。那里到处都是深潜者，我们在高耸的塔楼和巨大的建筑间穿梭数日，下到那座海底之城的尖塔和圆顶之间，几乎迷失在海底的繁茂水生森林中。我见证了深潜者的生活方式、与外形像章鱼但又不是章鱼的奇特海洋物种互帮互助，一起对抗鲨鱼和其他敌人。即使有时并非心甘情愿，也都硬着头皮扛过去了。我们只为服侍它而活，但没有人知道它在哪里沉睡，耐心等待着卷土重来的时刻。

我如何记录我们不辞辛劳的搜寻过程呢？从一个城市到另一个城市，从一幢建筑到另一幢建筑，不知疲倦地寻找着那可怕的封印。不过是日夜不停地奔忙，以希望为食，以目标似乎就在前面为坚持下去的动力，一天天不断接近。那些日子很少有变化，却又似乎总是与以前不一样。没有人知道新的一天等待我们的是什么。诚然，并非每次包船都是轻松愉快的，因为有时我们必须乘小艇离开，这样一来，我们需要将小艇藏在岛屿的后面，才能偷偷摸摸地进入深海。即便我们如此小心翼翼，船员们的好奇心还是与日俱增，他们认为我们在寻找什么秘密宝藏，并很可能要求分一杯羹，以致我们很难回避他们的问题和越来越多的怀疑。

我们就这样寻找了三个月。两天前，我们在远离主要定居点的一个无人小岛抛下了锚。那里氛围古怪，寸草不生，看起来就像被炸过一样。事实上，它似乎只是一块隆起的玄武岩，曾一度高高耸立在水面上，但可能在过去的战争中遭到了猛烈的轰炸。在这里，我们离开船，绕过小岛，下到海中。那里也有一座到处是深潜者的城市，也被敌人的行动炸毁了。

不过，虽然那黑岛下面的城市已经变成了废墟，但它并没有荒废，而是向四面八方延伸到了未开发的地区。在其中一座最古老的巨石建筑里，我们找到了要找的东西——位于几层楼高度的巨大房间中央，放着一块巨大的石板，它就是我在伯父家的装饰品上第一次见到却认不出来的图案——拉莱耶的封印！站在它上面，我们可以听到下面传来的动静，就像某种巨大无定形的躯体，像大海一样躁动不安，在梦中骚动不止——

我们知道，我们已经实现所追求的目标，现在是时候开始为那位将再次崛起的神祇永远服务了。它是深海领主，也是深渊中的沉睡者，它不仅要主宰地球，还要统领宇宙。它将需要像艾达·马什和我这样的助手来满足它的需要，直到它重临人间。

在我记录这些事的时候，我们仍在它左右。记下这一切只是为了以防我们没法回到船上。时间不早了，明天我们将再次下到海底，尽可能找到打开封印的方法。那封印真是旧神在放逐它时设立的吗？如果我们有胆撬开它，到下面去，去见那位梦中沉睡的神灵，会怎样呢？艾达和我，以及很快就会降生的我们的宝贝（在他天然亲近的环境中诞生），都在等待侍奉伟大的克苏鲁。我们听到了召唤，我们应承了召唤，我们还有无数同胞相伴。他们来自地球的每一个角落，也是海中男女交配所生，不久之后，海洋将属于我们，然后整个地球，乃至整个宇宙，都要臣服于我们……我们将永远活在权力和荣耀之中。

以下是摘自 1947 年 11 月 7 日《新加坡时报》的内容：

"罗杰斯·克拉克号"的船员因马里乌斯·菲利普斯夫妇离奇失踪而被扣押，今天获释。这对夫妇先前租用那艘船是为了在波利尼西亚群岛开展搜查。人们最后一次看到菲利普斯夫妇是在一个无人居住的小岛附近，位置大约在南纬 47°53'，西经 127°37'。他们乘坐一艘小艇离开，显然是从"罗杰斯·克拉克号"所临海岸的另一侧上了岛。然后，他们又从岛上进入大海深处。船上人员表示，他们目睹了岛屿另一侧的海水发生了惊人的变化。船桥上的船长和大副看到似乎是他们的两位雇主样子的人，被喷涌而出的水流冲上了高空，然后又被拉回海里。尽管"罗杰斯·克拉克号"在附近停靠了几个小时，但他们并没有再次出现。相关人员对该岛进行一番搜查后发现，菲利普斯夫妇所穿的衣服都在小艇上。在菲利普斯先生的船舱里发现了他写的一份手稿，据称记录的都是真事，但显然是虚构的，莫顿船长将其上交给了新加坡警方。菲利普斯夫妇至今下落不明……

捧读文化
触及身心的阅读

致未来文学
To the Future Literature

出 品 人　　张进步　程　碧

责任编辑　　韩光军
特约编辑　　孟令堃
装帧设计　　WONDERLAND Book design
　　　　　　　仙德 QQ:344581934
版式设计　　陈旭麟 @AllenChan_cxl
内文插图　　维吉尔·芬莱（Virgil Finlay）等
封面插图　　林　翰